MARGIT KRUSE

Stille Nacht, Schicht im Schacht

MÖRDERISCHE RAUNÄCHTE Am ersten Weihnachtstag sucht Privatermittlerin Margareta Sommerfeld die Wohnung ihrer Mutter auf, nachdem diese am Heiligabend nicht bei ihr erschienen ist. Doch Waltraud ist nicht da. Dafür findet Margareta Anni, die Freundin ihrer Mutter, mit einer schweren Kopfverletzung. Und auf dem Wohnzimmertisch Waltrauds rotes Notizbuch. Thomas Scheffel, Erster Hauptkommissar des KK 11 in Buer und Margaretas Lebenspartner, steht wenig später auf der Matte. Wo ist Waltraud? Entführt? Und wer schlug Anni den Schädel ein? Margareta sucht sämtliche Personen aus dem Notizbuch auf – verteilt im ganzen Ruhrgebiet bis ins Sauerland –, auch den Schamanen Hemavati. Er lebt mit seiner Frau Jana zurückgezogen in einem Haus am Waldrand. Ist Waltraud das Seminar über die Raunächte, das sie bei diesem Hemavati besucht hat, zum Verhängnis geworden? Margareta kann das Ermitteln nicht lassen und kommt dem Täter dabei gefährlich nahe.

© Johannes Kruse

Margit Kruse wurde 1957 in Gelsenkirchen geboren. Bekannt wurde sie vor allem durch ihre Revier-Krimis »Eisaugen«, »Zechenbrand«, »Hochzeitsglocken«, »Rosensalz« und »Bergmannserbe«. Sie war ein echtes Kind des Ruhrgebiets. Seit 2004 war die Gelsenkirchenerin als freiberufliche Autorin tätig. Neben etlichen Beiträgen in Anthologien hat sie zahlreiche Bücher veröffentlicht. Labrador Enja war stets dabei, wenn sich Margit Kruse auf Recherche-Tour begeben hat. Sie war Mitglied im Verband deutscher Schriftsteller und für den Literaturpreis Ruhr nominiert.

MARGIT KRUSE

Stille Nacht, Schicht im Schacht

Weihnachtskrimi aus dem Ruhrpott

GMEINER

Immer informiert

Spannung pur – mit unserem Newsletter informieren wir Sie regelmäßig über Wissenswertes aus unserer Bücherwelt.

Gefällt mir!

Facebook: @Gmeiner.Verlag
Instagram: @gmeinerverlag

Besuchen Sie uns im Internet:
www.gmeiner-verlag.de

© 2024 – Gmeiner-Verlag GmbH
Im Ehnried 5, 88605 Meßkirch
Telefon 07575 / 2095 - 0
info@gmeiner-verlag.de
Alle Rechte vorbehalten
1. Auflage 2024

Lektorat: Christine Braun
Herstellung: Mirjam Hecht
Umschlaggestaltung: U.O.R.G. Lutz Eberle, Stuttgart
unter Verwendung eines Fotos von: © Illustration Lutz Eberle mit Elementen von KatyaKatya / stock.adobe.com«
Druck: GGP Media GmbH, Pößneck
Printed in Germany
ISBN 978-3-8392-0734-5

PROLOG

Die Raunächte zwischen dem 25. Dezember und dem 6. Januar gelten als eine magische Zeit. Zeit zum Innehalten zwischen den Jahren, mit Vergangenem abzuschließen und sich auf Neues vorzubereiten. Rituale helfen dabei. Zeit für Geschichten bei Kerzenschein, den Duft von Räucherwerk. Energie tanken für das neue Jahr. Sich verabschieden von Erinnerungen an Verletzungen und Enttäuschungen. Wir öffnen uns für die Anderswelt.

Es heißt, dass um Mitternacht in der Heiligen Nacht die Stofftiere und Puppen lebendig werden und zu reden beginnen. Aufgeregt halten die Kleinen sich wach, schaffen es aber letztendlich doch nicht, dieses zu erleben. Es wird davor gewarnt, zwischen den Jahren Wäsche aufzuhängen, da sonst jemand sterben würde. Haare und Nägel schneiden sind in dieser Zeit ebenfalls tabu. Wenn man keine Hexe ist, darf man auch nicht spinnen. Geliehenes muss zurückgegeben werden. Man darf keine Äpfel und keine Nuss vom Boden aufheben, sonst bekommt man Ausschlag. Träume in dieser Zeit sollen in den nächsten Monaten wahr werden. Wer unter Gicht leidet, kann sich angeblich Erleichterung verschaffen, wenn er in den Raunächten nackt über den Friedhof läuft und einen besonders bemoosten Grabstein umklammert.

Durchleben Sie gemeinsam mit Margareta und Co. die legendären Raunächte ab der »Stillen Nacht«, die durchaus kriminelles Potenzial haben können und für manche »Schicht im Schacht« bedeuten.

1.

Margareta schaute aus dem Küchenfenster. 14 Uhr. Heilig-mittag. Draußen schneite es dicke Flocken, ansonsten alles grau in grau. Sie verspürte nichts Weihnachtliches, fühlte sich leer und ausgebrannt. Nichts mit besinnlicher Zeit, säuselnder Radiomusik und kitschig-süßen TV-Filmen.

Alles war vorbereitet. Lieblos nach Liste abgearbeitet, mechanisch, ohne Freude. Gestern, am 23.12., der totale Stress. Thomas Scheffel, ihr Lebensgefährte, hatte ihr geholfen, die Wohnung zu putzen, den Baum aufzustellen und mit dem ewig gleichen Ramsch zu schmücken.

Noch vor einem Jahr hatte er sich geweigert. Er habe seine eigene Wohnung, um die er sich kümmern müsse, hatte er gesagt. Nachdem sie ihm zum wiederholten Male entgegnet hatte, dass er sich meistens bei ihr aufhalte und sich somit an der Hausarbeit beteiligen müsse, hatte er irgendwann genickt, ein paar unverständliche Worte geflüstert und zum Lappen gegriffen. Er hatte nicht riskieren wollen, noch vor dem Fest hinausgeworfen zu werden. Das hatte er schon gehabt. Dieses Jahr hatte er ihr, ohne zu meckern, geholfen, war sogar heute am frühen Morgen mit ihr durch den Super- und über den Wochenmarkt gestreift. Nun wollte er sich freiwillig um die Gans kümmern, die er vom Geflügelstand mitgeschleppt hatte.

Wozu das alles, fragte Margareta sich. Weihnachten! Schalter umdrehen und fröhlich sein? Jedes Jahr das Gleiche. Heute Abend würden sie zu dritt sein, sie beide und ihre Mutter Waltraud, die einige Häuser weiter in derselben Zechensiedlung wohnte.

Nachdem ihre Beziehung zu dem alternden Schlagersänger Sepp endgültig in die Brüche gegangen war und ihre letzte große Liebe, der tolle Fritz, sich das Leben genommen hatte, hatte sie monatelang ganz schön durchgehangen. Margareta hatte ihre Mutter schon in einer Psychiatrie gesehen, auf einem Stuhl sitzend, vor sich hin starrend und mit dem Kopf wackelnd. Im November war dann etwas Unvorhergesehenes passiert. Waltraud hatte mit ihrer langjährigen Freundin Anni, ebenfalls zu dem Zeitpunkt total gefrustet, an einem Seminar über die Raunächte teilgenommen, das ihr die dauerwellgelockte Britta aus der Frauenhilfsgruppe der Kirchengemeinde empfohlen hatte. Britta hatte behauptet, zu neuem Leben erweckt worden zu sein, seitdem sie regelmäßig ihre Wohnung ausräucherte. Bei Waltraud funktionierte das auch. Margareta erkannte ihre Mutter nicht wieder. Neues Outfit, neuer Lebensmut, Power pur, seit sie bei diesem Wochenendseminar in Arnsberg im Sauerland gewesen war.

Sie war mit dem Zug vom Gelsenkirchener Hauptbahnhof bis Arnsberg gefahren, einschließlich einmal umsteigen in Dortmund und, nicht zu vergessen, die anschließende Linienbusfahrt von 14 Kilometern. Für die eher bequeme Waltraud war das eine echte Herausforderung gewesen. Na ja, sie hatte Anni dabeigehabt. Die schüchterne, zurückhaltende Anni, die froh gewesen war, ihrem Elend daheim kurzzeitig zu entkommen. Margareta hatte vor einigen Jahren im Rahmen einer privaten Ermittlung, bei der es um einen Rollator gegangen war, den Anni-Gatten kennengelernt. Gute Nacht, hatte sie nur gedacht und die alte Frau echt bedauert.

Margareta musste schmunzeln. Ihre Mutter war schon einmal mit Anni per Bus unterwegs gewesen. Damals hatten die beiden auf einer Busreise Sepp, den greisenhaften Sänger einer Combo, kennengelernt. Danach war ihre Mutter diesem hässlichen Opa in sämtliche Kellerlöcher Deutschlands gefolgt, in denen er auftrat, wie ein echter Groupie. Sie hatte sich unsterblich in ihn verliebt, und kein Weg war ihr zu weit gewesen. Der zweite Frühling war über sie hereingebrochen. Irgendwann hatte er zum zigsten Male seine Frau verlassen, um zu Waltraud zu ziehen. Da bei Waltraud jedoch nichts zu holen gewesen war, war er bald darauf reumütig zu dieser Oma zurückgekehrt.

Sepp war längst durch, die Episode Fritz ebenfalls vorbei. Nun gab es Hemavati, den Schamanen, bei dem Waltraud das Raunächte-Seminar besucht hatte.

Ob Waltrauds verändertes Verhalten an diesem Seminarleiter lag, von dem sie ihr seit diesem Wochenende die Ohren wund geschwärmt hatte? Hemavati – das war doch mit Sicherheit ein Künstlername! Für Waltraud existierte nur noch dieser Typ, der sie regelrecht verzaubert hatte. Wo und wann hatte sie sich nach diesem Seminar mit ihm getroffen? Denn dass sie sich ständig mit ihm traf, musste so sein. Sie hatte seither keine Zeit mehr für irgendwas gehabt, nicht mal für einen Kaffee bei ihrer Tochter. Schlimm, dass Waltraud nur noch nach den Gesetzen der Raunächte lebte und fest daran glaubte. Sie konnte es kaum mehr abwarten, bis die erste Raunacht endlich da war. In Buer in einem bekannten Esoterik-Laden hatte sie sich mit dem Zubehör zum Ausräuchern eingedeckt.

Da Margareta durch ihren Beruf als Privatdetektivin momentan voll eingespannt war und sich vor Aufträgen kaum retten konnte, war sie aber auch froh, dass es ihrer Mutter besser ging und sie beschäftigt war. Waltraud tat ja nichts Böses mit der Vorbereitung auf die Raunächte. Diese

fingen zu Weihnachten an und dauerten bis zum Dreikönigstag. Heilige Nächte, in denen man zur Ruhe kommen
und bestimmte Dinge erledigen sollte, um sich gut zu fühlen. Waltraud hatte ihr ein Buch zu dem Thema in den
Briefkasten gesteckt, das Margareta kurz durchgeblättert
und dann in die Ecke geworfen hatte.

Die Weihnachtseinladung hatte Margareta per WhatsApp
ausgesprochen. Da von Waltraud nichts in der Hinsicht
gekommen war, hatte sie sich verpflichtet gefühlt, sie ein-
zuladen. Als gute Tochter konnte sie die alte Frau am Heiligabend nicht alleine zu Hause sitzen lassen. Aber eigentlich wäre sie lieber für sich, ohne ihre Mutter – und offen
gestanden auch ohne Thomas. Sie war müde und ausgelaugt,
wollte nur ihre Ruhe haben, schön essen und vorm Fernseher abhängen. Es hatte sie reichlich wenig gestört, dass
Thomas, Erster Hauptkommissar des KK 11 in Buer, sich
freiwillig für die Bereitschaft gemeldet hatte, um den Kollegen mit Kindern ein schönes Weihnachtsfest zu bescheren.
Um ehrlich zu sein, hoffte sie darauf, dass es heute Abend
einen Einsatz geben und er gehen würde. Sollten sich überall in der Stadt die Leute doch die Köpfe einschlagen, dem
Partner die Kehle durchschneiden oder die Mutter bis zur
Bewusstlosigkeit würgen. Es hatte Zeiten gegeben, da wäre
sie deshalb die Wände hochgegangen. Heute hätte sie nichts
dagegen, wenn Thomas gerufen werden würde.

Vielleicht wollte er mit dem Bereitschaftsdienst auch nur
ihrer Mutter aus dem Weg gehen? Sie konnte sich an Hei-
ligabende erinnern, an denen er vor lauter Trotz um 20 Uhr
ins Bett gegangen war oder sich im Wohnzimmer in seinen Sessel verzogen und sich Ohrstöpsel in seine Lauscher
gestopft hatte. Okay, Waltraud war laut, besonders wenn
sie ihre Freundin Anni im Schlepptau hatte. Margareta fand

es im Gegensatz zu Thomas äußerst lustig, den Anekdoten der beiden alten Frauen, die so ganz anders waren als durchschnittliche Damen dieser Generation, zu lauschen. Thomas bezeichnete sie als »zwei ordinäre alte Schrapnellen«, nicht einmal vermögend, die eine ärmer als die andere.

Doch da lag er falsch. Jedenfalls was Waltraud betraf. Im Januar würde sie ihre Lebensversicherung ausbezahlt bekommen. Ein stattliches Sümmchen! Margareta hatte sie deshalb zur Beratung in die winzige Sparkassenfiliale in der Nähe geschleppt. Danach hatte Waltraud ihr versprochen, das Geld nach Auszahlung anzulegen. Denn ihre Mutter gab gerne und reichlich Geld aus, wenn sie es hatte. Sie liebte schöne Dinge und wollte sie haben, egal um was es sich handelte. Sicherlich würde sie ihre arme Freundin Anni unterstützen und ihr mal wieder ein paar neue Klamotten kaufen. Wie oft hatte sie mit ihrem großen Herzen schon jemanden unterstützt. Damals das alternde Muttersöhnchen Walter, nachdem seine Mutti verstorben war. Dann Onkel Gernot, der ebenfalls in seiner Trauer, und zwar um seine Frau, bei Waltraud Unterschlupf gesucht hatte. Nie konnte sie Nein sagen und war deshalb schon öfter ausgenutzt worden.

War sie jetzt wieder auf so einen Typen hereingefallen? Wem hatte sie von ihrem kleinen Vermögen, das ihr bald ins Haus flattern würde, erzählt? Etwa diesem Schamanen Hemavati? Der angeblich in der Lage war, sämtliche Schwingungen, positive sowie negative, aufzuspüren und zu verändern? Wer weiß, was er bei Waltraud zum Schwingen brachte. Obwohl Margareta ihn nicht kannte und ihn hoffentlich nie kennenlernen würde, stand für sie fest, dass er ein Betrüger war.

*

Die Gans war gelungen und lecker gewesen. Margareta schnappte sich ein gutes Buch und ab auf die Couch.

Sie hatte alle Kerzen an ihrem kitschigen Erzgebirgs-Karussell entzündet, woraufhin die bunt lackierten Weihnachtsmänner samt Rentieren alles gaben und mit 100 Sachen im Kreis flitzten. Die Geschenke hatten Thomas und sie schon ausgetauscht. Standard-Pullover gegen Seidenschal. Maximal zehn Minuten hatte diese Bescherung gedauert. Keine zusätzliche Überraschung, kein liebes Wort. Nichts.

Sie griff zum Plätzchenteller, auf dem selbst gebackene, trockene Teile ihrer muffigen Nachbarin lagen. Dass ihre Mutter sie hatte sitzen lassen, sich nicht einmal gemeldet hatte, machte ihr null Sorgen. Sie wird bei Anni sein, dachte sie, die wohnte nur eine Straße weiter, und schickte ihr per Smartphone liebe Grüße. Anschließend steckte Margareta die Nase wieder in ihr Buch. Morgen! Morgen ist auch noch ein Tag, sagte sie sich, genau wie die schöne Scarlett im Jahre 1936 in dem Film »Vom Winde verweht«.

Gegen 20 Uhr schlief sie auf dem Sofa ein.

Irgendwann wurde sie schweißgebadet wach, musste sich erst orientieren, wo sie war. Die monotonen Schnarchgeräusche vom Bett nebenan brachten sie sehr schnell in die Realität zurück. Sie musste irgendwann ins Bett gegangen sein. Ihre Hand zitterte. Sie wollte nach ihrem kleinen Kissen greifen und es dem Übeltäter um die Ohren schlagen. Doch sie beherrschte sich.

Ein Blick auf ihren Wecker folgte. 2 Uhr. Der Heilige Abend lief noch einmal wie ein Film in ihrem Kopf ab. Wieso war ihre Mutter nicht gekommen, und weshalb hatte diese Tatsache sie, Margareta, überhaupt nicht interessiert? Weil sie zuvor nächtelang nicht geschlafen hatte wegen einer

Observation? Eine gut betuchte Ehefrau aus Dortmund hatte geglaubt, dass ihr Mann fremdging, mit ihrer besten Freundin. Es war Margareta äußerst schwergefallen, sich mit ihrem Polo stundenlang vor irgendwelche Wohnhäuser zu postieren, um zu warten, bis der Kerl wieder herauskam. Sie hatte solange die Klingelschilder der maroden Häuser angeschaut, fotografiert und vom kalten Fahrzeug aus die beleuchteten Fenster im Auge behalten. Weihnachtsgedudel aus dem Radio und Gedanken an das bevorstehende Fest hatten sie wachgehalten. Wie anstrengend das gewesen war! Nach fünf Tagen war ihr lückenloser Bericht fertig, der Auftrag beendet und der Scheck der goldbehangenen Auftraggeberin kassiert gewesen. Der Kerl war unschuldig wie ein Lamm. Die Leute, die er nachts aufgesucht hatte, waren keine Frauen, die von ihm beglückt werden wollten. Es handelte sich erstens um seine Mutter, die ihrem Sohn von ihren Beschwerden erzählte. Der Mann fuhr nachts heimlich hin, weil seine Gattin ihre Schwiegermutter hasste wie die Pest. Zweitens besuchte er seine Schwester, mit der er das Problem Mama und das weitere Vorgehen in der Sache besprach. Wieso er seiner Frau nicht die Wahrheit gesagt hatte, war für Margareta unbegreiflich. Aus purer Feigheit hatte er Nachteinsätze seiner Arbeitsstelle vorgeschützt!

Kaum hatte sie diesen Auftrag beendet, war eine weitere Anfrage dieser Art eingegangen, die Margareta wegen der Feiertage jedoch auf Januar verschoben hatte. Wahrscheinlich hatte sich in den vornehmen Kreisen herumgesprochen, dass sie ihre Arbeit gut machte.

Die nächtlichen Einsätze hatten Margareta zwei Kilo Gewichtszunahme gekostet. Aus lauter Langeweile hatte sie sich mit weihnachtlichen Süßigkeiten vollgestopft, von Lindt-Nikoläusen bis zu Marzipanbroten, um ja nicht einzunicken und den Zuckerspiegel abfallen zu lassen. Jedenfalls hatte dieser Einsatz sie nicht nur den Schlaf, sondern auch jegliche Nerven gekostet.

War Waltraud ihr deshalb so gleichgültig gewesen? Hatte sie ihre Prioritäten falsch gesetzt?

Sie fläzte sich auf die Bettkante, nahm einen kräftigen Schluck aus der Wasserflasche und begab sich gähnend in die Küche.

Okay, sie war froh gewesen, dass sie sich in den letzten Wochen nicht groß um ihre Mutter hatte kümmern müssen, dass diese ihrer eigenen Wege ging. Doch hätte sie nicht spätestens, als ihre Mutter zu diesem Raunächte-Seminar gefahren war, hellhörig werden und ausgiebig mit ihr reden müssen? Dass Anni ihre Mutter begleitet hatte, hatte sie beruhigt. Einmal hatte sie Waltraud sogar an der Bushaltestelle stehen sehen, aber nicht angehalten. Den Blick stur geradeaus gerichtet, war sie einfach an ihr vorbeigefahren, weil sie es wieder einmal sehr eilig gehabt hatte. Ihr war jedoch die glänzend rosa Thermojacke und das fast identisch gefärbte Haar an ihrer Mutter aufgefallen. War das alles diesem Hemavati zu verdanken?

Margareta schaute aus dem Fenster. Der Schneefall hatte wieder eingesetzt. Die Laternen schafften es nicht, die dunkle Straße zu erleuchten, obwohl der Schnee den Lichtschein reflektieren müsste. Sie nahm das Handy in die Hand und versuchte ihre Mutter zu erreichen. Mehrmals. Mitten in der Nacht. Margareta wusste, dass Waltraud einen leichten Schlaf hatte. Doch nichts. Sie meldete sich nicht. Auch der Anruf auf dem Festnetzanschluss blieb erfolglos.

Jetzt machte Margareta sich schwere Vorwürfe, dass sie am Heiligen Abend nicht bei ihrer Mutter vorbeigeschaut hatte, nachdem diese nicht zu ihr gekommen war.

Sie ging wieder ins Bett und nahm sich vor, gleich am Morgen zu Waltraud zu gehen. Vielleicht hatte sie Besuch und war deshalb nicht erschienen, beruhigte Margareta sich und fiel in einen unruhigen Schlaf.

*

Als sie mit Thomas am Frühstückstisch saß, versuchte sie erneut, ihre Mutter zu erreichen. Weihnachtliche Stimmung kam bei ihrer Nervosität nicht auf, da konnte Thomas noch so eine tolle CD mit klassischer Musik einlegen.

Weil ihre Mutter noch immer nicht ans Telefon ging, wählte Margareta Annis Nummer. Ans Handy ging sie nicht, und am Festnetz erwischte sie nur Annis dementen Ehegatten, der nicht mal wusste, dass Weihnachten war. Eine Anni kenne er auch nicht, sagte er und legte lachend auf. Wie konnte Anni ihren armen Mann nur alleine lassen?

Gegen 11 Uhr schmiss Margareta sich in warme Klamotten einschließlich Mütze und Schal und machte sich auf den Weg zu ihrer Mutter. Sie musste wissen, was los war.

»Und wann essen wir zu Mittag?« Das war die größte Sorge von Thomas. Böse blickte er sie an, schaute auf ihre riesigen Schneestiefel.

»Wenn ich wieder da bin«, antwortete sie lapidar.

»Gehst du zu Fuß?«

»Na klar. Bis ich das Auto freigefegt habe, bin ich schon dreimal hingelaufen. Es sei denn, du willst mich unbedingt fahren, schließlich hast du Bereitschaft.«

Die Hoffnung, die kurz in ihr aufkeimte, legte sich schnell. Thomas schaute an seinem Jogginganzug herunter und verneinte.

2.

Ängstlich stieg Margareta die alten Holzstufen des muffig riechenden Treppenhauses empor und steuerte auf die Haustür ihrer Mutter zu. Wieso hatte sie nicht auf ihre Anrufe und WhatsApps reagiert? Was würde Margareta vorfinden?

Bisher schien alles ruhig in diesem Vier-Familien-Idyll, in dem nur alte Frauen wohnten, die das Weihnachtsfest wahrscheinlich bei auswärtig wohnenden Kindern verbrachten. Zumindest roch es nicht nach den Vorbereitungen für ein Festessen.

Zitternd steckte Margareta den mordsmäßig großen Schlüssel ins Schlüsselloch und drehte ihn zaghaft um. Auf was oder wen würde sie stoßen? Sie war auf das Schlimmste gefasst: eine wütende Waltraud, die sich wie eine Maus in ihr Mauseloch verkrochen hatte. Oder eine Waltraud in flagranti im Schlafzimmer in einer eindeutigen Situation? Mit diesem alternden Schamanen? Bloß nicht, betete sie inständig und betrat die Diele.

Kälte schlug ihr entgegen. Hatte Waltraud wieder aus Sparsamkeitsgründen die Heizung abgedreht? Doch irgendwie war es anders als sonst ... Es roch ungelüftet und feucht. Ein Schauer lief ihr über den Rücken. Auf diesen Geruch traf sie sonst nur bei Kriminalfällen. Waltraud wird doch nicht ...

Margareta stieß die Tür zum Wohnzimmer auf. Gut, dass sie ihre Waffe, eine alte Walther P7, dabeihatte. Ihr damaliger Lebensgefährte, Hauptkommissar Stefan Kornblum, hatte ihr diese besorgt.

Ein Anblick des Grauens bot sich ihr. Hier musste es eine Rauferei gegeben haben. Zwei der Stühle lagen auf dem Boden. Auf dem Esstisch ein heilloses Chaos. Halb leere Rotweingläser, ein Teller mit undefinierbaren Schnittchen, ein weiterer mit Weihnachtsplätzchen. Waltraud hatte Besuch gehabt, so viel stand fest. Und noch etwas fiel Margareta auf. Mitten auf dem Tisch lag Waltrauds Notizbuch, dunkelrot in Krokodillederimitat. Sie kannte dieses Büchlein, seit sie lebte. Margareta nahm es in die Hände und blätterte es durch. Unverkennbar die kindliche Handschrift ihrer Mutter auf jeder Seite, mal mit Filzstift geschrieben, mal mit einem Kugelschreiber. Die ihr bekannten Kaffeeflecken, mit den Jahren verblasst, befanden sich noch immer darin, einige Seiten waren inzwischen lose. Waltraud hatte ein Riesengeheimnis um dieses Ding gemacht. Wenn Margareta darin geblättert hatte, war es ihr aus der Hand gerissen worden.

»Das geht dich nichts an!«, hatte ihre Mutter jedes Mal laut gerufen.

Wo war Waltraud? Margareta setzte sich auf einen Stuhl und sah sich im Zimmer um. Der kleine kitschige Weihnachtsbaum aus den 70er-Jahren stand auf der Anrichte, daneben der dickbäuchige Weihnachtsmann in seinem roten Plüschmantel wie in jedem Jahr. Waltraud hatte Besuch gehabt. Zweifelsohne. War Hemavati hier gewesen? Ein kleines Tête-à-Tête am Heiligen Abend?

Margareta hörte ein leises Stöhnen. Sie schaute zur Schlafzimmertür, die angelehnt war. Kamen dort die Geräusche her? Hatten die beiden Chaoten sich betrunken und lagen noch in den Federn? Mutig ging sie auf die Tür zu und öffnete sie. Die Waffe im Anschlag.

Das Rollo war heruntergelassen, doch der Lichtstrahl aus dem Wohnzimmer fiel auf das Bett. Darin lag eine Person – mit blutverschmiertem Kopf. Der Rest des Körpers war zugedeckt.

Du meine Güte, das ist Anni, wurde Margareta klar. Jemand hatte der kleinen, alten Anni den Schädel eingeschlagen. Aber Anni war am Leben, sonst könnte sie keine Geräusche von sich geben.

Überall war Blut, auch neben dem Bett. Die Spur zog sich bis ins Wohnzimmer, was Margareta vorhin nicht bemerkt hatte.

Margareta fühlte Anni den Puls, obwohl das unnötig war, denn sie hatte gerade noch vor sich hin gestöhnt. »Anni, was ist passiert?«, wandte sie sich an die alte Frau, die jedoch mehr tot als lebendig war. »Wo ist Waltraud?«

Anni riss ihre winzigen Augen, kaum größer als die eines Huhns, weit auf. Ihr Mund blieb allerdings verschlossen.

Margareta ging in die Küche, anschließend ins Bad und danach in die Abstellkammer. Keine Spur von Waltraud.

Sie holte ihr Smartphone aus der Hosentasche und rief Thomas an, der war schließlich Hauptkommissar und hatte Bereitschaft. Das kleine Büchlein steckte sie ein, ebenso die Pistole. Das Notizbuch würde ihr niemand mehr aus der Hand reißen. Sie selbst würde den Täter suchen, der, wie es aussah, ihre Mutter verschleppt und Anni außer Gefecht gesetzt hatte.

*

»Er hat sie mit einem stumpfen Gegenstand niedergeschlagen«, stellte Thomas Scheffel 15 Minuten später lapidar fest. Sein Blick blieb an dem bunten Bildnis Jesu mit dem goldenen Rahmen hängen, das über dem altbackenen Ehebett hing. Der Gottessohn in seinem blauen Seidengewand streckte die Arme aus. Sein welliges braunes Haar fiel ihm über die Schultern. »Wer hat Anni hier ins Bett gelegt? Unter dieses schreckliche Bild! Das passt gar nicht zu deiner Mutter! Auf mich wirkte sie immer sehr modern und weltlich.«

Das war das erste Mal, dass er sich positiv über Waltraud äußerte.

Er klappte das Oberbett zurück und besah sich die dürre Anni in ihrem roten Kostüm ganz genau. Dann zog er sein Smartphone aus der Hosentasche und rief Polizei und SpuSi an. Aber davor den Notarzt. Schließlich lebte Anni. Fragte sich nur, wie lange noch.

Als alle informiert waren, wandte Thomas sich wieder Margareta zu. »Hast du schon überall nach Waltraud gesucht? Auch im Keller? Hast du etwas Ungewöhnliches entdeckt, abgesehen von Anni und dem Chaos hier?« Er sah Margareta voller Argwohn an, als ahnte er, dass sie etwas vor ihm verbarg. Schließlich kannte er sie lange genug.

»Ist das meine Aufgabe?«, lenkte sie ab. Es handelte sich doch nur um das winzig kleine Notizbuch, von dessen Existenz er gar nichts wusste.

Annis weiß gelocktes Haar war am Hinterkopf mit getrocknetem Blut verklebt. Thomas zog sich Handschuhe über und untersuchte die Stelle. »Sieht nach Schürhaken aus«, stellte er fest und besah sich den Körper der Frau.

»Schürhaken? Woher sollte meine Mutter ein solches Teil haben? Hier gibt es keinen Kohleofen mehr. Oder meinst du, der Täter hat extra einen mitgebracht?«

»Wir werden es herausfinden. Die SpuSi wird gleich hier sein.«

In weiter Ferne durchbrach Sirenengeheul die friedliche Weihnachtsstille der Zechensiedlung.

»Bevor du weiter über Schürhaken nachdenkst, solltest du dir die Mühe machen und nach meiner Mutter suchen!« Margareta schnaufte wütend, und das unter Jesu Antlitz. Schnell schüttelte sie ihre bösen Gedanken ab.

Thomas verzog ärgerlich sein Gesicht. »Anni kämpft um ihr Leben, das hat eindeutig Vorrang!«

»Vielleicht liegt Waltraud auch irgendwo in den letzten Zügen, Herr Hauptkommissar. Hast du daran schon gedacht?« Okay, sie hätte im Keller nachschauen können. Doch da gab es Ratten! Außerdem hatte sie wahnsinnige Angst vor dunklen, einsamen Kellerräumen. Einmal war sie in einem solchen Verlies tagelang eingesperrt gewesen. Ein anderes Mal hatte sie eine Freundin in der Kühltruhe ihres eigenen Kellers gefunden. Sollte sie ausgerechnet zu Weihnachten wieder so ein grausiges Kellererlebnis haben, dazu ihre Mutter?

Plötzlich ging alles unheimlich schnell. Zwei Streifenbeamte stürmten herein und übernahmen das Kommando. Im Schlepptau hatten sie den Notarzt, der mit seinem silberfarbenen Koffer sofort ins Schlafzimmer rannte und sich auf Anni stürzte. Zwei Sanitäter folgten ihm. Die SpuSi kam ebenfalls und begann damit, Beweismittel zu sichern. Die Polizisten steckten ihre Nasen in alle Ecken. Wenig später fand sich auch Jenni Gehrke ein, die Kollegin von Thomas.

Margareta hatte nicht mitbekommen, dass er sie informiert hatte. Thomas und sie begrüßten sich eine Spur zu intim, fand Margareta. Sie drückten und küssten sich, schäkerten herum. Margareta hasste Jenni. Sie hatte mit Margaretas vorigem Lebensgefährten Stefan Kornblum, ebenfalls Kommissar, ein Verhältnis gehabt. Schmiss sie sich jetzt an Thomas heran, dieses rote Gift mit dem ausgeprägten

Profil? Sie kann ihn haben, dachte Margareta großmütig. Dann wird sie schon sehen, was er für einer ist, der tolle Thomas. Er suchte eine Mutti, eine typische Hausfrau, die ihn versorgte und immer lieb und brav war. Da wäre er bei Jenni Gehrke an der falschen Adresse. Sie hatte ein starkes Selbstbewusstsein, das kaum zu toppen war, und wechselte die Männer wie Unterhosen.

Jenni und Thomas machten sich über den Esstisch her, nahmen sämtliche Gegenstände in Augenschein und kommentierten sie. »Hier liegt ein Kugelschreiber. Warum nur ein Kugelschreiber und kein Block oder Zettel? Hat sich hier jemand etwas notiert?«

Thomas schaute Margareta fragend an, nahm eins der halb leeren Weingläser in die Hand, hielt es ins Licht. Jenni bestaunte die Häppchen auf den weihnachtlich geschmückten Tellern. Beide warteten auf Margaretas Antwort.

»Was weiß ich?« Das Notizbuch würde sie den beiden neunmalklugen Kripoleuten bestimmt nicht aushändigen.

»Deine Mutter wird Besuch gehabt haben. Und Anni kam den beiden in die Quere. Hatte sie nicht einen Schamanen kennengelernt bei einem Seminar über die Raunächte? War der Kerl hier und hat Waltraud verschleppt, nachdem er Anni niedergeschlagen hat?«

»War ich dabei? Nein.« Margareta reichte es. Sie wollte nicht länger zusehen, wie Thomas sich vor seiner Kollegin wichtigtuerisch aufspielte, und gedachte, Waltrauds Wohnung zu verlassen.

Doch der Arzt kam auf sie zu und fragte nach Annis Angehörigen. Währenddessen trugen die Sanitäter Anni zum Krankenwagen.

Margareta erzählte dem Arzt von Annis dementem Mann und ihrer auswärtig wohnenden Tochter.

Ein Polizeibeamter hatte zugehört und versprach, sich darum zu kümmern.

»Du kannst doch jetzt nicht gehen!«, protestierte Thomas mit roten Ohren, als sie sich erneut Richtung Wohnungstür wandte.

»Was soll ich noch hier?« Kopfschüttelnd verließ sie die Wohnung. Auch wenn es in diesem Moment unangemessen war, ärgerte sie sich über das Aussehen ihres Lebensgefährten. Seit vier Jahren lief er jeden Winter in dieser dämlichen Pelzimitatjacke herum, die aus der Erbmasse seines Vaters stammte. Darunter der Norwegerpulli mit dem ausgeleierten Rollkragen, an dem die Knötchen Hochzeit feierten. Ihr Thomas war ein richtiger Geizhals.

Im Treppenhaus traf Margareta auf Waltrauds Nachbarin Hildchen Stein. Die neugierige Alte hatte ihr gerade noch gefehlt. In alles musste sie ihre spitze Nase stecken. Dennoch hatte Hildchen bei ihr ein Stein im Brett. Vor ein paar Jahren, als Margareta verschleppt worden war, war sie mit Waltraud und Anni und dem Stadtstreicher, den Margareta zu Weihnachten aufgenommenen hatte, durch den ganzen Stadtteil gezogen, um sie aufzuspüren. Letztendlich war die Sache gut ausgegangen, jedenfalls für sie. Für zwei andere Personen weniger.

»Es ist so ruhig nebenan. Mutti nicht da?«, fragte Hildchen. Ihr gesteppter Morgenrock mit wildem Blumenmotiv hatte auch schon bessere Tage gesehen. Und ihr 4711-Duft vom Allerfeinsten zog durchs Treppenhaus.

»Nein, Mutti ist nicht da.« Margareta wollte nur weg, keine weiteren Fragen beantworten.

»Polizei und Notarzt. Da muss etwas passiert sein, dachte ich mir.«

»Sie haben richtig gedacht, Hildchen. Anni wurde niedergeschlagen. Von Mutti keine Spur. Ist Ihnen was aufgefallen? Die Kripo wird sicher gleich bei Ihnen klingeln.« Margareta fragte sich, ob sie nicht schon per Du mit Hildchen gewesen war. Egal, das Sie drückte Distanz aus.

»Der Kommissar ist ja Ihr Freund, nicht wahr?« Hildchen starrte Margareta an und dachte nach. »Gestern am Nachmittag ging es bei Waltraud lustig zu. Ein Mann mit einer dunklen Stimme brachte sie zum Lachen. Dass Anni bei ihr war, wusste ich nicht. Da hätte sie mich doch auch einladen können. Ich habe ihr erzählt, dass ich an Heiligabend alleine bin.« Hildchen zog ein beleidigtes Gesicht.

Mensch, die hatte Sorgen! Margareta dachte an den Heiligabend vor zwei Jahren, als ihre Mutter mit Hildchen und einer Schüssel Kartoffelsalat bei ihr zu Hause auf der Matte gestanden hatte. Damals hatte Margareta erfahren, dass Hildchen als Kind im Luftschutzkeller für die Nachbarn getanzt hatte. »Anni war vielleicht gar nicht eingeladen, sondern kam zufällig vorbei«, sagte sie zu Hildchen. »Na ja, dass so ein Überraschungsbesuch nicht gut kommt, sieht man ja jetzt.« Kaum ausgesprochen, bereute Margareta ihre bösen Worte.

Doch Hildchen bezog sie nicht auf Weihnachten vorletztes Jahr. »Dann ist ja gut, dass ich nicht bei Waltraud war. Wird Anni überleben?«

»Das hoffe ich doch.«

»Und Waltraud?«

»Ist spurlos verschwunden.«

Jammernd drehte sich Hildchen um und kroch zurück in ihre Wohnung, aus der Weihnachtsmusik drang.

Als Margareta eine Etage tiefer die Haustür öffnete, hörte sie Stimmen aus dem Keller. Die beiden Polizeibeamten sahen sich wohl dort unten um. Ob sie zu ihnen gehen sollte? Wobei … Wenn sie ihre Mutter gefunden hätten, hätten sie schon Alarm geschlagen.

Mit dem Notizbuch in der Tasche trat Margareta den Heimweg an. Sie brannte vor Neugier. Befand sich in ihm der Name des Täters, der ihre Mutter entführt und Anni niedergeschlagen hatte? Das wäre zu schön, um wahr zu sein.

Während sie durch die winterliche Alleestraße lief, machte sie sich wieder bitterliche Vorwürfe, sich in den letzten Tagen nicht mehr um ihre Mutter gekümmert zu haben. Hätte, hätte! Diese miesen Gedanken brachten sie auch nicht weiter. Sie schüttelte sie ab und stapfte, zu Hause angekommen, entschlossen durch das dunkle Treppenhaus hinauf zu ihrer Wohnung. Sie würde Waltraud finden!

Margareta konnte es kaum erwarten, ihre Nase in das alte Büchlein zu stecken und Nachforschungen anzustellen. Zuerst jedoch befreite sie sich von den feuchten Winterklamotten, setzte Wasser für Kakao auf, schmierte sich ein Brot mit Teewurst und begab sich ins Wohnzimmer. Das Büchlein steckte sie in ein dickes Buch, in dem sie gerade las, damit Thomas es nicht bemerkte. Thomas! Sie stöhnte laut auf, als sie an ihn dachte. Sein beleidigtes Kleinjungengesicht, wenn er nachher hier auftauchen würde, konnte sie jetzt schon vor sich sehen. »Mittagessen noch nicht fertig?«, würde er fragen. »Du liegst herum und ich soll kochen?«

Sie hatte Wichtigeres vor, sorgte sich um ihre Mutter und natürlich auch um Anni. Hoffentlich konnte die ihr, wenn sie wieder zu sich käme, mehr erzählen.

Bevor Margareta sich endlich auf die Couch setzen und die Beine unter ihrer Wolldecke ausstrecken konnte, wurde sie mehrmals durch ihr Smartphone gestört. Hildchen wollte wissen, wie es Anni ging, woraufhin Margareta den Kopf schüttelte und mit den Augen rollte. »Anni ist vermutlich gerade erst in der Klinik angekommen und wird jetzt untersucht. Ich bin nicht bei ihr!« Brüsk beendete Margareta das Gespräch.

Des Weiteren meldete sich Christel, eine entfernte Cousine aus dem Stadtteil Horst, um ihr ein frohes Fest zu wünschen. Auf die Frage, wie es ihrer Mutter, der lieben Waltraud gehe, antwortete Margareta kurz angebunden: »Gut.« Was sollte sie dieser eigenartigen Cousine erzählen? Die verschwundene Waltraud wäre Wasser auf deren Mühlen. Dieses Horster Pack konnte sie sowieso nicht leiden.

Matthias Schröder, ein weiterer Anrufer, der Sponsor ihrer Ausbildung und guter Berater in allen Lebenslagen, merkte ihrer Stimme an, dass etwas nicht stimmte. Er war seit der schlimmen Sache mit seinem Sohn mit Waltraud befreundet. Matthias zwang sie regelrecht dazu, mit der Sprache herauszurücken. Also berichtete Margareta dem älteren Herrn von dem Vorfall bei ihrer Mutter und unterdrückte ihre Tränen. Matthias fragte sofort, ob er kommen solle, woraufhin Margareta erschrocken zusammenzuckte. Das hätte ihr gerade noch gefehlt! Thomas und Matthias, die sich eine Zeit lang als Konkurrenten gesehen hatten, hier zusammen auf sie einredend. Sie verneinte und versprach, ihn auf dem Laufenden zu halten.

Nun wollte sie endlich ihre Ruhe haben, stopfte das Handy unter ein Kissen und widmete sich dem kleinen, verklebten Buch.

Spannender konnte kein Krimi sein. Alte Erinnerungen und Anschriften, vor vielen Jahrzehnten von ihrer Mutter zu Papier gebracht. Die ersten zehn Seiten waren eine Art Kassenbuch. In krakeliger Schrift hatte sich ihre Mutter in den 70er-Jahren notiert, was sie gekauft hatte. Wozu? Um ihre Ausgaben vor ihrem geizigen Vater zu rechtfertigen?

Gummistiefel zu 12,30 DM, Friseurbesuch mit Dauerwelle und Färbung zu 16,50 DM, ein großer Eimer Rollmöpse vom Fischmann, der damals noch durch die Straßen gefahren war, zu 10 DM. Was waren das für Preise gewesen!

Dann folgten zahlreiche Anschriften. Auch Cousine Christel aus Horst samt ihrer Mutter Klärchen und deren Mann Karlheinz waren darunter, mit Telefonnummer. Ob Christels Eltern noch lebten? Margareta erinnerte sich an die damals stets ausgehungerte Familie, die oft bei ihnen auf der Matte gestanden hatte, um den Kühlschrank leer zu essen.

Ganz hinten, bei den neueren Eintragungen am Ende des Büchleins, fand Margareta Matthias' Anschrift und einige Bemerkungen, die sie zum Schmunzeln brachten.

3.

Erste Raunacht: 25. auf 26. Dezember.

Weihnachten, Fest der Liebe. Eine gute Gelegenheit, über die Liebe nachzudenken, schließlich zieht Liebe Liebe an. Wir wünschen uns, mehr geliebt zu werden. Auf die Frage, ob man genug geliebt wird, kommen Zweifel auf. Die meisten werden sich eines Mangels bewusst, das Herz wird eng und die Energie stockt. Versucht man, die eigene innere Leere mit Liebe zu füllen, ist die Enttäuschung nicht weit.

Margareta blickte zu Thomas, der mit sich zufrieden vor dem Fernseher saß und Nüsse knackte. Erwartete sie zu viel von ihrem Partner? Hatte dieses Buch über die Raunächte etwa recht und sie wollte mit ihm ihre eigene Leere füllen? Margareta hatte es aus dem Altpapier gekramt und vertiefte sich nun darin. Könnte sie darin die Lösung entdecken, wie sie zu Waltraud fand? In einen Kasten gesetzt stand dort, sie möge heute Nacht auf die Reise durch die erste Raunacht gehen. Alle guten Geister würden sie begleiten, ihr den rechten Weg zeigen. Ein Licht würde für sie entzündet werden, wenn sie den Geist in der Dunkelheit nicht erkenne. Der Adler der Weisheit würde sie auf seinen Schwingen mitnehmen und die Augen öffnen für die Wunder und die Liebe, die auf sie warten würden.

Nachdem sie kurz aufgelacht hatte, wurde sie jedoch ernst und dachte nach. Sie befolgte den Rat, eine Kerze anzuzünden und ein paarmal tief ein- und auszuatmen.

Denke nur an den Moment, sagte sie sich wieder und wieder. Sie schloss die Augen und lauschte ihrem Herzchakra. Fließt die Energie?

Um die Wirkung zu verstärken, zündete Margareta weitere Kerzen an und gab sich dem Duft nach verschiedenen Beeren und Kräutern hin.

»Sag mal, bist du noch ganz bei Trost? Was stinkt hier so? Was sollen die vielen Kerzen?« Genervt schaute Thomas Margareta an und besaß sogar die Dreistigkeit, abwertend mit dem Kopf zu schütteln.

»Ach, halte dich doch geschlossen! Ich kann in meiner Wohnung so viele Kerzen anzünden, wie ich will. Ich gebe mich der ersten Raunacht hin. Die führt mich vielleicht zu meiner Mutter. Außerdem, darf ich dich daran erinnern, was du alles getrieben hast, als deine Mutter ermordet wurde? Fast 100 Kerzen hast du in dem Ferienhaus im Sauerland angezündet und die ganze Nacht deine Mutter beweint. Einen Altar hast du für sie aufgebaut! Schon vergessen? Da bin ich noch weit davon entfernt.«

»Waltraud ist ja auch nicht tot, hoffe ich jedenfalls. Das kannst du nicht vergleichen! Außerdem hast du bis gestern alles, was mit den Raunächten zusammenhängt, als Humbug abgetan.« Thomas wurde ungern an die schlimme Zeit nach dem Tod seiner Mutter erinnert. Er trauerte noch immer um sie.

»Was meinst du mit ›hoffe ich jedenfalls‹? Rechnest du etwa damit, dass sie ermordet aufgefunden wird?« Empört stand Margareta vom Sofa auf, ging zum Schrank.

»Nein, natürlich nicht! Waltraud ist zäh. Die killt man nicht so leicht.«

Was für ein schwacher Trost. Margareta setzte sich wieder auf die Couch, griff zu dem Buch, in dem sich das kleine

Notizheft befand, und widmete sich weiter den Eintragungen. Was Waltraud alles darin verewigt hatte! Sie blätterte weiter und stieß irgendwann auf den Namen Hemavati. Darunter eine Handy- und eine Festnetznummer, mehr nicht. Sie war versucht, seine Handynummer zu wählen, ließ es aber und zog stattdessen ihren Laptop auf den Schoß, um nach dem Mann zu googeln, aufmerksam verfolgt von den Blicken ihres Liebhabers. Immerhin hatte er ihr vor einer halben Stunde mitgeteilt, dass Annis Zustand stabil sei und man sie eventuell am nächsten Tag kurz sprechen könne. Von Waltraud weiterhin keine Spur. Obwohl er Bereitschaftsdienst hatte, machte Thomas keine Anstalten, nach ihr zu suchen. Nichts.

Schnell wurde Margareta im Netz fündig. Hemavati hatte eine eigene Webseite. In Wirklichkeit hieß er Norbert Schauerte, war ehemaliger Elektriker und erst 42 Jahre alt, was Margareta erstaunte. Waltraud war verliebt in einen Mann, der locker ihr Sohn sein könnte! Noch mehr verwunderte sie, wie freimütig er Dinge aus seinem Leben im Internet preisgab, die hier nicht hingehörten. Er war halt nicht die hellste Kerze auf der Torte, das war Margareta sofort klar.

Das Foto brachte sie zum Schmunzeln. Er sah aus wie ein Cherokee, saß auf einer Bank im Garten und schaute in den Himmel. Halblange, blonde Haare, ein schmales Gesicht, aus dem zwei blaue Augen hervorstachen. Sicherlich Kontaktlinsen, war Margareta überzeugt. Ihr fielen sämtliche Elektrikerwitze ein und sie fragte sich, wieso er umgeschult hatte und Schamane geworden war. Um alten Frauen Kokolores zu erzählen und ihnen anschließend das Geld aus der Tasche zu ziehen? Margareta schrieb eine Nachricht in den Kontaktkasten und gab vor, einen Kurs belegen zu wollen. Als Anschrift des Kursortes war die VHS in Arnsberg vermerkt, nicht sein Wohnort. Deshalb fragte sie nach seiner Adresse mit der Begründung, dass sie in den nächsten Tagen im Sauerland wäre und gerne vorbeischauen würde. Sicher würde dieser Schamane niemals seine Anschrift preisgeben. Vielleicht sogar Panik bekommen, weil er Waltraud versteckt hielt?

»Was suchst du? Hast du eine Spur? Nicht, dass du morgen wieder verschwindest, um in ganz Deutschland zu recherchieren. Ich sehe dieses gewisse Leuchten in deinen Augen.«

Thomas kannte sie ziemlich gut. Sie musste lächeln, was ihn dazu veranlasste, mutig einen Vorschlag zu unterbreiten. »Richte uns doch was Nettes zum Abendbrot. Ein Schnittchenteller wäre nicht schlecht, bisschen hiervon, bisschen davon. Dazu ein Gürkchen. Hm?«

Ihre eben noch gute Stimmung verschwand schlagartig. »Bei dir piept es wohl! Erst vor zwei Stunden hast du dir den letzten Rest der Gans reingehauen. Nun schon wieder essen?«

»Ich darf dich daran erinnern, dass ich die Gans gekocht habe.«

»Ist doch egal. Fakt ist: Wir haben erst vor zwei Stunden ausgiebig gespeist. Mit Rotkohl und Klößen.« Ihr wurde bewusst, wie viel sie schon in diesen Kerl investiert hatte. Meistens war sie es, die das Essen auf den Tisch brachte oder zumindest den Pizzaservice bestellte und bezahlte. Dazu kamen aufräumen, Wäsche waschen, bügeln und hinter ihm her putzen. Manchmal war sie kurz davor, ihn rauszuwerfen, wenn er nach einem ausgiebigen Bad die Nasszelle verließ. Lange hatte sie auch seine Mutter ertragen, diese aufgebrezelte, neugierige Frau mit den langen Ohrhängern, die ihr bis auf die Schultern gereicht hatten. In ihren engen Klamotten hatte sie wie eine Dame aus dem bestimmten Gewerbe ausgesehen. An den Tagen, an denen Thomas sie nicht getroffen hatte, hatten die beiden abends stundenlang wie ein verliebtes Pärchen telefoniert. Ja, und dann war sie im Winterurlaub ermordet worden. Thomas war in ein tiefes Loch gefallen, aus dem er nur sehr mühsam wieder herausgekrabbelt war.

Demonstrativ wendete sich Margareta wieder ihrem Buch zu. Sie war gerade bei einem interessanten Eintrag zu Heiligabend angelangt, als Thomas stöhnend den Nussknacker beiseitelegte.

Dann sagte er: »Eigentlich ein klarer Fall. Anni war einsam, wollte nicht allein sein mit ihrem dementen Mann. Sie hat sich am Heiligabend angezogen, richtig schick gemacht in ihrem roten Kostüm. Leider kam sie Waltraud gar nicht gelegen, die Besuch hatte. Ob der Besucher Hemavati war, wissen wir nicht. Ich habe mir diesen Schamanen mal im Internet angesehen. Ein ziemlich junger Typ. Falls er der Besucher war, was wollte er von Waltraud? Und ausgerechnet zu Weihnachten, wo er doch eine Frau hat!«

»Es war Hemavati, hundertprozentig! Was er wollte? Geld. Wahrscheinlich hat meine Mutter mit ihrer fälligen Lebensversicherung geprahlt.«

Thomas schaute sie mit ernstem Blick an. »Wieso bist du dir so sicher, dass es Hemavati war, der ihr ins Haus geschneit ist?«

Margareta konnte ihm schlecht von dem Büchlein erzählen, in dem Waltraud tatsächlich notiert hatte, dass der Schamane am 24.12. gegen 16 Uhr eintrudeln würde. Damit würde sie alles kaputt machen. Ihr Wissen würde sie ihm dennoch zukommen lassen. Jedoch in kleinen Häppchen, wohldosiert. »Ich weiß es eben. Aber wieso hat er Anni zusammengeschlagen? Das will mir nicht in den Kopf. Okay, sie hat gestört. Meinst du, er sah seine Felle davonschwimmen? Woraufhin er Anni schachmatt setzte und Waltraud verschleppte? Die wird nach der Attacke auf ihre Freundin kaum freiwillig mitgegangen sein. Die Zarteste ist sie auch nicht. Ob sie sich gewehrt hat? Wenn ja, wäre er alleine mit ihr fertiggeworden? Oder hatte er einen Komplizen?«

»Denkbar. Die SpuSi hat sich noch nicht gemeldet bezüglich möglicher weiterer Spuren. Was ist mit den Nachbarn? Hat diese aufdringliche Hilde Stein nichts gesehen?«

»Was weiß ich? Ist das nicht Sache der Kripo, da Licht ins Dunkel zu bringen?« Sie grinste ihn an.

Um Thomas bei Laune zu halten, verzog Margareta sich in die Küche, um ihm einen Häppchenteller zuzubereiten. Ihn zufrieden zu stimmen, war das A und O, schließlich wollte sie am nächsten Tag mit zu Anni ins Krankenhaus. Außerdem musste die Wurst weg, die schon verdächtig an ihren Fingern klebte. Ein Gürkchen draufgeschnitten und Thomas würde nichts merken.

Zurück im Wohnzimmer, fragte sie: »Wer könnte der Komplize sein? Und wo sollte Hemavati den so schnell hergeholt haben?« Margaretas Hirn ratterte.

»Nur eine Vermutung«, nuschelte Thomas, während er sich die Leckereien schmatzend einverleibte.

»Ich würde gerne noch einmal in Waltrauds Wohnung gehen. Vielleicht stoße ich auf irgendetwas.«

»Klar wirst du auf etwas stoßen, und zwar auf das Polizeisiegel. Die Wohnung ist noch nicht freigegeben. Unterstehe dich!«

Waltrauds Schublade mit den wichtigen Papieren wäre für Margareta interessant. Sie würde auch gerne die Versicherungspolice an sich nehmen und nach den Sparbüchern schauen, bevor die Kripo da tätig wurde. Oder war das alles schon im Besitz von Hemavati? Pah, das Polizeisiegel ließe sich vorsichtig durchtrennen. Ob sie warten sollte, bis Thomas eingeschlafen war, um dann in der ersten Raunacht loszuziehen?

»Habt ihr die Nachbarn noch nicht befragt? Passiert heute gar nichts mehr?«

»Morgen ist auch noch ein Tag. Schließlich ist Weihnachten«, sagte Thomas mit vollem Mund, schluckte und spülte die Häppchenstücke mit Rotweinschorle nach. Er widmete sich wieder dem TV-Programm und war mit sich und der Welt zufrieden.

Margareta vertiefte sich in die Notizbuchseite von Hans-Günther Kapteina, ihrem Cousin aus Horst. Wieso stand auch der darin? Der Eintrag sah nicht allzu alt aus. Hatte Waltraud zu diesem Mann Kontakt aufgenommen? Oder hatte er sich bei ihr gemeldet?

Hans-Günther Kapteina war eine armselige Gestalt, fand Margareta. Der einzige Sohn von Wilhelmine, der älteren Halbschwester von Waltraud, war einem Ausrutscher mit dem Nachbarn zu verdanken. Nicht in der Besenkammer gezeugt, sondern in der Waschküche des alten Hauses, in dem sie damals gewohnt hatten. Trotz zweier Ehrenrunden in der Hauptschule hatte es der unscheinbare Geselle trotzdem zum Maschinenbauingenieur geschafft, wenn auch im zweiten Anlauf. Er hatte eine Frau gefunden in einer kirchlichen Gemeinschaft, der er sich aus purer Verzweiflung angeschlossen und in der er sich bis zum Prediger hochgelabert hatte. Er stand sehr unter dem Pantoffel seiner Gattin, die ihr Haar stets zu einem strengen Knoten zusammengezurrt hatte. Alles im Sinne der Glaubensgemeinschaft, wie sie immer und überall betonte. Margareta mochte diesen älteren Cousin überhaupt nicht. Was hatte er mit Waltraud zu schaffen? War er tatverdächtig? Hatte er Waltraud verschleppt und warum? Hatte er es auf Waltrauds Geld abgesehen? Okay, er war arm wir eine Kirchenmaus. Er bezog aufgrund langer Krankheiten nur eine kleine Rente, seine Gattin mit ihrer Hausfrauenkarriere gar keine. Doch machte ihn das gleich zum Verbrecher? Margareta fiel ein, dass Hans-Günther Waltraud letztes Jahr zu Weihnachten besucht hatte. Mit seinem jammernden Blick und schief gelegtem Kopf hatte er sie so lange angestarrt, bis sie zu der Pralinenschachtel noch 50 Euro herausgerückt hatte. Daraufhin hatte er mindestens zehnmal »Vergelt's Gott« aus seinen aufgesprungenen Lippen fallen lassen. Margareta hatte ihrer Mutter schwere Vorwürfe gemacht. Vielleicht hatte er Waltraud noch öfter besucht? Margareta versah den Eintrag von Hans-Günther mit einem roten Fragezeichen.

Auf der nächsten Seite stand Wissenswertes über Christel Linke, Margaretas Cousine und Tochter von Elisabeth, einer weiteren Schwester von Waltraud. Wieso hatte sie Margareta angerufen, um ihr frohe Weihnachten zu wünschen und nach Waltraud zu fragen? Wusste sie vielleicht von deren Verschwinden? Christel war eine unzufriedene Hausfrau in den Fünfzigern, klein, dick, mit Pagenkopf, laut und bollerig. Zuletzt hatte Margareta sie ebenfalls bei ihrer Mutter getroffen, allerdings vor langer Zeit. Mittlerweile hatte Christel ihren Mann verlassen und sich den Bademeister des ortsansässigen Hallenbades geangelt. Wofür eine Wassergymnastik 50plus doch gut sein konnte … Christel war ein niedliches Kind mit gestärkter Schürze gewesen und immer als Vorbild für den Wirbelwind Margareta angepriesen worden. Nach der Schule hatte sie eine Ausbildung zur Bürokauffrau begonnen, die sie, kaum 17 Jahre alt, nach der Hochzeit mit Alfred, dem Maurer, baldigst abgebrochen hatte. Die Tochter, die sie geboren hatte, hatte ihr viele Jahre daheim gebracht, ohne eine Arbeit aufzunehmen. Selbst als das Töchterchen volljährig gewesen war, hatte sie jedem, der es hören wollte, erzählt, dass sie für ihr Kind da sei, jederzeit. Dieser Brummer war nun über 30 Jahre alt, hatte selbst eine Familie und mehrere Ableger. Als der Maurer nach seiner Frühverrentung von Christel verlangt hatte, einer Arbeit nachzugehen, statt nur auf der Couch zu sitzen und sich die Nägel zu lackieren, war sie zu diesem Bademeister gezogen. Nein, Margareta konnte sich nicht vorstellen, dass Christel etwas mit Waltrauds Entführung zu tun hatte. Doch bei Geldmangel war man zu vielem fähig. Also bekam Christels Eintrag ebenfalls ein rotes Fragezeichen.

Wieso kamen alle mit ihren Problemen zu Waltraud? Sie war einfach zu gutmütig, glaubte den Mist, den man ihr erzählte.

So auch dieser junge Mann, Michael Patzke, aus dem Dachgeschoss. Er stand zwar nicht in dem Büchlein – das wäre ja noch schöner –, doch hatte er bei ihrer Mutter des Öfteren kleine Beträge erbettelt. Die hatte er aber immer, wenn auch spät, zurückgezahlt. Vor einem knappen Jahr war der 30-jährige Altenpfleger in diese unschöne kleine, nur 40 Quadratmeter große Wohnung unters Dach gezogen. Er hatte zahlreiche Piercings, eine blonde Stoppelfrisur, braune Augen und eine sehr blasse Haut, denn er war ziemlich lichtscheu. Komischerweise bekam er nur bei Waltraud den Mund auf. Margareta war schnell dahintergekommen, was er von ihr wollte. Geld leihen. Einmal hatte er nichts mehr zu essen gehabt, ein weiteres Mal hatte er die Stromrechnung nicht bezahlen können, dann hatte sein kleiner Fiat den Geist aufgegeben, kurz nach dem TV-Gerät. Sein uraltes Gefährt parkte er direkt auf dem Hof. Margareta hatte ihre Mutter auch schon auf dem Beifahrersitz des Fiats neben diesem Jüngling durch die Siedlung fahren sehen. Sollte er lange Finger gemacht haben? Brachte er es als Altenpfleger überhaupt übers Herz, eine alte Frau wie Anni auszuschalten? Und wohin könnte er Waltraud verschleppt haben? Zumindest musste sie ihn befragen, nahm sie sich vor.

Gegen 23 Uhr, als Thomas tief und fest schlief, machte Margareta sich auf, durch Kälte und Schneegestöber, um die Wohnung ihrer Mutter noch einmal in Augenschein zu nehmen.

Dort angekommen, stellte sie fest, dass die Idee schon jemand vor ihr gehabt zu haben schien, denn das Polizeisiegel war durchtrennt.

Mit zitternden Händen schloss sie die Tür auf und betrat die Diele. Lichtschalter betätigen oder nicht, war die Frage. Sie entschied sich dafür. Das nahm ihr die Angst.

Langsam schlich sie in die Wohnung. Plötzlich hörte sie das Knarzen der Holzdielen aus dem Schlafzimmer. Ihr Herz blieb fast stehen vor Schreck. Du hast A gesagt, jetzt musst du auch B sagen. Sie ignorierte die Extraschläge ihres Motors und setzte einen Fuß vor den anderen.

4.

Waltraud musste sich erst orientieren, fühlte sich, als hätte sie drei Tage mit reichlich Alkohol durchgefeiert. Sie setzte sich auf einem muffig riechenden Sofa aufrecht hin und sah sich um.

In der Ecke brannte eine kleine Stehlampe. Geradeaus stand ein Wohnzimmerschrank im Gelsenkirchener Barock mit viel Krempel in den offenen Fächern. Der beißende Geruch in diesem Raum raubte ihr den Atem. Es stank nach Fäkalien und Feuchtigkeit. Die Heizung gab alles und bollerte wie verrückt. Die kleinen, knapp unter der Decke eingebauten Fenster waren alle geschlossen. Der Raum musste sich im Keller befinden. Wo war sie? Wer hatte sie hierher verschleppt und wozu?

Waltraud hielt sich Mund und Nase zu und wankte zum nächstgelegenen Fenster, um es zu öffnen. Danach drehte sie die Heizung ab und lauschte. Da waren Stimmen, über ihr, sie erkannte die von Hemavati. Die andere, sehr helle Stimme gehörte einer Frau.

Langsam begann sich der Nebel in ihrem Kopf zu lichten. Hemavati war bei ihr gewesen, am Nachmittag des Heiligen Abends. Warum eigentlich? Um ihr dieses dämliche Geschenk zu bringen? Duftkerzen, die nach faulen Eiern rochen. Schöne Worte hatte er gesprochen, ihre Hand genommen und seine Lippen darauf gedrückt. Er war erst 42 Jahre alt. Was wollte er von einer alten Frau wie ihr? Okay, sie hatten sich gut verstanden. Er hatte ihr sein Herz ausgeschüttet und sie ihm das ihre.

Was für ein toller Beruf Schamane doch sei. Man sei mit der Natur verwurzelt, in der Lage, Menschen zu ihrem wahren Ich zu verhelfen, sie zu heilen, sie gar neu zu erschaffen. Die Existenz als Elektriker habe ihn nicht ausgefüllt, ewig nur Strom und Leitungen, Schraubenzieher und Kabel, die vielen Volt. Nein, das konnte es nicht gewesen sein, habe er sich irgendwann gesagt und sich an der Akademie für internationalen Schamanismus zum Schamanen ausbilden lassen. Nach allen vier Lehrgängen und erfolgreich absolvierten Prüfungen dürfe er sich nun Schaman Rituals nennen, besitze sogar ein Diplom, das bei ihm zu Hause über dem Sofa hänge. Schamane höre sich jedenfalls besser an als Elektriker. Er habe schon immer gewusst, dass er zu mehr fähig sei. Mit Unterstützung seiner Gattin Jana, die sich mit Ebay-Verkäufen und Putzstellen durchschlage, habe er diese Akademie besucht. Zwei Jahre ohne sein Einkommen finanziell zu überbrücken, sei nicht einfach gewesen. Neun Kilo habe er in dieser Zeit abgenommen. Oft hätten sie nur von dem gelebt, was der Garten hergegeben oder Hemavati sich irgendwo erschlichen habe. Da er für Wildniserfahrung in Afrika kein Geld gehabt habe, habe er diese Kenntnisse im heimischen Sauerland gesammelt, sei sogar zu Fuß bis zum Wilzenberg gewandert. Dort habe er sich beigebracht, wie man Feuer macht, sich orientiert und Fährten sucht. Er habe sich von Regenwürmern und anderen Kleintieren ernährt.

Waltraud war bei seinen Schilderungen überzeugt gewesen, dass er etwas übertrieb und es mit der Wahrheit nicht so genau nahm. Dafür mit dem Thema Heilen. Schließlich hatte er mit seinem Wissen Sigrun und Helmut geholfen. Beide hatten unter Gallensteinen gelitten, die, nachdem Hemavati deren Wohnung ausgeräuchert und die bösen

Geister aus ihren Körpern getrommelt hatte, verschwunden waren. Beide waren inzwischen wieder topfit. Und das für gerade einmal 2.000 Euro, für beide zusammen.

Zugute kam Hemavati sein Aussehen. Er wirkte wesentlich älter, als er war. Und verwegen irgendwie. Der Blick aus seinen großen blauen Augen ließ niemanden kalt, davon konnte Waltraud ein Lied singen. Nach dem Seminar in Arnsberg war sie überzeugt gewesen, dass das Seelenverwandtschaft war. Sie hatte ihm vertraut. Die Chemie hatte gestimmt.

Das hatte sie auch laut gesagt, als sie im Anschluss an das Seminar zu dritt, Anni, Hemavati und sie, in der netten Weinstube zusammengesessen waren. Anni hatte sie auf der Heimfahrt gewarnt. »Der taugt nichts«, war ihre Meinung gewesen. »Lass die Finger von ihm«, hatte sie ihr geraten. Zunächst hatte sie Anni nicht geglaubt und ihren Rat nicht befolgt. Nach und nach hatte sie jedoch festgestellt, dass dieser Mann eigentlich dumm wie Brot war.

Als Anni am Heiligen Abend mit einem selbst gebackenen Christstollen zu ihr gekommen war und Hemavati sie erblickt hatte, war seine Kinnlade heruntergefallen. Er war regelrecht erstarrt. Anni hatte ihm die Show gestohlen, war ihm in die Quere gekommen. Anni hatte sich freundlich mit an den Tisch gesetzt und sich aufgeregt über ihr rotes Jersey-Kostüm gestrichen. Sie mochte ihn nicht und hatte trotzdem alles gegeben, um bei ihm anzukommen. Als Waltraud ein weiteres Weinglas für Anni aus dem Schrank hatte nehmen wollen, hatte er abgewehrt und den Schnittchenteller weiter zu sich herangezogen, für Anni nicht mehr erreichbar. Bei allem, was Anni gesagt hatte, war er ihr über den Mund gefahren, frech und unhöflich. Irgendwann hatte er sein Handy aus der Tasche gezogen und mit wenigen Worten telefoniert.

Ab da war Filmriss bei Waltraud.

Bis sie hier unten in diesem Kellerloch erwacht war. Wo war ihr Smartphone? Wo ihre Tasche? Auch ihr Mantel war nicht da. Hatte er sie so aus ihrer Wohnung entführt? Nur in Pulli und Hose? Hatte Anni denn nichts unternommen? Nicht Margareta verständigt? Ihre liebe Tochter Margareta, um die sie sich in den letzten Wochen kaum gekümmert hatte. Nur noch Hemavati war wichtig gewesen. Wohnte er hier in diesem Haus?

Noch immer hörte sie seine Stimme direkt über ihr. Die Frau war inzwischen ziemlich laut geworden, weshalb er beruhigend auf sie einredete. War die Frau die seine, Jana?

Inzwischen konnte Waltraud jedes Wort verstehen, so laut schrien sich die beiden an.

»Die verschwindet wieder, sobald ich die Kohle habe. Jeden Tag ein Tablettchen und sie bleibt ruhig.«

»Und die andere?«

»Was weiß ich, was mit der ist.«

»Was, wenn sie die Polizei ruft?«

»Dazu ist die nicht mehr in der Lage.«

»Was soll das heißen?«

»Gar nichts, ich weiß nicht, was er mit ihr gemacht hat.«

Er? Wer war er? War da noch jemand gewesen?

Ein Topf fiel zu Boden. Die Frau schrie: »Du bringst sie hier weg! Ist das klar? Die paar Kröten, die sie kriegt, übrigens erst in zwei Wochen, helfen uns auch nicht weiter. Du lässt sie verschwinden! Hast du verstanden? Sonst lasse ich die Bombe platzen und du gehst ab in den Kahn! Dein Zuhause bist du dann los.«

Wieder knallte es mehrmals. Wahrscheinlich hatte die Frau mit einem Fleischklopfer auf die Arbeitsplatte geschlagen. Ein Hund heulte auf.

»Wo soll ich sie denn hinbringen? Warten wir doch die zwei Wochen ab!«

»Ich habe deine Eskapaden satt! Du schaffst sie weg! Um uns herum ist schließlich Wald genug. Du bist so ein …«

»Und du?«, unterbrach er sie. »Mit der Natur leben und sich die Haare mit Chemie färben? Das passt ja wohl nicht! Was hast du schon auf die Reihe bekommen im Leben? Nicht wirklich viel! Hauptschule nach etlichen Ehrenrunden abgebrochen, zwei Ausbildungen angefangen, Lebensmittelbranche und Friseur, beides zu anstrengend. Der Rücken, Kopfschmerzen, Allergie. Mit deinen Ebay-Verkäufen verdienst du zeitweise ganz gut, aber putzen lassen will von dir bald keiner mehr. Die Leute mögen dich nicht wegen deiner verlogenen Art. Ständig setzt du Gerüchte in die Welt und beklaust deine Arbeitgeber. Wie dämlich kann man sein? Zugegeben, im Garten bist du recht geschickt. Was du anpflanzt, gedeiht prächtig. Dein Gemüse hat uns das eine oder andere Mal vor dem Verhungern bewahrt. Und deine Kräuterpflänzchen bringen auf dem Wochenmarkt sogar etwas Geld ein. Dennoch: Das gibt dir nicht das Recht, mich so zu bevormunden! Wessen Idee war es denn, Waltrauds Versicherungssumme abzugreifen? Und jetzt bekommst du kalte Füße, und ich soll sie in den Wald bringen? Bevor die Knete fällig wird? Hast du den Verstand verloren?«

Waltraud zuckte zusammen. Du meine Güte, das war ja wie bei Hänsel und Gretel. In den Wald bringen! Die Frage war nur, ob auch sie wie die Kinder in dem Märchen irgendwann an ein Knusperhäuschen geraten würde. Bei Eis und Schnee ohne Mantel in den Wald … Wie grausam!

Wankend stand sie vom Sofa auf, stellte sich mit wackeligen Beinen auf einen Stuhl und versuchte aus einem der Fenster zu blicken, nachdem sie das Rollo ein wenig hochgelassen hatte. Ein trostloser Garten, mit Schnee bedeckten Beeten, dahinter Wald. Mehr war nicht zu sehen. Kein Haus. Kein Nachbar weit und breit. Nichts.

Weinend setzte sie sich wieder hin. Ob sie den alten Fernseher einschalten sollte? Oben war es nun still geworden, dafür hörte sie Schritte auf der Treppe nach unten. Ein elendes Räuspern.

Die Tür ging auf, und die erbärmliche Gestalt Hemavatis erschien. Wie er aussah! Waltraud spürte nur noch Verachtung für ihn.

»Wo bin ich hier?«, fragte sie. Ihre Zunge fühlte sich dick an, das Sprechen fiel ihr schwer. »Wieso hast du mich hierhergebracht? Wegen meiner kleinen Lebensversicherung? Den paar Flöhen? Das kann doch nicht dein Ernst sein! Wer hat dir geholfen? Was ist mit Anni?«

Hemavati ließ sich stöhnend auf einen Stuhl fallen, fasste sich an den Kopf und starrte auf die altmodische Wachstuchtischdecke. Sein ach so tolles Haar hatte er zu einem Zopf zusammengebunden. Er trug nur einen schwarzen Bademantel, der bis zum Bauch offen stand. Um seinen Hals die Kette mit dem albernen Haifischzahn. Ein billiger Kirmesartikel. Sein Geruch passte zu dem hier unten im Keller. Was für eine elende Gestalt! Kam er sich etwa sexy vor? Wie unprofessionell, ohne Maske zu ihr zu kommen. Er war schlicht und einfach dumm.

»Fragen über Fragen, liebe Waltraud!«

Er schob ihr eine kleine Schüssel mit Hühnersuppe hin, die sie erst jetzt wahrnahm. Ein abgeschlagenes Gefäß mit einer trüben Flüssigkeit, in der ein undefinierbares Zeug schwamm. Sie roch nach Huhn.

»Oh, zu Weihnachten Hühnersuppe? Wie edel!« Ihren sarkastischen Humor hatte Waltraud noch nicht verloren.

Am liebsten hätte sie ihm den Inhalt dieses Schälchens über seinen Kopf gegossen.

Hemavati stöhnte erneut auf und griff zu der Schere, die auf dem Tisch lag. Er starrte Waltraud lange an, so, als würde er tatsächlich darüber nachdenken, sie zu entsorgen, um alles zu vergessen. Dann stach er mit der Schere in die hässliche Tischdecke. Wieder und wieder. Sein Gesicht war wutverzerrt. Nichts mehr mit dem sympathischen Lächeln, das sich sonst oft über sein gesamtes Gesicht gezogen hatte.

»Was hast du bloß für eine Frau? Du hast Angst vor ihr, oder? Willst du mich wirklich in den Wald bringen? Meine Tochter ist Privatdetektivin, habe ich dir doch erzählt. Die wird mich längst suchen. Mein Schwiegersohn ist Erster Hauptkommissar der Kripo in Buer und für seinen Spürsinn bekannt.« Wie leicht ihr doch diese Lüge bezüglich Thomas über die Lippen kam.

Wieder sah Hemavati sie mit seinem dämlichen Blick an und dachte krampfhaft nach. Zweifelsohne war er mit seinem Latein am Ende, dieser Dummkopf.

Wie hatte sie ihm nur auf den Leim gehen können? Schöne Worte hatte er ihr um die Ohren gehauen. Wochenlang. Ihr von den Raunächten vorgeschwärmt, die dazu prädestiniert seien, ihr Leben zu verändern. Neuanfang, spirituelles Dasein. Ein guter Schauspieler war dieser Mann. Pah!

»Wer ist dein Komplize? Was ist mit Anni?« Waltraud ließ nicht locker.

»Anni, Anni. Ich höre immer nur Anni! Was kreuzt deine Freundin auch einfach so auf? Chitran hat ihr eins übergebraten.«

»Chitran? Ist das auch so eine verkrachte Existenz, der es plötzlich in den Sinn kam, zum Schamanen umzuschulen?«

»Chitran war wie ich unzufrieden in seinem Beruf und hat umgesattelt. Was ist schlimm daran?«

»Im Grunde genommen nichts. Solange man sich nichts zuschulden kommen lässt.«

»Das war Pech. Wieso ist Anni nicht zu Hause geblieben? Im Grunde ist Chitran eine ehrliche Haut und ein guter Kumpel. Im wahrsten Sinne des Wortes, bevor die Zeche in Kamp-Lintfort schloss. Unter Tage vor Kohle. Auch er war schon immer spirituell angehaucht. Deshalb ist er ebenfalls zur Akademie gegangen, um sich als Schamane ausbilden zu lassen. Er ist zehn Jahre älter als ich, verheiratet, hat einen Sohn, den Krischan, 15 Jahre alt.«

»Weißt du was, lieber Hemavati? Ihr habt beide den absoluten Kopfschuss! Du hast ihn also von meiner Wohnung aus angerufen, und er kam dir sofort zur Hilfe? Am Heiligabend? Eine ganz schöne Strecke von Kamp-Lintfort. Was hast du ihm gesagt?«

»Dass ich seine Hilfe brauche.«

»Und er fuhr los und schlug Anni zusammen?«

»Es ging nicht anders. Die machte den großen Aufstand, als du zu Boden gingst. Was sollten wir denn machen? Außerdem hat er so fest gar nicht zugeschlagen.«

Waltraud schüttelte den Kopf. Sie konnte nicht glauben, was sie da aus dem Munde des angeblich so gebildeten Hemavati hörte. Der hatte doch nicht alle Tassen im Schrank! »Wer kam denn auf die Idee, mich mitzunehmen und zu verstecken? Wie soll es weitergehen? Du willst mich ernsthaft in den Wald bringen? Wie krank ist das denn?«

»Du hast gelauscht!« Hemavati grinste dämlich, zuckte nur mit den Schultern.

Waltraud wurde es langsam zu blöd. Sie könnte ihm die Schere entwenden und in die Brust rammen. Dann würde er jedoch schreien und die Alte würde auf der Bildfläche erscheinen. »Was hast du mir in den Wein getan?«

»Nur ein wenig Propofol. Du lebst ja noch!«

Waltraud erinnerte sich, wie ihr ganz plötzlich, nach einem guten Schluck ihres Weines, schlecht geworden und sie vom Stuhl gefallen war. Er arbeitete mit allen Mitteln, sie hatte ihn unterschätzt. Wo hatte er Propofol her?

Hemavati fasste nach ihrer Hand. Er merkte, dass er einen Gang zurückschalten musste. Auch wegen ihrer Tochter und dem Kommissaren-Schwiegersohn. Er setzte seinen unwiderstehlichen Blick auf und streichelte ihre Arme.

Doch das zog bei Waltraud nicht mehr. Sie entriss ihm diese, stand auf, beugte sich zu ihm hinunter und packte ihn mit beiden Händen an seinem Bademantel. »Du lässt mich jetzt gehen! Und zwar sofort! Ruf mir ein Taxi. Los!« Bei Waltraud war so langsam Schluss mit lustig.

Hemavatis Hirn ratterte hinter seiner faltigen Stirn, das konnte Waltraud sehen. Sie in den Wald zu bringen und dort sich selbst zu überlassen, würde ihm leidtun, davon war sie überzeugt. Sie setzte gerade dazu an, ihm gut zuzureden, damit er sie laufen lassen würde. Da hörten beide die kreischende Stimme seiner Gattin.

»Komm sofort rauf! Ich sage das nicht zweimal! Vergiss nicht, die Tür abzuschließen.«

»Ich muss«, sagte er fast flüsternd und stand auf, um das Kellerloch zu verlassen.

Waltraud war trotzdem zuversichtlich, bald eine Möglichkeit zur Flucht zu finden. Hoffnungsvoll gab sie sich der ersten Raunacht hin.

5.

Zweite Raunacht: 26. auf 27. Dezember.
Was wäre Liebe ohne Vertrauen? Vertrauen in den Part-
ner, den Körper oder das eigene Leben?

Konnte Margareta Thomas bedingungslos vertrauen? Sie
konnte es nicht beantworten. Verlass war schon auf ihn. Aber
körperliche Treue? Da war sie sich nicht so sicher. Von sich
aus würde er nicht fremdgehen, dazu war er viel zu bequem.
Doch das Biest Jenni hatte es schon einmal geschafft, in ihre
bis dahin gut geglaubte Beziehung einzudringen. Egal, Thomas war jetzt nicht Margaretas größte Sorge.

Sie richtete ihre Gedanken auf Waltraud. Auf die konnte
sie sich verlassen. Oft nervig, aber immer für sie da, ihre gute
Mutter. Doch empfand sie Liebe für sie? Eher Gewohnheit
und Sympathie, musste sie feststellen. Dennoch sah sie es
als ihre Pflicht an, sie zu suchen.

»Vertrauen erdet wie ein Baum, der jedem Sturm stand-
hält«, stand in dem Raunächte-Buch. Dann durfte es aber
kein Orkan sein, dachte sie schmunzelnd. Was war mit dem
Orkan Kyrill im Jahre 2007? 25 Millionen Bäume hatten
nicht standhalten können und waren reihenweise umge-
knickt wie Streichhölzer.

Margareta las weiter. »Vertraue auf die eigene Urteils-
kraft der richtigen Entscheidung. Wer trifft schon immer
die richtige? Übung des Tages: Schließe die Augen und stelle
dir schön verpackte Geschenke vor. Sie enthalten alles, was

dir fehlt, um Vertrauen zu haben: eine behütete Kindheit, Eigenliebe und Urvertrauen.«

Hatte sie eine behütete Kindheit gehabt? Werde nicht ungerecht und fange nicht an zu zweifeln. Du hattest eine tolle Kindheit! Tränen traten in ihre Augen. Sie dachte an ihren lieben Vater, der viel zu früh sein Leben lassen musste, weil ein Irrer ihm mit einem Mörser den Schädel eingeschlagen hatte. Der einzige Makel ihrer Kindheit war ihr Bruder gewesen, den sie oft zum Teufel gewünscht hatte. Zänkisch, verlogen und unverschämt war er als Kind gewesen.

Nun sollte sie also die Geschenke öffnen und bestimmen, was darin war. Sie kam sich albern vor. Reichte ihre ansonsten große Fantasie dafür aus? Anschließend würde die Energie in ihr fließen, stand in dem Buch.

Sie stellte sich krampfhaft vor, in einem Päckchen die Anschrift von Waltrauds momentanem Aufenthaltsort zu finden oder zumindest ein Zeichen von ihr. Eine schöne Kiste, die aussah wie ein edler Schuhkarton, in rotes Papier gehüllt, mit einer dicken Schleife obendrauf. Hastig riss sie gedanklich das Papier ab, voller Spannung öffnete sie das Päckchen, doch es war leer.

Sie schmiss das Buch in die Ecke, tat es als Kokolores ab, seufzte und ging unter die Dusche.

Wenig später betrat sie die Küche. Thomas saß am Tisch, sah sie mit liebevollem Blick an und lächelte. Wann hatte er sie das letzte Mal so warmherzig angeschaut? Sie lächelte zurück und setzte sich zu ihm. Er hatte Brötchen aufgebacken und den Tisch gedeckt. Sogar Eier hatte er gekocht. Doch ein Lieber, dachte sie und hoffte, dass sie nicht steinhart waren.

»Jenni hat gerade angerufen. Sie kommt vorbei und holt mich ab. Wir wollen zum Krankenhaus. Vielleicht ist Anni aufgewacht. Danach gehen wir noch mal in die Wohnung von Waltraud.« Wie ein aufgeregter kleiner Junge wartete er auf ihren Kommentar.

»Wieso trefft ihr euch nicht am Krankenhaus?« Margareta hoffte, dass diese Frau nicht an ihrer Wohnungstür klingeln würde und sie diese auch noch hereinbitten müsste.

»Warum soll sie mich nicht abholen? Eifersüchtig?«

»Auf diese dumme Ziege?« Und doch nagte der Stachel der Eifersucht an ihr, musste sie zugeben. Gebranntes Kind eben. »Ich darf dich daran erinnern, dass sie sich schon einmal an einen meiner Partner herangeschmissen hat.«

»Das war nicht allein Jennis Schuld. Stefan Kornblum war bekannt dafür, jedem weiblichen Wesen hinterherzurennen.« Nervös fuchtelte Thomas ihr mit seinem Eierlöffel vor dem Gesicht herum.

»Na ja, du musst es ja wissen. Mach doch, was du willst.«

»Jetzt bist du beleidigt, oder?«

»Gott bewahre!« Margareta hatte andere Sorgen. »Ich dachte, du wolltest mich mitnehmen ins Krankenhaus?«

»Das geht nicht, und das weißt du auch. Ich habe dir nichts versprochen.«

»Na, das hat sich heute Nacht aber anders angehört.« Dieser linke Furz, dachte Margareta.

»Du hast mich genötigt, regelrecht erpresst, meine Situation ausgenutzt. Kein schöner Zug von dir.« Ein Lächeln erschien auf seinem Gesicht. Wahrscheinlich dachte er mit Wohlgefühl an die letzte Nacht.

»Die Raunächte haben durchaus was für sich«, erwiderte Margareta und küsste ihn auf die Wange. »Nein, ich bin nicht eifersüchtig auf diese komische Kommissarin. Das habe ich nicht nötig!« Thomas passte eindeutig nicht in

Jennis Beuteschema, war Margareta sich sicher. An diesem lahmen Kerl hätte das Powerpaket Jenni wenig Freude.

»Nein, hast du nicht.« Zärtlich zog Thomas Margareta an sich.

Das Lächeln wird ihm schon noch vergehen, dachte sie. Spätestens, wenn er das zerstörte Siegel an Waltrauds Wohnungstür sah. Jemand war vor ihr in der Wohnung gewesen, hatte in den Schränken gewühlt, sich jedoch nicht zu erkennen gegeben. Allerdings ahnte Margareta, wer sich Zugang zu der Wohnung verschafft hatte. Es konnte nur der Krankenpfleger aus dem Dachgeschoss gewesen sein. Sie hatte gestern schnell das Weite gesucht, als sie die Geräusche aus dem Schlafzimmer gehört hatte, denn sie hatte nicht auch niedergeschlagen werden wollen.

Thomas machte sich auf den Weg, ohne dass Jenni an der Tür geklingelt hatte, und Margareta verzog sich auf das Sofa. Sie griff zu Waltrauds kleinem Notizbuch und ging die Eintragungen weiter durch. Namen, die ihr überhaupt nichts sagten, waren darunter und welche, die Erinnerungen in ihr weckten. Fritz Repin aus Kamp-Lintfort, der verfressene, dürre Kerl, der dauernd unangemeldet bei ihren Eltern auf der Matte gestanden hatte, um sich mal wieder durchzufuttern. Wie erstaunt er jedes Mal über den prall gefüllten Kühlschrank gewesen war. Seine Angetraute Hedwig hatte orthopädische Schuhe an ihren verformten Füßen getragen und als Sekretärin gearbeitet. Klein-Margareta hatte sich immer wieder über diese Frau gewundert, die voller Stolz ihren Damenbart trug. Unter einer Sekretärin hatte sie sich etwas ganz anderes vorgestellt. Einen flotten Feger mit schicker Kleidung und Frisur. An Hedwig jedoch hatten selbst genähte Bollerhosen und ebensolche Blusen geklebt. Ihre Topffrisur hatte dies alles noch getoppt. Wie alt mochte

Onkel Fritz jetzt sein? In den Siebzigern bestimmt. Es gab auch einen Fritz junior, der ein paar Jährchen älter war als Margareta. Damals ein unauffälliger, gehorsamer Junge, der sich mit Hingabe seinen Hühnern gewidmet hatte.

Ruhigen Gewissens strich Margareta den Eintrag durch. Sie nahm sich vor, sich nur auf die wesentlichen Personen zu konzentrieren. Aber wer waren diese? Konnte man vorher nicht wissen. Sie legte das Büchlein zur Seite und starrte nach draußen in den schneeverhangenen Himmel. Es zog sie in Waltrauds Wohnung und zu diesem Michael Patzke aus dem Dachgeschoss. Ob Thomas inzwischen schon dort war? Oder noch im Krankenhaus?

Ihr Handy summte. Thomas. Er atmete ein paarmal tief durch, bevor er zu sprechen begann.

Das machte Margareta total nervös. »Was ist los, Thomas? Nun sag schon. Ist Anni tot?«

»Nein, aber es sieht nicht gut aus. Sie liegt immer noch im tiefsten Koma. Mit einer Befragung wird das vorläufig nichts. Der Arzt, mit dem ich gesprochen habe, machte mir nur wenig Hoffnung. Schade.« Er schien tatsächlich betroffen zu sein. »Die Tochter nebst Mann und der demente Ehemann der alten Anni waren mit uns hier. Der Alte ist total ausgerastet, weinte wie ein kleines Kind.« Thomas schwieg erneut. Nahm ihn Annis Schicksal so mit?

»Was hast du nun vor?« Margareta hatte Angst um Anni und war gleichzeitig enttäuscht. Denn sie allein wusste, was geschehen war, und hätte ihr mehr sagen können.

»Waltraud suchen. Was sonst? Wir fahren jetzt in ihre Wohnung und knöpfen uns diesen Typen vor.«

Margareta musste schmunzeln. Sie hatte die gleiche Idee gehabt, musste aber nun abwarten, da sie dem Kommissaren-Duo nicht in die Arme laufen wollte.

»Und du? Bist du zu Hause, wenn ich heute Nachmittag wiederkomme? Oder packst du schon deine Sachen, um in weiter Ferne nach deiner Mutter zu suchen?«

»Nein, ich werde hier sein!«

»Koche uns doch was Schönes«, bat er sie.

»Das wüsste ich aber!« Kopfschüttelnd beendete sie das Gespräch. In Gedanken war sie bereits ganz woanders.

Was würde die zweite Raunacht bringen?

*

Stundenlanges Recherchieren in Waltrauds Büchlein und im Internet brachte Margareta auch nicht weiter. Gegen 17 Uhr kam Thomas heim. Ziemlich verärgert berichtete er ihr, wie dämlich sich dieser Anni-Schwiegersohn im Krankenhaus aufgeführt hatte. Thomas hatte kurz vor Feierabend erneut mit dem Arzt gesprochen. Er hatte den Verdacht geäußert, dass auf Anni zweimal eingeschlagen worden war, mit einem zeitlichen Abstand dazwischen.

Zwei verschiedene Täter? Sollte Margareta sich nicht so sehr auf Hemavati konzentrieren? Diesen würde sich die Kripo erst in zwei Tagen – den Weihnachtstagen geschuldet – im tiefen Sauerland vorknöpfen. Hatte Thomas die Adresse dieses Schamanen schon herausgefunden? Margareta wollte sich nicht die Blöße geben und ihn danach fragen. Sie würde sie auch selbst herausbekommen.

Ein Weihnachtsabendessen, wie von Thomas erhofft, gab es nicht. Margareta ließ sich nur dazu herab, für beide einen Strammen Max zu zaubern, da das Verfallsdatum der Eier im Kühlschrank bereits überschritten war. Was war schließlich schon Weihnachten? Musste immer groß aufgefahren werden?

Von Waltrauds Wohnung erzählte Thomas nichts. Waren Jenni und er nun dort gewesen oder nicht?

Ich muss jedenfalls unbedingt heute noch einmal hin, dachte Margareta und sah nervös auf die Uhr. Sie griff zu der Weinflasche, die auf dem Tisch stand, und goss Thomas das Glas voll.

»Nicht so viel! Geht es noch? Ich habe Bereitschaft. Hast du das vergessen?«, empörte er sich, trank das Glas aber leer. Schmeckte ihm wohl, der Riesling von der Mosel.

Margaretas Rechnung ging auf. Gegen 22 Uhr schlief er im Sessel ein und ließ sich kurz darauf überreden, sein Bett aufzusuchen.

Keine 15 Minuten später machte sich Margareta auf den Weg, die Alleestraße entlang zu Waltrauds Wohnung. Wie idyllisch die Siedlung in dieser Winternacht wirkte! Das begeisterte sie immer wieder aufs Neue. Die renovierten Gebäude stammten aus den Jahren 1912 bis 1914 und waren teilweise im Fachwerkstil erbaut, ein echtes Idyll, besonders der Wohnturm, der über die Siedlung wachte.

Sie wunderte sich, dass Thomas nichts wegen des zerstörten Siegels gesagt hatte. Das war nun auch schon egal.

Zum Glück schneite es nicht. Die Luft war frostig und klar. Als sie die dunkle Hofeinfahrt betrat, schaute sie sich kurz um, da ihr ein wenig mulmig zumute war. Alle Fenster des Hauses lagen im Dunkeln. Na ja, immerhin war es fast Mitternacht.

Im Treppenhaus hatte sie das Gefühl, dass jemand hinter ihr war. Die alten Holztreppen knarzten. Es roch nach Bohnerwachs und Feuchtigkeit. Als sie vor der Tür ihrer Mutter stand, hörte sie Musik von oben aus dem Dachgeschoss. Der Altenpfleger war also noch auf. Ob sie ihm einen Besuch abstatten sollte?

Vorsichtig schloss sie die Tür auf und betrat die Wohnung. Alles ruhig. Sie schritt von Zimmer zu Zimmer, warf ihre dicke Jacke achtlos auf einen Sessel, öffnete Waltrauds Sekretär, der in der Ecke des Wohnzimmers stand, und setzte sich davor, nachdem sie die kleine Lampe darauf eingeschaltet hatte. Alles unauffällig. Emsig durchforstete sie die vielen kleinen und größeren Fächer. Ein Umschlag mit den Unterlagen des Raunächteseminars fiel ihr entgegen. Bunte Flyer, bedruckte Blätter mit Hinweisen, ein Hotelprospekt vom Dorint-Hotel in Arnsberg. Außerdem ein weißes DIN-A4-Blatt mit handschriftlichen Notizen ihrer Mutter. Beim Anblick der schönen Schnörkelschrift traten Margareta Tränen in die Augen. Würde sie ihre Mutter jemals wiedersehen?

War das Hemavatis Adresse vorn auf dem Umschlag? Große Buchstaben mit einem Filzstift geschrieben? Sie entschied sich, ihn mitzunehmen. Hatten Thomas oder seine Leute ihn schon gesehen? Entdeckt und für nicht wichtig empfunden?

Die Police der Lebensversicherung suchte sie vergeblich. Möglicherweise hatte Hemavati sie. Dachte er, dass er so einfach an Waltrauds Geld kommen würde, dieser Trottel? Sie schaltete das winzige Lämpchen aus und stand von dem Biedermeier-Schemel auf.

Sie ging ins Schlafzimmer, ließ das Rollo hoch und öffnete das Fenster. Durfte sie das überhaupt? Sie wusste es nicht. Das Licht ließ sie ausgeschaltet. Trotz der Kälte beugte sie sich tief aus dem Fenster und atmete die Winterluft ein. Ihr Blick ging zum Nachbarhaus direkt gegenüber. Im ersten Stock stand ein Mann am Fenster und rauchte eine Zigarette. Bein Aufglimmen sah Margareta das Weiße seiner großen Augen aufblitzen. Ringellocken umrahmten sein Gesicht.

Wer war das? Ein neuer Mieter? Sie kannte alle Bewohner der Siedlung. Hier kannte jeder jeden. Dieser Typ war ihr unbekannt. Erschrocken schloss sie das Fenster und ließ das Rollo wieder herunter. Das musste sie unbedingt abklären. Hatte der Kerl vielleicht am Heiligen Abend etwas beobachtet, das ihr weiterhelfen könnte? Sollte sie Patzke fragen? Ja, entschied sie, doch nicht heute Nacht.

Kurz suchte sie in den anderen Schränken und in der Küche noch nach der Police und Bargeld, dann schob sie mit dem Päckchen unter dem Arm ab. Mit weichen Knien lief sie Richtung Wohnturm. Hätte sie nur das Auto genommen, warf sie sich vor. Sie spürte einen Atemhauch in ihrem Nacken und drehte sich dauernd um. Der fremde Kerl spukte ihr im Kopf herum.

Völlig aufgewühlt lag sie noch lange Zeit wach, konnte nicht einschlafen. Wer war der fremde Mann gegenüber dem Wohnhaus ihrer Mutter? Hatte Waltraud am Heiligabend weiteren Besuch gehabt? Plötzlich erschien ihr Hemavati gar nicht mehr so wichtig. Könnte auch ein anderer gewesen sein. Hoffentlich überlebte Anni die grausige Tat.

Morgen wollte Margareta mit ihrer Cousine Christel und diesem müden Hans-Günther Kapteina telefonieren. Vielleicht war einer der beiden an Heiligabend bei Waltraud gewesen, um die liebe Tante anzubetteln. Aber einen Mord oder eine Entführung traute sie dieser Verwandtschaft, wenn sie ehrlich war, nicht zu.

Thomas schlief tief und fest, ohne jegliche Schnarchgeräusche von sich zu geben. Ihr fiel die Affirmation vor dem Einschlafen aus dem Raunächtebuch ein. Möge mein Urvertrauen in meinen Träumen Ausdruck finden und mich durch die Nacht geleiten, sagte sie sich immer wieder. Und es half. Irgendwann schlief sie ein.

Gegen 6 Uhr stand sie auf und setzte sich mit den Seminar-unterlagen ihrer Mutter an den Küchentisch. Die in ihrer kindlichen Schrift auf den Umschlag gekritzelte Adresse von Hemavati ließ sie kurz auflachen. Wie unprofessionell!

Hinfahren konnte sie nicht sofort, aber anrufen. Sie wagte es endlich, seine Handynummer zu wählen. Zu früher Morgenstunde am zweiten Weihnachtstag.

Er nahm das Gespräch tatsächlich an.

6.

Ein mit Schneewolken verhangener Himmel über Kamp-Lintfort. Tristesse pur in der Moritzstraße, einer ehemaligen Zechensiedlung. Kahle Bäume, hier und da geschmückte Fenster und ein Weihnachtsbaum, den man erblickte, wenn man durch das Fenster in das kleine Idyll schaute.

Der 1,90 Meter große, schlanke Mann fegte wütend die Kaffeetasse vom Tisch, fuhr sich durch sein blondes Haar und schlug anschließend mit der Faust auf die Bastunterlage. Er fluchte laut. Rief vulgäre Worte in die dunkle Küche mit den ollen Möbeln, die noch von seinen Eltern stammten. Genau wie der weihnachtliche Plastikstrauß, ekelhaft geschmückt mit kitschiger bunter Lichterkette. Wie hatte er sich dazu hinreißen lassen können, mit von der Partie zu sein?

Nun saß er hier, am zweiten Weihnachtstag, am Frühstückstisch bei Stuten und Marmelade und machte sich schwere Vorwürfe. Chitran, der Schamane, 52 Jahre alt, ehemaliger Bergmann, vorzeitig im Ruhestand nach der Schließung der Zeche, hatte sich breitschlagen lassen. Eigentlich hatte er mit spirituellen Dingen überhaupt nichts am Hut, doch sein Kumpel Hemavati hatte ihn überredet, sich als Schamane selbstständig zu machen. Immer wieder, bei jedem ihrer Treffen hatte er davon angefangen. Gerade in der heutigen hektischen, schnelllebigen Zeit suchten die Menschen nach Ruhe und Ausgeglichenheit, hatte Hemavati gesagt, und diese würden sie in der Spiritualität finden. Er könne sich vor Aufträgen nicht retten. Die Kurse über die Raunächte seien sehr gefragt, der Rubel würde rollen.

Von den Raunächten hatte Chitran bis dahin nichts gehört, wohl aber davon, dass man zwischen den Jahren keine Wäsche hängen lassen sollte, da sonst jemand aus der Familie sterben würde. Und mit Ausräuchern hatte er einschlägige Erfahrungen gesammelt. Die letzte Frau, die er bei einem Advents-Speed-Dating kennengelernt hatte, hatte ihm sein Schlafzimmer ausgeräuchert, um die bösen Geister zu verscheuchen und ihn sexuell auf Trab zu bringen. Tagelang hatte er es nicht nutzen können, weil der Gestank ihn wahnsinnig gemacht hatte. Er hatte stattdessen im Wohnzimmer auf der Couch geschlafen. Die Dame hatte daraufhin ihre Sachen packen und verschwinden dürfen.

Hemavati hatte schon immer einen Spleen gehabt, fand Chitran – den Namen hatte Hemavati für ihn ausgesucht. Klar war Hemavati, als das Bergwerk West, wo er als Elektriker beschäftigt gewesen war, dichtgemacht hatte, mit seinen damals 32 Jahren viel zu jung gewesen, um in Rente zu gehen. Zu der Zeit hatte er noch Norbert Schauerte geheißen. Einen neuen Job in seinem Beruf hatte er sich aber auch nicht suchen wollen. Deshalb war er zu seiner Gattin gezogen, die im Sauerland ein Haus geerbt und dort gewohnt hatte, während Hemavati unter der Woche bei Chitran in einem gemieteten Zimmer genächtigt hatte. 100 Euro hatte Chitran für die Dachkammer mit Palmentapete aus den 70er-Jahren in seinem Zechenhaus verlangt. Chitran war ganz froh über diese Zweckgemeinschaft gewesen, denn seit seine Gattin ihn verlassen hatte, lebte er mit seinem Sohn Krischan allein.

Hemavati hatte seine Frau vor gut zehn Jahren bei einer Wanderung des Sauerländischen Gebirgsvereins kennengelernt. Sie war drei Jahre älter als er, eine drahtige, blasse Erscheinung mit großer Klappe. Grüne Augen und eine dicke Nase beherrschten ihr Sommersprossengesicht. Gelernt hatte sie nichts, ihr war alles zu mühselig. Sie schlug sich mit Gartenarbeit durch, soviel Chitran wusste. Hemavati hatte sein Zimmer in Kamp-Lintfort vorerst noch behalten, bis er ganz zu ihr aufs Land gezogen war. Dort hatte er eine Zeit lang von seiner Abfindung gelebt und dann beschlossen, auf Schamane umzuschulen. Menschen, die auf so etwas hereinfielen, gebe es schließlich genug, hatte er gesagt. Hemavatis Äußeres passte hervorragend zu seinem neuen Job. Mit seiner sonnengegerbten Haut sah er wesentlich älter aus, als sein Ausweis ihm bescheinigte, verlebt und vernarbt, urwüchsig.

Alles in Chitrans altem Zechenhaus war noch so wie zu Lebzeiten seiner Eltern. Badezimmer in Mintgrün, damals der ganze Stolz seines Vaters, Möbel wie aus dem Museum, abgelaufene Teppichböden, Anbauten wie in der ehemaligen DDR, Hühnerställe zuhauf, die besonders seinen Jungen begeisterten. Auch das Zimmer, das Hemavati bewohnt hatte, sah aus wie in den späten Siebzigern. Die Möbel toppten alles. Die Gardinen hatten Mottenlöcher, die Bettwäsche, guter alter Damast, war auch schon über 50 Jahre alt. Mehr als 100 Euro im Monat sei das Zimmer nicht wert, hatte Hemavati bei seinem Einzug gesagt und die Nase gerümpft. An der Hausarbeit hatte sich der Untermieter auch nicht beteiligt, obwohl sie das vorher abgesprochen hatten, weil er an den Wochenenden ins Sauerland gependelt war.

Deshalb war Chitran froh gewesen, als Hemavati endlich ausgezogen war und er seine Ruhe gehabt hatte. Das Geld hatte ihm zwar gefehlt, doch die Frührente, die er von der RAG bezog, reichte ihm zum Leben – für mehr aber auch nicht.

Also hatte er auf Hemavatis Rat gehört, sich –
gerade 50 geworden – bei der Akademie für internationalen Schamanismus angemeldet und ebenfalls die Ausbildung
zum Schamanen gemacht. Die Prüfung hatte er bestanden,
doch seither lief es nicht so, wie Hemavati ihm voraus-
gesagt hatte. Die Leute rannten ihm nicht die Türen ein.
Nicht eine einzige Anfrage einer VHS oder einer privaten
Person, die eine Beratung wünschte. Allerdings streckte er
auch nicht die Fühler aus, wie Hemavati es handhabe und
perfekt beherrschte. So blieben Chitran nur Nachmittage
in Frauengruppen irgendwelcher Kirchengemeinden, die
er mit seinen Ausführungen über die Raunächte kosten-
los bespaßte. Hin und wieder schenkte man ihm Pralinen,
eine Topfblume oder einen Kellerfund.

Als Hemavati ihn am Heiligen Abend völlig verzweifelt
angerufen und ihn gebeten hatte, er möge ihm helfen, es
sei dringend, hatte er sich überreden lassen, nach Gelsenkirchen zu fahren. Trotz des Einwandes seines Sohnes, es
sei Heiligabend und sie würden diesen mit Kartoffelsalat
und Würstchen gemeinsam vor dem TV verbringen wollen, hatte Chitran sich bei Eis und Schnee mit seinem alten
Škoda – ohne Winterreifen – auf den Weg nach Gelsenkirchen gemacht. Draußen am Hauseingang in der Moritzstraße hatte der alte Schürhaken gelehnt, von seinem Vater
eigenhändig aus Stahl geschmiedet. Seit Wochen hatte Chitran ihn entsorgen wollen, da er dank Heizung nicht mehr
benötigt wurde. Wieso auch immer hatte er nach dem
Schürhaken gegriffen und ihn mitgenommen.

Als er nach 40 Minuten in Gelsenkirchen in der Alleestraße vor besagtem Haus ausgestiegen war, hatte er das
schwere Ding mitgeschleppt.

Von Not war in der gemütlichen Wohnung dieser Waltraud – Hemavati hatte ihm die Geschichte dieser alten Frau erzählt – nichts zu spüren. Es sah nach gemütlicher Kaffeetafel aus mit den drei Personen rund um den Tisch. Im Hintergrund lief eine CD mit traditionellen Weihnachtsliedern von »Leise rieselt der Schnee« bis »Tochter Zion«. Ein künstlicher Weihnachtsbaum mit extrem bunten Lichtern und einem Pfund Lametta sollte weihnachtliches Flair verbreiten.

Das Problem, wegen dem Hemavati ihn angerufen hatte, war diese Freundin von Waltraud, die klapprige alte Anni, die total aufgekratzt plapperte und einfach nicht verschwinden wollte. Sie müsse das Feld räumen, flüsterte Hemavati ihm in der Küche zu. 200 Euro, wenn er sie ausschalten würde. Kampfunfähig machen sollte er sie, nicht totschlagen.

Er wollte sich nicht auf diesen Deal einlassen, sagte, er habe allein 40 Euro für den Sprit bis Gelsenkirchen gebraucht. Also schlug er Hemavati vor, es selbst zu erledigen, und gab ihm den alten Schürhaken in die Hand. Wie ein Kind fing Hemavati plötzlich an zu heulen, sodass Chitran einlenkte und das Stocheisen wieder an sich nahm.

Ja, so war das vorgestern gewesen.

Chitran bückte sich, hob die Scherben der Kaffeetasse auf, die er gerade wütend vom Tisch gefegt hatte, wischte die braune Flüssigkeit mit einem Handtuch vom Boden und seufzte. Hemavatis Anruf vorhin hatte ihn so aufgebracht. Da hatte dieser Holzkopf vermeldet, dass es dieser Anni mehr als schlecht gehe und man nicht wisse, ob sie überleben würde.

Er, der solide Chitran, ein Totschläger?

Er hatte doch nur ein einziges Mal zugeschlagen. Und auch nicht fest. Danach hatten sie dieses dünne Vögelchen ins Bett gepackt. Was sein ehemaliger Kumpel dann von ihm verlangt hatte, schlug dem Fass den Boden aus.

Nachdem Waltraud zu Boden gegangen war – Hemavati hatte ihr was ins Weinglas gemischt –, hatte sein Kumpel ihn gebeten, ihm zu helfen, sie ins Auto zu verladen, um sie ins Sauerland zu bringen. Dort wollte er sie in seinem Keller gefangen halten, bis am 14. Januar ihre Lebensversicherung fällig war. Und dann? Viel Hirnmasse war bei seinem Kumpel nicht vorhanden, das hatte Chitran ihm auch gesagt. Als wenn das so einfach vonstattengehen würde. Doch er war auf taube Ohren gestoßen, als er Hemavati das wiederholt klarzumachen versucht hatte.

Sie hatten die arme Waltraud also in den Kofferraum von Hemavatis Passat Variant gepackt. Was hatte Chitran geschwitzt, als sie die nicht gerade leichte Frau über den Hof zur Straße schleppten. Was, wenn sie jemand beobachtet hatte?

Vielleicht wäre es das Beste, sagte er sich. Dann könnte die arme Frau befreit werden, ohne dass er aktiv werden musste. Nicht mal einen Mantel hatte Hemavati ihr umgehängt. Die Handtasche hatte er vorher untersucht und Geldbörse und Smartphone an sich genommen.

Als Chitran sich auf den Beifahrersitz setzen wollte, protestierte Hemavati, er könne doch seinen Wagen hier nicht stehen lassen. Ob er denn verrückt sei? Wie wolle er außerdem zurückkommen? Nein, er müsse ihm mit seinem eigenen Auto hinterherfahren.

Nur, um die Alte in deinen Keller zu schaffen, fragte Chitran ihn ungläubig. Schlimm genug, dass er ihn am Heiligen Abend nach Gelsenkirchen gelockt hatte.

Hemavati erpresste ihn, sagte, Chitran habe womöglich eine alte Frau umgebracht. Wieder einmal gab Chitran nach und fuhr ihm hungrig und durchgefroren hinterher. Knapp 140 Kilometer Richtung Sauerland. Die Autobahnen, zuerst die A2, später die A46, und Hauptstraßen waren zwar gestreut, trotzdem war das Fahren in dieser Nacht kein Vergnügen.

Das Haus am Wald lag völlig im Dunkeln, als sie ankamen. Hemavatis Holde war wohl schon zu Bett gegangen. Nachdem Chitran sich unterkühlt und todmüde noch einmal mit der schweren Waltraud abgeschleppt hatte und sie endlich im Keller war, hoffte er, ein warmes Getränk und etwas zu essen angeboten zu bekommen. Fehlanzeige. Hemavati hatte ihm nur seine riesige Pranke sowie ein Paket Spekulatius gereicht und sich mit den Worten »Wir telefonieren« verabschiedet. Auf die Frage, was mit den 200 Ocken sei, die er ihm versprochen habe, hatte Hemavati mit den Schultern gezuckt.

Dieser Penner! Anzeigen sollte ich ihn, dachte Chitran. Das war jedoch nicht möglich, weil er in der Sache mit drin hing. Er, ein Totschläger, gar ein Mörder? Und an einer Entführung beteiligt. Warum hatte er das nur getan? Wegen 200 Euro? Er war im Leben immer den rechten Weg gegangen. Nun, mit 52 Jahren, wurde er zum Verbrecher? Er musste an Krischan denken, dem er seit jeher ein Vorbild sein wollte, im positiven Sinne.

Auf der Autobahn Richtung Heimat, das letzte Stück führte ihn über die E34, hatte er an einer Tankstelle gehalten. Nicht einmal für den Sprit hatte Hemavati ihm Bares gegeben. An der Fritten-Ranch, die der Raststätte angehörte, hatte Chitran seinen Hunger gestillt – und es nicht fassen können, dass diese Imbissbude in der Heiligen Nacht geöffnet hatte. Nach einer Bottroper Schlemmerplatte, Currywurst mit Pommes rot/weiß, zwei Frikadellen und zwei

Bechern Kaffee war es ihm besser gegangen. Die Bedienung, eine verhärmte Frau in den 6oer-Jahren mit bekleckertem Kittel, die wenigen Haare mit einem Gummi zusammengebunden, hatte ihm leidgetan, weil sie in der Heiligen Nacht schuften musste. Sicherlich brauchte sie das Geld. Und immerhin war sie besser dran als Waltraud.

Gestern, am ersten Weihnachtstag, hatte er sich seinem Sohn Krischan gewidmet. Er hatte gut gekocht, Gulasch mit Nudeln, sich mit ihm vor den Fernseher gesetzt und krampfhaft versucht, das Erlebte vom Vortag zu vergessen. Hemavati hatte es bis dahin nicht für nötig befunden, sich bei ihm zu melden, ihm zu danken oder sich zu entschuldigen. Nichts. Chitran hatte Anni bereits wieder daheim gewähnt. Doch das war leider nicht der Fall.

Vorhin erst hatte sich der große Schamane gemeldet und berichtet, dass Waltraud in seinem Keller den Lauten gemacht habe und er hoffe, dass sie brav bleibe, ohne dass er sie noch einmal ruhigstellen müsse. Notfalls mit Gewalt. Ganz beiläufig hatte er erzählt, dass es Anni gar nicht gut gehe und man mit ihrem Tod rechnen müsse. Das habe er erfahren, durch wen auch immer, ganz so blöd schien er doch nicht zu sein. Er hatte außerdem wissen wollen, was Chitran mit dem Eisen gemacht habe. Bei Lüdenscheid von der Autobahnbrücke geworfen, hatte Chitran ihm stolz gesagt.

Chitran fühlte sich seither noch elender. So kräftig hatte er gar nicht zugeschlagen.

Würde die Polizei bei ihm aufkreuzen? Oder hielt Hemavati die Klappe und ließ ihn aus dem Spiel? Wie ein Mantra betete Chitran vor sich hin, der Kelch möge an ihm vorrübergehen und Anni bald aufwachen. Doch das würde bedeuten, dass sie Angaben zu seiner Person machen könnte. Wäre es also besser, sie würde die Augen für immer schließen? Würde er sonst in den Kahn gehen? Was würde aus Krischan werden? Krischan, der seinen Vater auch mit 15 Jahren noch brauchte. Sollte er sich der Polizei stellen? Denn er war sich sicher, so fest nicht zugeschlagen zu haben. Da musste jemand nach ihm gekommen sein und der alten Frau einen weiteren Schlag versetzt haben.

Er verfluchte den Tag, an dem er Hemavati alias Norbert Schauerte auf der Zeche kennengelernt hatte.

»Oh Mann, Papa, wie siehst du denn aus?« Krischan betrat die Küche, setzte sich zu seinem Vater an den Tisch und sah ihn besorgt an.

Chitran schaute an sich herunter. Er war frisch geduscht mit nassen, nach hinten gekämmten Haaren, wenn auch in seinen alten Bademantel gehüllt. Das konnte Krischan nicht meinen. Er musste es ihm im Gesicht ansehen. Chitran zuckte mit den Schultern und konnte die Tränen kaum mehr zurückhalten. »Ich habe eine große Dummheit gemacht, mein Junge!«

Krischan hing an den Lippen seines Vaters und wartete, dass er redete. So faul der zarte Junge mit den dunklen Haaren und den stechend blauen Augen auch war, konnte er sehr empathisch reagieren. In der Schule hatte er schon zwei Ehrenrunden hinter sich gebracht. Lernen war nicht sein Ding, er verbrachte die Zeit lieber mit seinen Hühnern, schleppte sie sogar zu Ausstellungen, verkaufte die Eier in der Siedlung.

Sollte er seinem Jungen davon erzählen? Chitran wusste es nicht.

»Hängt das mit Heiligabend zusammen? Du bist so hastig aufgebrochen.« Krischan war nicht blöd, nur faul.

Chitran nickte, sagte nichts, fuhr sich nervös durch sein Haar.

»Wo warst du überhaupt? Du kamst erst gegen Morgen zurück. Hast mir nicht mal Bescheid gesagt, dass es später wird.«

»Ich musste einem Freund helfen.« Stimmt, er hätte seinem Sohn mitteilen müssen, wohin er fuhr. Er hatte ihn am Heiligabend einfach allein gelassen.

»Diesem Hemavati, dem Bekloppten?« Krischan stand vom Stuhl auf, holte dem Vater eine neue Tasse aus dem Schrank, goss ihm Kaffee ein und stellte sie ihm hin.

Chitran fing an zu reden. Als hätte man ein Ventil geöffnet, sprudelten die Worte nur so aus ihm heraus.

Krischan hörte aufmerksam zu. Ja, das konnte er, ein offenes Ohr haben für die Belange seiner Mitmenschen.

Als der Vater mit seiner Beichte geendet hatte, war Krischan tief ergriffen.

Sie räumten gemeinsam den Tisch ab, holten die Putenoberkeule aus dem Kühlschrank und machten sich an die Zubereitung des Mittagessens. Rosenkohl aus dem Eis und Knödel aus dem Päckchen sollten die Mahlzeit abrunden. Über den unschönen Vorfall sprachen sie nicht mehr.

So langsam entspannte sich Chitran. Bis es irgendwann an der Tür läutete. Mehrmals, als hätte es jemand eilig.

Chitran begann zu zittern. War das die Kripo? Um ihn festzunehmen? Am zweiten Weihnachtstag?

7.

Dritte Raunacht: 27. auf 28. Dezember.

Dankbarkeit ist wie ein Licht, das einen dunklen Raum erleuchtet und die Schönheit des Lebens sichtbar macht. »Danke« ist ein kleines Wort mit großer Wirkung. Oft wartet man vergebens auf ein Danke, häufig ist es auch nur ein Lippenbekenntnis, dahingesagt, ohne es ernst zu meinen.

Margareta überlegte. Wem sollte sie dankbar sein und wofür? Momentan gab es keinen Grund, jemandem Dank entgegenzubringen, fand sie. Anni lag in den letzten Zügen, ihre Mutter Waltraud war spurlos verschwunden.

Dankbarkeit sei eine rosa Brille, mit der man glücklicher durchs Leben liefe als mit einer grauen, stand in dem Buch. Mag ja sein, dachte sie und kniff die Lippen zusammen. Ob sie es versuchen sollte, die rosa Brille aufzusetzen? Konnte jedenfalls nicht schaden.

Margareta las weiter. Die Menschen, die ständig verfügbar wären, hätten eine undankbare Rolle, weil sie als selbstverständlich wahrgenommen werden würden. Auch dass sie alles für andere erledigten. Würde man sich dagegen rarmachen, wären die anderen dankbar für jeden Krümel, den man ihnen hinwarf.

Darauf war Margareta schon lange gekommen und hatte nach vielen Jahren endlich gelernt, Nein zu sagen, egal mit welchen Konsequenzen. Es ständig allen recht zu machen, war ihr zu anstrengend geworden.

Weiter stand in dem Buch, dass die Gedankenreise für die kommende Nacht sie dahin führen würde, wo die Menschen ihr Dankbarkeit entgegenbrachten. Sie möge am nächsten Tag darauf achten, wer ihr freundlich und dankbar gesonnen war.

Blöder Tipp, fand sie, schnappte sich die gepackte Tasche und verließ ihre Wohnung, ohne sich von Thomas zu verabschieden. Sie hatte keine Lust, Erklärungen abzugeben, wieso und warum sie jetzt losfuhr, um ihre Mutter zu suchen. Der Trottel von Hemavati hatte ihren Anruf entgegengenommen, dummes Zeug geredet, als hätte er großzügig dem Alkohol zugesprochen. Sie solle sich zwecks eines Seminars im neuen Jahr wieder melden, hatte er gesagt. Margareta hatte daraufhin ein Treffen vorgeschlagen, da sie heute im Sauerland weilen würde. Hemavati hatte panisch das Telefongespräch beendet.

Immerhin wusste sie jetzt, dass ihre Mutter nicht freiwillig mit diesem Schamanen von der Bildfläche verschwunden war. Für so abgebrüht hielt sie Waltraud nicht.

Sie kratzte mit einem Blick zu ihrem Küchenfester die Scheiben ihres Fahrzeugs frei. Schneefegen brauchte sie zum Glück nicht, da es in der Nacht nicht geschneit hatte. Sie warf die Tasche auf den Rücksitz und startete den Wagen.

Als sie das Haus passierte, in dem ihre Mutter wohnte, sah sie in der Hofeinfahrt ein Polizeiauto und das Fahrzeug der SpuSi stehen. Sie wunderte sich, dass die Leute schon um 8 Uhr hier aufschlugen, denn der Erste Hauptkommissar schlief noch den Schlaf des Gerechten. Sie nahm sich vor, nach ihrer Rückkehr den Altenpfleger aus dem Dachgeschoss zu befragen. War er am ersten Feiertag nachts in der Wohnung ihrer Mutter gewesen? Oder schon am Heiligabend? Dann hätte er auf die jammernde Anni stoßen müssen. Als Altenpfleger ignorierte man keine verletzte Person.

Margareta seufzte und fuhr Richtung Autobahnauffahrt zur A2 in Resse. Ihr erstes Ziel war das Dorint-Hotel in Arnsberg. 87 Kilometer, 60 Minuten, meinte das Navi. Ihre Gedanken waren bei Thomas. Lieber, guter Thomas. Den Wecker, den er auf 6 Uhr gestellt hatte, hatte sie heimlich ausgemacht. Sie schmunzelte und blickte zur Uhr. Ob er jetzt, gegen neun, endlich aufgestanden war? Bestimmt hatte Jenni ihn bereits geweckt, nachdem sie an der Allee-straße vergebens auf ihn gewartet hatte. Und bestimmt war er ausgerastet, als er festgestellt hatte, dass Margareta samt Auto und Lederreisetasche, die gewöhnlich in der Ecke hinter dem Schlafzimmerschrank stand, verschwunden war. Was doch der gute Riesling für eine Wirkung bei ihm zeigte! Zweimal hatte sie ihm am gestrigen Abend sein Glas voll-gegossen. Mit Erfolg. Sie schaute auf ihr Smartphone. Kein Anruf von ihm. Er war mit Sicherheit beleidigt.

Sie hoffte, den »Fall Waltraud« schnell aufklären zu kön-nen und der Kripo zuvorzukommen. Sie fühlte sich hoff-nungsvoll. Ehe die Raunächte vorbei wären, hätte sie Wal-traud gefunden und nach Hause gebracht, war sie überzeugt. Wäre schließlich nicht der erste Fall, den sie vor der Kripo aufgeklärt hätte.

Eine gute Stunde später fuhr sie auf den Parkplatz des Dorint-Hotels in Arnsberg und ging auf den Eingang zu. War es eine Schnapsidee, sich hier einzumieten? Sie fühlte sich plötzlich schrecklich müde und allein. Bevor sie den netten Herrn mittleren Alters nach einem Zimmer fragte, hielt sie ihm das Foto ihrer Mutter hin und sagte, dass sie verschwunden sei. Es zeigte sie vor dem kleinen Teich im Stadtwald stehend, glücklich lächelnd in ihrem roten Kos-tüm, die Brust stolz herausgestreckt, ihre wuchtige Tasche über dem Arm.

Der nette Herr an der Rezeption nahm das Foto in die Hand, überlegte kurz und gab es ihr zurück. »Hier steigen so viele Leute ab. Ich kann mich nicht an diese Frau erinnern.«

»Sie war zu einem Seminar an der Volkshochschule hier, zusammen mit ihrer Freundin Anni«, versuchte Margareta es erneut. Hinter ihr bildete sich bereits eine Schlange, denn Weihnachten war vorbei und für die meisten Gäste ging es heute wohl wieder nach Hause.

»Tut mir leid. Ich kann Ihnen nicht weiterhelfen. Ihre Mutter ist verschwunden, sagten Sie?«

»Ja. Sie war zu einem spirituellen Seminar hier.«

»Etwa bei diesem Schamanen Hemavati?« Er schüttelte den Kopf.

»Sie kennen ihn?« Hoffnung keimte in Margareta auf. Eine erste Spur?

»Nicht direkt. Man hört das eine oder andere über ihn.« Mehr sagte er nicht, auch nicht auf Margaretas Nachhaken hin. Er nahm den Schlüssel von der Wand und legte ihn vor Margareta auf den Tresen. »Zimmer 21. Ein schönes Doppelzimmer nach vorne raus. Ich frage kurz nach, ob der Zimmerservice so weit ist. Vielleicht trinken Sie vorher noch etwas im Restaurant? Ich gebe Ihnen dann Bescheid.«

Doch es war keine Einkehr in der Gaststätte notwendig, sie konnte gleich auf ihr Zimmer.

Das Zimmer war nett eingerichtet und hatte einen tollen Blick über das verschneite Arnsberg. Hatte ihre Mutter hier übernachtet, als sie in Arnsberg war? Im PC hatte der gute Mann nicht nachschauen wollen. Diskretion. Und sie sei schließlich nicht die Polizei!

Müde warf sie sich auf das Bett des Doppelzimmers, das man ihr als Einzelzimmer überlassen hatte, nahm das kleine

Notizbuch ihrer Mutter in die Hand und blätterte wieder einmal darin. Die Anschrift des Hotels war zwar darin vermerkt, allerdings nicht, ob und wie lange Waltraud eingecheckt hatte.

Beige Tapeten, passende Übergardinen am großen Panoramafenster, kleiner brauner Sessel mit Tischchen davor. Eine Stehlampe sorgte für harmonisches Licht an diesem grauen Tag. An der rechten Wand stand ein Schreibtisch in dunklem Holz mit Stuhl. Darauf eine wunderschöne große Tischleuchte. Darüber ein Bild mit einer italienischen Landschaft, erkennbar an den hohen Olivenbäumen. Parallel zum Bett befanden sich eine Kommode und ein Flachbildschirm. Ein wirklich schönes Zimmer mit einem superbequemen Bett von stattlicher Größe. Spürte sie etwa schon jetzt, bevor die dritte Raunacht begann, so etwas wie Dankbarkeit?

Sie warf ihre Tasche in die Ecke, entschied, sie für die zwei Nächte, die sie bleiben wollte, nicht auszupacken, schnappte sich ihre Kosmetiktasche und stellte diese ins kleine Badezimmer, das mit schwarzen Schieferkacheln gefliest war. Kurz mit der Bürste durchs Haar, den weißen Schal um den Hals gewickelt, und los ging's zur VHS in der Werler Straße, gute zwei Kilometer vom Hotel entfernt.

Den Weg durch die Kälte – sie entschloss sich, das Auto stehen zu lassen – hätte sie sich jedoch sparen können, denn sie stand vor einer verschlossenen Tür. Hätte sie sich denken können. Auch hier waren Weihnachtsferien. Was nun? Sollte sie heute schon in Richtung Bad Fredeburg fahren, um sich bei Hemavatis Haus umzusehen? Das waren 54 Kilometer, für die sie bei den Straßenverhältnissen mindestens eine Stunde brauchen würde. Außerdem, was, wenn sie dort auf Thomas und Jenni stoßen würde? Die waren Hemavati sicherlich auf den Fersen. Margareta kehrte ins Hotel zurück.

Am Nachmittag, nach einer Runde im hauseigenen Schwimmbad – einen Bikini sollte man immer dabeihaben –, die Benutzung des Bades war im Gesamtpreis von 208 Euro enthalten, griff Margareta zu ihrem Smartphone und rief Thomas an.

Der explodierte, als er ihre Stimme hörte. Es hagelte Vorwürfe vom Allerfeinsten. Warum sie denn schon wieder abhauen würde, um im Alleingang zu ermitteln wie so oft? Er hielt ihr einen Vortrag über die Gefährlichkeit dieser einsamen, unprofessionellen Ermittlungen. Er war verärgert und beleidigt und erzählte ihr deshalb nichts über den neuesten Stand.

Margareta wusste deshalb nicht, ob er weitergekommen war und sich vielleicht auf dem Weg ins Sauerland befand. Er informierte sie nur, dass es Anni nach wie vor mehr als schlecht gehe und der Arzt der Tochter und dem Schwiegersohn keine Hoffnung mehr mache. Besagter Schwiegersohn habe wieder einen Tanz aufgeführt im Krankenhaus.

Komisch, wunderte sich Margareta. Anni hatte immer gut von ihrem Schwiegersohn gesprochen. Wie hieß er noch gleich? Nachdem sie das Gespräch mit Thomas beendet hatte, griff sie zum Adressbuch ihrer Mutter und wurde sogleich fündig. Siggi Bienert, wohnhaft in Marl, wo er als Realschullehrer tätig war. Verheiratet mit Annis Tochter Mareike. Margareta wusste, dass zwischen Anni und Mareike fast zehn Jahre lang Funkstille gewesen war. Den genauen Grund kannte selbst Waltraud nicht. Wieso probte dieser Siggi Bienert jetzt den Aufstand? Zu erben gab es bei seinen Schwiegereltern nichts. Außerdem lebte Annis Mann ja noch, der, wenn Anni sterben würde, bestimmt in ein Pflegeheim ziehen musste.

Margareta atmete tief durch und verließ das Hotel erneut, diesmal mit dem Auto. Sie beschloss, die Buchhandlung in Neheim aufzusuchen – gut drei Kilometer entfernt – um dort etwas über Hemavati zu erfahren. Was sie schon alles in Buchhandlungen erfahren hatte, war nicht wenig.

»Verschwunden? O nein, Ihre Mutter? Entführt?« Die Chefin der Buchhandlung schien entsetzt, hielt Waltrauds Foto in den zitternden Händen. »Von einem Schamanen, sagen Sie? Wie heißt der? Hemavati? Warten Sie ...« Sie drehte sich zu ihrer Kollegin um, die Atlanten in ein Regal räumte. »Kerstin, haben wir nicht gestern erst über diesen Schamanen gesprochen? Hieß der Hemavati?«

Die Mitarbeiterin nickte.

»Dass er eigenartige Lehrmethoden haben soll, war uns bekannt. Doch dass er so weit geht und eine Kursteilnehmerin entführt, hätte ich nicht gedacht. Nein, persönlich kenne ich ihn nicht.«

Margareta fragte sie nach den persönlichen Kontaktdaten der VHS-Veranstalterin, nachdem beide gesagt hatten, dass sie diese kennen würden. Doch die gaben sie aus Datenschutzgründen nicht preis. Margareta verließ den Laden.

Gegen 18 Uhr kehrte sie mit knurrendem Magen ins Hotel zurück und beschloss, vor dem Abendessen ihr Zimmer aufzusuchen. Als sie sich aufs Bett legen wollte, fiel ihr ein kleiner Zettel am Fußende des Bettes auf, den sie verwundert in die Hand nahm. »Simone Kricher, Leitung VHS Arnsberg«, darunter die Telefonnummer. »Liebe Grüße, Ihr Jörg Schütt von der Rezeption.«

Die Freude war groß bei Margareta. Mit vor Aufregung zitternden Händen tippte sie die Nummer der Dame ein, die den Anruf sofort entgegennahm. Mit ruhiger, tiefer Stimme fragte sie nach Margaretas Anliegen. Sie hatte die ideale

Stimme für Telefonseelsorge, fand Margareta, einfühlsam und beruhigend.

»Es geht um meine Mutter, die seit Heiligabend verschwunden ist.«

»Ihre Mutter ist verschwunden?«, fragte diese Simone auf eine so empathische Art nach, dass Margareta ihr die ganze Geschichte in Kurzform erzählte. Die Frau gefiel ihr.

»Und Sie meinen, es war dieser Hemavati? Das kann ich mir kaum vorstellen. Okay, Norbert Schauerte ist gewöhnungsbedürftig, doch gerade bei den älteren Teilnehmerinnen sehr beliebt. Näher kenne ich ihn allerdings nicht.«

Und dann, nach etlichen Schweigesekunden, machte Simone Kricher den Vorschlag, auf den Margareta im Stillen gehofft hatte.

»Sollen wir uns treffen? Ich könnte später kurz vorbeischauen, wohne nicht weit vom Hotel entfernt. Um 20 Uhr in der Hotelbar?«

Margareta sagte erfreut zu. Nach dem Telefonat zog sie sich aufgeregt um und suchte das Restaurant auf, um wenigstens eine Kleinigkeit zu sich zu nehmen. Seit heute Morgen hatte sie nichts außer einem Fischbrötchen gegessen.

Im Hotelrestaurant »Wintergarten« mit herrlichem Panoramablick orderte sie ein Jägerschnitzel mit Pommes frites und Salat. Einfallslos, trotzdem lecker. Der Kellner versuchte, ihr einige der Sauerländer Spezialitäten schmackhaft zu machen, dazu empfahl er einen guten Wein, doch sie sprang nicht darauf an. Sie wollte einfach nur den Magen füllen mit einem ihrer Lieblingsgerichte. Das Essen war trotz der Einfachheit spitzenmäßig.

Danach ging sie noch einmal zurück in ihr Zimmer, um mit Thomas zu telefonieren. Als sie an der Rezeption vorbeikam, nickte sie dem netten Jörg Schütt lächelnd zu. Ihn anzusprechen, traute sie sich nicht. Nicht dass er noch Ärger bekam, weil er ihr weitergeholfen hatte.

Dann teilte sie Thomas mit, dass sie erst am übernächsten Tag heimkommen würde. Er bat sie zwar, doch schon morgen zurückzukehren, war aber friedlich, hatte sogar tröstende Worte für sie parat. Von Waltraud hatte die Kripo trotz Kellerobservierung in der Alleestraße und Vernehmung des Altenpflegers aus dem oberen Stockwerk noch immer keine Spur. Patzke erschien Thomas nicht verdächtig. Das wollen wir doch erst einmal sehen, dachte Margareta. Den knöpfe ich mir selbst vor und auch diesen neuen Nachbarn von gegenüber. Sie verriet Thomas nicht, mit wem sie sich gleich treffen würde, erzählte ihm allerdings, dass sie die Hotelbar aufsuchen wollte.

Stolz setzte sie sich kurz darauf auf einen Barhocker direkt an die Theke, Eiche rustikal aus den 80er-Jahren, verfolgt von den interessierten Blicken des überaus sympathischen Barkeepers. Nur wenige Besucher, gekleidet in adretten Anzügen die Männer, die einzige Frau in Hose und Blazer mit breitem Schal. Margareta brauchte nicht lange zu warten, da rauschte Simone Kricher in den Raum und zog alle Blicke auf sich. Sie sah atemberaubend gut aus in ihrem schwarzen Hosenanzug mit rotem Schal. Die dunklen lockigen Haare hatte sie im Nacken zusammengebunden. Ein ebenmäßiges Gesicht mit einem Strahlen bis in den kleinsten Winkel machte sie mehr als sympathisch. Wie wenig zögerlich sie diesem Treffen zugestimmt, es sogar selbst vorgeschlagen hatte, beeindruckte Margareta.

Die Chemie der beiden Frauen stimmte auf Anhieb. Hemavati war Thema Nummer eins. Hemavati, der Waltraud entführt hatte. Das versuchte Simone ihr allerdings auszureden, sie solle den Blick auch auf andere Personen lenken. Als Margareta Simone von Anni erzählte, die in der Klinik lag und um ihr Leben kämpfte, was ebenfalls auf das Konto des Schamanen gehen könnte, schüttelte Simone energisch den Kopf. Ein Totschläger sei Hemavati ganz bestimmt nicht.

Margareta sprach von einem eventuellen Komplizen, der an der Entführung beteiligt gewesen sein und auf dessen Konto Annis schwere Verletzung gehen könnten. Sogar von Thomas berichtete sie Simone, dem Ersten Hauptkommissar des KK 11, der zu Hause kräftig ermittelte. Und von ihrem Beruf als privater Ermittlerin.

Simone bestätigte Hemavatis Adresse. Ein kleines rotes Häuschen am Waldesrand zwischen Bödefeld und Fredeburg würde er mit seiner Frau bewohnen. Ein Lebenskünstler sei er, habe nie groß was auf die Beine gestellt, erst seitdem er Schamane sei, würde er kleine Erfolge erzielen. Ob er aus finanziellen Gründen – das Wasser würde ihm mal wieder bis zum Halse stehen – in der Lage sei, eine seiner Kursteilnehmerinnen zu kidnappen, wusste auch sie nicht zu beantworten. »Das wäre doch pure Dummheit, wenn er Ihre Mutter versteckt hielte«, sagte Simone.

Dass Hemavati schon mehrere Dummheiten begangen hatte, kam zu später Stunde auf die Theke der Bar. Einmal habe er fast eine Wohnung abgefackelt, als er bei einer Frau nach dem Tod ihres Mannes das Schlafzimmer ausgeräuchert hatte.

Es war 2 Uhr früh, als die beiden Damen sich trennten. Auch ohne größere Mengen Alkohol war es ein äußerst interessanter, lustiger Abend gewesen, so traurig der Anlass auch war. Beide hatten nur einen Glühwein und zwei winterliche Cocktails zu sich genommen, ansonsten nur Wasser getrunken.

Sie müsse jetzt zurück zu ihrem Gatten, der seit einem Autounfall im Rollstuhl sitze, sagte die 50-jährige Simone seufzend.

Zurück in ihrem Hotelzimmer, ließ Margareta den Abend Revue passieren und war überzeugt, dass auch Simone die gemeinsamen Stunden genossen hatte. Sie legte sich ins Bett und dachte an den nächsten Tag, der sie noch tiefer ins Hochsauerland führen würde. Ob sie dort auf ihre Mutter stoßen würde?

8.

Vierte Raunacht: 28. auf 29. Dezember.

Diese Nacht bringt Stille, Abwesenheit von Lärm und innere Qualität. Stille darf nicht mit Leere verwechselt werden. Viele fürchten sich vor der Leere. Stille jedoch ist ein Kraftbrunnen. In ihr liegt etwas Heiliges. In der Stille findet man sich selbst.

Margareta dachte an das Lied »Stille Nacht«, das den Heiligen Abend seit 200 Jahren verzauberte. Es war ein ungeschriebenes Gesetz, dass man es nicht vor dem Heiligen Abend sang, bevor alles zur Ruhe gekommen war.

Die Aufgabe für die vierte Raunacht lautete in dem Buch: Man solle sich aufs Sofa setzen, wenigstens für fünf Minuten, und zur Ruhe kommen. Man solle in sich hineinlauschen, das, was man höre, kommen und gehen lassen und sich vorstellen, dass dahinter eine Stille liegt. »Verbinde dich mit der Stille. Verankere diese Stille in dir und versuche sie wahrzunehmen, auch wenn du von vielen Geräuschen umgeben bist.«

Margareta fühlte sich bei diesen Zeilen an autogenes Training erinnert. Vor Jahren hatte sie einen Kurs belegt, um innerlich ruhiger zu werden. Das Gegenteil war der Fall gewesen. Durch das bewusste Atmen hatte sie kaum mehr Luft bekommen. Weder waren ihre Arme schwer noch warm geworden. Das Sonnengeflecht, wo auch immer es sich befand, hatte keine Wärme ausgestrahlt. Sie hatte den

Kurs abgebrochen und sich über das viele Geld geärgert, das sie dafür lockergemacht hatte.

Was würde ihr die vierte Raunacht bringen, fragte Margareta sich während des guten Frühstücks im Hotel. Ob sie in ihren Träumen der Stille begegnen würde? Stille, die sie nährte und behütete, ihr innere Kraft und Weisheit schenkte? Dinge, die sie gut gebrauchen könnte.

Nach dem guten Frühstück hielt sie nichts mehr im Hotel, auch keine Ganzkörpermassage, die ihr angeboten wurde. Es zog sie zu Hemavati, in der Hoffnung, heute dort ihre Mutter zu finden.

Außer Rodeln und Schneewanderungen waren die Wintersportmöglichkeiten in Arnsberg noch begrenzt. Hier fing das Sauerland erst an. Je näher sie im Auto ihrem Zielort Bad Fredeburg kam, umso winterlicher sah die Landschaft aus. Tiefverschneite Hänge und Wälder. Keine 40 Kilometer von Arnsberg entfernt Hinweisschilder zum Skigebiet Bödefeld mit dem Hunau-Lift. Richtung Gellinghausen befand sich das Hotel Rimberg mit eigenem Skilift.

Irgendwann an der Hochsauerlandhöhenstraße fand sie den erwähnten Wanderparkplatz, von dem aus das rote Haus Hemavatis schon zu sehen sein sollte. Sie strahlte, als sie es in der Ferne idyllisch am Waldesrand entdeckte. Sie parkte und machte sich zu Fuß auf den Weg.

Waltraud, ich komme! Wieso war sie plötzlich so positiv eingestellt? Glaubte sie ernsthaft, sie würde in das Haus reinmarschieren, Waltraud finden und sie einfach mitnehmen können?

Ein Wanderweg führte direkt auf das Häuschen zu, dann daran vorbei hinauf in den Wald. Margaretas Pulsschlag beschleunigte sich. Sie ging mit langsamen Schritten auf das Haus zu und schaute, als sie nahe genug war, durch die Fenster ins Wohnzimmer. Ein Lämpchen spendete ein wenig Licht, ebenfalls der Weihnachtsbaum in der Ecke, der mit altem Ramsch geschmückt war.

Kein Aufsehen erregen, sagte Margareta sich, warf noch einen letzten Blick auf die Kellerfenster und den Keller-eingang, bevor sie den Wanderweg, der steil bergan führte, weiterging.

Herrliche Gegend, Einsamkeit auf weiter Flur. Hin und wieder drehte sie sich um, griff zu ihrem Mini-Fernglas und schaute auf das Haus. Alles ruhig, keine Menschenseele zu sehen. Das Ehepaar schien nicht zu Hause zu sein. Hätte sie klingeln sollen? Besser nicht. Sie lief weiter.

Nach ungefähr 300 Metern – wo wollte sie eigentlich hin? – kam ihr eine Frau entgegen, die gehetzt wirkte. Außerdem sah sie verwahrlost aus. Sie hatte ein verfilztes Stirnband über das ausgeblichene strohige Haar gezogen. Ein grauer Ansatz, wie ein Silberstreif am Horizont, zierte den Scheitel der verwaschenen Haarpracht. Der lilafarbene, abgetragene Mantel, an dem ein Knopf fehlte, spannte am Bauch, die Skihose an den Beinen. Keine Miene verzog die Frau, als sie an Margareta vorüberging. Sie erwiderte Mar-garetas Gruß nicht, starrte sie nur an.

Margareta bat sie, kurz stehen zu bleiben, hielt ihr das Foto ihrer Mutter entgegen und fragte freundlich, ob sie diese Frau schon einmal gesehen habe.

Sie sagte nichts, allerdings begannen ihre Hände zu zit-tern, und sie eilte davon in Richtung des roten Hauses. Dabei schaute sie sich immer wieder um und stolperte ein paarmal, konnte sich aber abfangen.

Sie hatte Waltraud erkannt, Margareta war sich sicher. Eine innere Stimme sagte ihr, dass dies Hemavatis Frau gewesen war. War sie an der Entführung beteiligt oder deckte sie ihren Mann nur? Die Polizei. Ich muss die Polizei rufen, war ihr erster Gedanke, den sie jedoch schnell wieder verwarf. Würden die ihr glauben?

Sie ging weiter, atmete die kalte Winterluft tief ein. Wo war die Frau hergekommen? Etwa vom Joggen? Margareta musste lachen. So sah sie nicht aus. Niemals ging die einer sportlichen Betätigung nach. Vielleicht gab es in der Nähe eine Hütte, in der sie Waltraud versteckt hielten, weil ihnen die Unterbringung in ihrem Haus nach Margaretas Anruf zu brenzlig geworden war?

Margareta lief weiter und weiter. Immer geradeaus, den Berg hinauf. Einzelne Spuren konnte sie im Schnee keine ausmachen, zu viele Leute waren auf diesem Wanderweg gegangen. Oben angekommen, atmete sie tief durch und ließ ihren Blick schweifen. Solch eine körperliche Anstrengung war sie nicht mehr gewohnt. Die Sonne schickte einige Strahlen durch den herrlichen Winterwald, und da entdeckte sie ihn. Einen Hochsitz. Malerisch mitten auf der Bergspitze.

Sie stapfte mühselig durch den tiefen Schnee abseits des Weges auf ihn zu. Es stank bestialisch, je näher sie kam. Roch so eine Leiche? Schwarze Vögel stürzten krächzend vom Himmel herab und flogen wieder empor, um es erneut zu versuchen. Sie flatterten durch den Ausguck in den winzigen Raum, laut und erbarmungslos. Was befand sich dort oben?

Margareta machte mehrere Fußspuren aus, kleine und große. Lag dort oben ihre Mutter? Das Blut rauschte in ihren Ohren. Stufe für Stufe erklomm sie die Leiter, in der Hoffnung, dass das Holz sie tragen würde. Voller Angst vor dem, was sich ihr gleich zeigen könnte, nahm sie die letzte Stufe und bestieg die Plattform.

Da lag ein Tierkadaver, wohl ein Fuchs, der Fellfarbe nach zu urteilen, von den Vögeln halb zerfressen. Margareta fragte sich, wie der hierhergekommen war. Hatte ihn jemand zwischengelagert? Sie beugte sich aus dem Ausguck und suchte die Umgebung ab. Nichts war von einer Hütte oder ihrer Mutter zu sehen. Ein Reh lief über die kleine Lichtung und verschwand im Unterholz des angrenzenden Waldes. Was, verdammt noch mal, hatte diese Frau hier oben getan? Margareta blickte in die Richtung, in der der Weg, der sie nach oben geführt hatte, am Horizont verschwand. Von dort kamen Motorengeräusche. War dort eine Straße?

Plötzlich erstarrte sie. In ungefähr 500 Metern Entfernung erblickte sie eine Person. Von der Statur her könnte es sich um ihre Mutter handeln. Korpulent, Gang wie ein Teddybär und lockiges graues Haar ohne Kopfbedeckung. Die Person steckte in einem grauen Mantel und hatte einen schwarzen Schal um den Hals gewickelt. So einen Mantel besaß ihre Mutter nicht. Doch ihren eigenen konnte sie nicht tragen, fiel es Margareta siedend heiß ein, denn der hing zu Hause an der Garderobe.

So schnell es ihr möglich war, kletterte Margareta die glatten Holzstiegen hinunter und jagte der Person hinterher. Ihre verzweifelten Rufe hallten durch den Winterwald des Sauerlandes: »Waaltraud! Waltraud, so bleib doch stehen!«

Die Fußabdrücke mit den kleinen Dreiecken, die sie bald entdeckte, könnten von Waltrauds Winterpantoffeln stammen, mutmaßte Margareta. War es ihrer Mutter geglückt zu türmen?

Die kalte Luft, die in ihre Lunge strömte, verursachte ihr enorme Schmerzen. Immer wieder musste sie stehen bleiben, um Kraft zu sammeln. Sie benutzte ihr Fernglas, um die Person nicht aus den Augen zu verlieren.

Und dann passierte es. Die Person war weg. War sie überhaupt real gewesen oder eine Halluzination? Eine Fata Morgana? Spielte die Psyche ihr einen üblen Streich? Sie überlegte, Thomas anzurufen. Ja, sie wollte ihren Stolz vergessen und ihn um Hilfe bitten. Doch als der Weg nach der Kuppe steil bergab und, wie sie vermutet hatte, direkt zu einer Straße führte, kam die Person wieder in ihr Blickfeld. Erneut rief Margareta nach ihrer Mutter. Tränen liefen ihr die Wangen herunter.

»Lauf, Margareta, lauf!«, sprach sie zu sich selbst. Ihre Waden fühlten sich wie gelähmt an, sie kam einfach nicht vorwärts. Sie hatte gehofft, ihre Mutter, wenn sie es denn war, einholen zu können, doch dem war nicht so.

Je tiefer sie den Weg hinabstieg, desto näher kam sie der Straße. Und dann sah sie die Person nicht mehr. Wo war sie? Jetzt hörte sie Stimmen. Stimmen, Motorengeräusche und Türenschlagen. Lauf weiter, vielleicht kannst du sie aufhalten. Sie blickte durch die Baumstämme auf die Straße hinunter, die ungefähr noch 100 Meter entfernt war.

Zwei Autos standen dort, dicht hintereinander, ein dunkler Passat Variant und ein alter weißer Kleinwagen. Sie entdeckte zwei Männer. Einer der beiden trug einen langen Parka, der andere, wesentlich kleinere einen Wollmantel und einen Hut. Der mit dem Parka könnte Hemavati sein, mutmaßte Margareta. Verkommene lange Haare, braun gebranntes Gesicht. Zwischen den beiden Männern nahm sie nun wieder die Frau im alten grauen Mantel wahr. Der mit dem Parka zerrte an ihr herum und schob sie gewaltsam zu dem Kleinwagen. Der kleinere Kerl sprang aufgeregt hin und her, redete wild auf ihn ein. Als die Frau aufschrie, erkannte Margareta die Stimme ihrer Mutter, und ein eiskalter Schauer lief ihr über den Rücken. Es war tatsächlich Waltraud! Eindeutig! Ihre liebe Mutter.

Waltraud sträubte sich, in den weißen Wagen zu steigen. Da gab der große Mann ihr einen weiteren Stoß und schubste sie mit aller Kraft ins Fahrzeug. Anschließend versetzte er dem kleinen Mann einen Schlag auf den Kopf, der sich daraufhin keifend hinters Steuer setzte und mit Waltraud davonfuhr.

Hinterher, rief eine innere Stimme Margareta zu. Doch ihre Beine versagten ihr den Dienst. Der große Mann setzte sich ebenfalls hinters Steuer seiner alten Karre und fuhr weg.

Erschöpft lehnte Margareta sich an einen Baum und ließ ihren Tränen freien Lauf. So nah! Sie war ihrer Mutter so nah gewesen! Nun war sie fort. Als wieder Leben in ihren Körper kam, lief sie zurück auf das rote Haus zu. Davor stand der Passat Variant. Also doch Hemavati! Der Passat war nicht das einzige Auto, das vor dem Häuschen parkte. Thomas' BMW und ein Polizeifahrzeug hatten sich zu der alten Karre gesellt.

Margareta war zu feige, um hinzugehen. Sie hätte melden müssen, dass Waltraud erneut verschleppt worden war. Nicht mal das Kennzeichen des alten Kleinwagens hatte sie erkannt. Das wäre wichtig für die Polizei, bestimmt ortsansässige Beamte, und die Kripo. Sie könnten den Wagen zur Fahndung ausschreiben und hinterherfahren. Tu doch was, sagte sie sich. Doch sah sie sich dazu nicht in der Lage. Stattdessen ging sie zurück zum Wanderparkplatz, setzte sich in ihr Auto und fuhr wie fremdgesteuert nach Arnsberg, bevor die Dunkelheit die schöne Winterlandschaft verschluckt hatte.

Du hast es gründlich vermasselt, musste sie sich eingestehen. Du bist verrückt!

Sie ging auf ihr Zimmer im Dorint-Hotel, warf sich aufs Bett und heulte los. Warum war sie nicht zum roten Haus gelaufen, hatte Thomas und die Polizei eingeweiht und von ihren Beobachtungen berichtet? Das wäre ihre Pflicht gewesen! Wollte sie den Fall unbedingt alleine lösen? Aus falscher Eitelkeit? Jetzt steckte sie fest. Wusste weder, wohin der Kleinwagen gefahren war, noch, wo Waltraud sich befand.

Sie ließ sich ein Schnitzel mit Beilagen aufs Zimmer bringen, denn sie hatte nicht mehr die Kraft, sich aufzuhübschen, um die Gaststätte zu betreten. Unruhe pur. Ob sie Simone anrufen sollte? Sie verwarf den Gedanken gleich wieder.

Um 21 Uhr hielt sie es nicht mehr aus und wählte Thomas' Nummer, der ihren Anruf sofort entgegennahm. Sie schluchzte los und brachte kein Wort heraus.

»Wo bist du? Soll ich kommen?«, fragte er besorgt.

»In Arnsberg, im Dorint-Hotel.« Es tat gut, seine Stimme zu hören.

»Warum weinst du? Was ist passiert?«

»Eine lange Geschichte«, seufzte Margareta.

»Du bist im Sauerland, um nach deiner Mutter zu suchen, richtig? Beruhige dich, es gibt Neuigkeiten«, sagte er. »Wir haben heute das Zuhause des Schamanen auseinandergenommen. Die örtliche Polizei kam uns zu Hilfe. Stell dir vor, Waltraud war im Keller dieses Hauses! Leider gibt es bislang keine Beweise dafür, aber ich bin mir ziemlich sicher. Vermutlich ist sie getürmt. Morgen wird die Umgebung abgesucht. Hoffentlich überlebt sie die Nacht in der Kälte da draußen.«

»Sie ist nicht da draußen, Thomas. Sie wurde in einen alten weißen Kleinwagen gepackt und weggebracht.«

»Was erzählst du da, Margareta?«

»Ich habe sie gesehen, sie war nur ein paar Hundert Meter von mir entfernt. Sie hat es wohl irgendwie geschafft, aus dem Haus zu fliehen. Hemavatis Frau ist ihr vermutlich hinterher. Sie kam mir entgegen, und ich zeigte ihr ein Foto von Waltraud. An der Hochsauerlandhöhenstraße habe ich gesehen, wie Hemavati Waltraud in das Auto gestoßen hat. Ein anderer ist mit ihr weggefahren. Ich habe es von oberhalb durch die kahlen Bäume beobachtet. Es gab Streit zwischen Hemavati und seinem Kumpel.«

»Wieso hast du mich nicht angerufen? Wir hätten die Verfolgung aufnehmen können.«

»Ich konnte nicht. In dem Moment war ich wie gelähmt. Auf dem Rückweg zum Parkplatz habe ich dein Auto an Hemavatis Haus gesehen und das Polizeifahrzeug. Ich habe es nicht geschafft, dich anzurufen. Habt ihr Hemavati festgenommen?«

»Nein. Wie gesagt, es gibt bislang keine eindeutigen Beweise. Die SpuSi kommt erst morgen. Hemavati blieb bei seiner Version, Waltraud sei nie dagewesen. Auch seine Frau hielt sich geschlossen, zuckte nur mit den Schultern. Du hättest uns helfen können!«

»Ich weiß!«

»Egal, die Suchaktion können wir absagen. Wir werden in aller Frühe erneut auf der Matte des Knusperhäuschens stehen und Hemavati festnehmen. Vielleicht verrät er uns dann Waltrauds Aufenthaltsort. Ob der Typ, den du mit Waltraud wegfahren gesehen hast, Hemavati am Heiligabend auch geholfen hat?«

»Möglich. Wie geht's Anni?«, fragte Margareta leise.

»Nichts Neues. Unverändert. Soll ich kommen? Ich bin noch im Sauerland.« Ein erneuter Versuch von Thomas.

»Nein, ich fahre morgen früh zurück nach Hause. Dass ich noch bei Hemavati auftauche, halte ich für wenig sinnvoll.«

»Okay, wie du meinst.«

Langsam kam Margareta wieder zu sich, ihr Hirn nahm Fahrt auf. Vielleicht hatten der Altenpfleger oder der neue Nachbar aus der Alleestraße etwas gesehen und konnten Angaben zu dem Fahrzeug dieses Kumpels machen?

Sie ließ sich ein kühles Bier aufs Zimmer bringen und schlief wenig später halbwegs zufrieden ein. Blöd gelaufen heute, jedoch tat sich endlich was.

9.

Thomas sah sich zögernd um. Langsam wurde es hell. Zum Glück hatte es aufgehört zu schneien. Die letzten Schneeflocken tanzten im Schein der Laterne direkt vor dem roten Haus. Hemavatis Auto stand in der Einfahrt.

Jenni stieg mit missgelauntem Gesicht aus Thomas' Wagen. Bereits um 7.30 Uhr hatte er zum Aufbruch gedrängt.

Übernachtet hatten sie in Bad Fredeburg in einem nicht gerade prickelnd eingerichteten Gasthof, da Madame Jenni gestern keine Lust gehabt hatte, die Strecke bis nach Gelsenkirchen zurückzufahren. Lieber wäre es Thomas gewesen, er hätte bei Margareta in ihrem Doppelzimmer im Dorint-Hotel in Arnsberg geschlafen, erstens billiger, zweitens gemütlicher.

Die Fenster im Wohnzimmer waren erleuchtet. Hemavatis Gattin schlich in einem alten Morgenmantel durch die Räume. Thomas wollte auf die beiden Polizeibeamten aus Bad Fredeburg warten, bevor er klingelte und diesen Schamanen mit den neuen Erkenntnissen konfrontierte.

Jenni trat verärgert von einem Bein auf das andere. Thomas konnte sich noch so bemühen, sie milde zu stimmen und Punkte bei ihr zu sammeln, sie hatte ständig was zu meckern.

Nur fünf Minuten später fuhr PHK Ralf Radomski mit seiner Kollegin Steffi Mommsen vor, einer unscheinbaren Person. Komischer Kauz, fand Thomas. Er kannte ihn von den Ermittlungen nach dem Mord an seiner Mutter, damals im Winterurlaub in Bödefeld. Sie alle hatten sich über ihn lustig gemacht, besonders die Kollegen aus Dortmund, die den Mord aufklären sollten. Dabei hatte er Margareta das Leben gerettet, was er ihm nie vergessen würde. Okay, er sah eigenartig aus mit dem geraden Pony, der platten Nase und den Uralt-Klamotten. Doch einen Menschen nur nach seinem Aussehen zu beurteilen und sich deshalb über ihn lustig zu machen, widerstrebte Thomas.

Er hatte Radomski zu früher Stunde telefonisch von Margaretas Entdeckungen in Kenntnis gesetzt. Zum Glück hatte der Kollege sich zurückgehalten, nichts von falschem Verhalten und so weiter gesagt. Er mochte Margareta, weshalb er wohl geschwiegen hatte.

Noch bevor Radomski das Fahrzeug verließ, rollte Jenni mit den Augen. »Na endlich! Ein unmöglicher Kauz. Wichtigtuer. Na ja, kommt vom Dorf, was will man erwarten.«

»Ich finde ihn nett und sehr bemüht«, hielt Thomas dagegen.

»So kann man es auch nennen.« Jenni lachte los und konnte sich kaum beruhigen.

Er hätte erwidern können, dass sie auf der Wache in Buer ebenfalls mehr als unbeliebt war. Doch es war besser, sich geschlossen zu halten.

Bevor das Quartett klingeln konnte, öffnete sich die Haustür, Hemavati erschien in voller Größe im Türrahmen und bat die Polizisten notgedrungen hinein. Er grinste dämlich und schien sich keiner Schuld bewusst zu sein. Im Gegenteil. Tags zuvor war er mit einem blauen Auge davongekommen und meinte deshalb wohl, dass die Polizei ihm nichts konnte. Ein Trugschluss.

Thomas warf ihm direkt die neuen Erkenntnisse an den braun gebrannten Kopf, woraufhin der Schamane die Farbe wechselte. Damit hatte er nicht gerechnet.

Seine Gattin, diese Jana Schauerte, stand da in ihrem rosa Morgenmantel und starrte Löcher in die Luft. Immerhin bot sie den Herrschaften nach einigen Minuten einen Platz an.

Bevor Thomas ins Detail gehen konnte, fuhr die SpuSi vor, die er angefordert hatte, in der Hoffnung, dass die in dem Keller mehr Hinweise auf Waltraud finden würde als die beiden Beamten gestern.

Hemavati alias Norbert Schauerte fühlte sich in die Enge getrieben, als Thomas ihn mit den neuen Tatsachen konfrontierte, die er von Margareta wusste.

»Nun werden wir ganz schnell feststellen, ob Waltraud Sommerfeld in Ihrem Keller gefangen gehalten wurde. Jetzt wäre nur noch interessant zu erfahren, wer Ihr Komplize ist, der Mann, der gestern mit Waltraud Sommerfeld wegfuhr. Wo ist Frau Sommerfeld?«

Jana Schauerte, die für ihre 45 Jahre ebenfalls ziemlich alt aussah, lief unruhig durch das winzige Wohnzimmer, in dem die Luft schweißgetränkt war. Plötzlich blieb sie vor ihrem Mann stehen. »Ich habe dir gleich gesagt, lass die Finger davon! Du wolltest ja nicht hören!« Sie fletschte die Zähne und ließ lautstark ihren Frust heraus, ohne groß nachzudenken.

Wütend sprang Hemavati vom Stuhl auf und packte seine Gattin an ihrem Morgenmantel, bis es ratsch machte und der alte Stoff nachgab. Sie strauchelte und knallte nach hinten an den Schrank. »Halt die Klappe, du blöde Kuh! Hättest du besser aufgepasst, wäre sie noch da und wir hätten uns das hier sparen können!« Erschrocken schlug er sich die Hand vor den Mund. Bevor er noch mehr verriet, hielt er die Klappe und setzte sich wieder.

»Da wäre ich mir nicht so sicher, Herr Schauerte. Auch

wenn Waltraud Sommerfeld nicht getürmt wäre, wären wir jetzt hier, glauben Sie mir.« Thomas grinste siegessicher.

»Wieso?« Mit offen stehendem Mund schaute Hemavati Thomas an.

Die Frage blieb unbeantwortet.

Thomas ging auf den ungepflegten Schamanen zu und beugte sich zu ihm. »Lassen Sie uns das hier abkürzen. Wer ist Ihr Komplize und wo wurde Frau Sommerfeld hingebracht?«

»Ich weiß nicht, was Sie meinen!«

»Nicht zu vergessen, die schwerverletzte Freundin von Frau Sommerfeld.«

»Das war ich nicht!«

»Wie bitte? Was habt ihr mit der Freundin der Alten gemacht?« Jana Schauerte riss die Augen weit auf. Sie konnte es nicht fassen!

Was für eine Schmierenkomödie, dachte Thomas. Die SpuSi-Leute rumorten im Keller, und er war sich sicher, dass sie fündig geworden waren. Hier würden sie nichts mehr aus Hemavati herausbekommen. Deshalb nickte Thomas Radomski zu. Der nickte zurück. Sie würden den Schamanen jetzt mitnehmen auf die Wache nach Fredeburg, obwohl Thomas wusste, dass das nicht der richtige Dienstweg war. Normalerweise müsste zuerst die Kripo in Dortmund eingeschaltet werden. Doch das bedeutete Zeitverlust, und das konnte Thomas Scheffel sich nicht erlauben. Schließlich handelte es sich um seine Schwiegermutter in spe, die verschwunden war. Hoffentlich ließ sich der Schamane in dem tristen Kellerbüro weichkochen. Sie mussten erfahren, wer der Komplize war. Schnellstens!

*

Schweißgebadet, in einer alten Joppe, die einer Pferdedecke ähnelte, hockte Hemavati wie ein Häufchen Elend im ausgekühlten Büro von PHK Radomski und starrte aus dem Fenster, das zur Straße lag und nur die Beine der passierenden Menschen zeigte. Nach den Feiertagen hatten sich die Menschen viel zu erzählen, blieben stehen, kicherten und freuten sich darüber, dass zwischen den Jahren alles etwas ruhiger war.

Hemavati gegenüber saßen Ralf Radomski, klein und schmächtig, daneben Thomas Scheffel, einen halben Kopf größer. Beide redeten zeitgleich auf ihn ein, stellten dem Schamanen viele Fragen, die er versuchte zu beantworten. Dabei verhaspelte er sich ständig und fuhr sich mit beiden Händen verzweifelt durch sein fettiges Haar.

Noch waren die beiden wichtigsten Fragen offen: Wo war Waltraud? Wer war der Komplize?

Hemavati lief der Rotz aus der Nase. »Ich möchte Ihren Chef sprechen oder einen Anwalt. Sie können mich hier nicht festhalten.« Verzweiflung machte sich in ihm breit.

Nun kam Ralf Radomski, dessen Pony heute besonders gerade gekämmt war, groß heraus. »Ich bin hier der Chef, und ich kann Sie sehr wohl festhalten. Gefahr in Verzug. Schon mal was davon gehört?«

»Ich habe die Alte nicht versteckt. Ja, sicher, ich kenne sie aus meinem Kurs, den sie besucht hat. Aber ich habe sie nicht entführt, und ich habe nicht ihre Freundin niedergeschlagen. Alles Unsinn!« Er wurde immer unsicherer.

»Sie haben Waltraud also nicht am Heiligabend besucht?« Thomas blickte nervös zur Uhr, wollte das ganze Theater abkürzen. Alle Fragen hatten sie bereits am Vortag und heute Morgen bei Hemavati zu Hause durchgekaut. Langsam war er es leid.

»Doch, ich habe sie besucht. Sie hat mich zum Kaffee

eingeladen. Arme alte Frau, dachte ich. So alleine, da fahr ich mal hin.«

»Deshalb fuhren Sie die weite Strecke bei Eis und Schnee? War es nicht eher so, dass Sie sich einen Geldsegen von Frau Sommerfeld erhofften? Zum Beispiel eine Lebensversicherung, die sie im Januar erhält? Es wurde ein weiterer Mann in ihrer Wohnung gesehen. Wer war das? Derselbe Mann, der gestern mit ihr in einem weißen Kleinwagen weggefahren ist? Reden Sie endlich!«

»Ich habe keinen Komplizen. Und warum sollte Waltraud Sommerfeld im Sauerland gewesen sein?« Er redete Stuss, dieser Schamane. Das merkte er selbst.

»Sagen Sie es mir! Sie haben sie verschleppt und in Ihrem Keller versteckt. Dann ist sie abgehauen, Sie haben sie jedoch erwischt und mithilfe Ihres Kollegen erneut entführt. Selbst Ihre Frau wusste davon.«

Scheffels Telefon klingelte. Er nahm das Gespräch an, wechselte ein paar Worte und wandte sich dann an Hemavati. »Das war die SpuSi. Frau Sommerfeld war nachweislich in Ihrem Keller. Es konnten eindeutige Spuren gesichert werden.«

Ein Bluff, doch er zeigte Wirkung.

Hemavati begann zu zittern, er fühlte sich immer mehr in die Enge getrieben.

»Nun erzählen Sie uns endlich, wer Ihr Komplize ist und wo er wohnt. Spätestens in ein paar Stunden können wir Frau Sommerfelds Freundin vernehmen, die uns sagen wird, was am Heiligabend passiert ist.«

Ein weiterer Bluff, der eine noch bessere Wirkung zeigte.

Heulend brach der Schamane zusammen und ließ den Kopf auf den Schreibtisch knallen. »Es war Janas Idee. Diese raffgierige Ziege. Alles ihre Idee!«

»Das hörte sich vorhin in Ihrem Haus aber ganz anders an«, meldete sich Radomski zu Wort.

Radomskis schüchterne Kollegin Steffi Mommsen betrat den Raum. »Kaffee?« Lächelnd stellte sie ein Tablett auf den vollen Schreibtisch. Neben einer Kanne Kaffee und mehreren Tassen befand sich ein Schälchen mit Gebäck.

Wie aufmerksam, dachte Thomas und stopfte sich sofort ein Plätzchen in den Mund. Gierig griff er nach der Kanne und goss die braune Flüssigkeit in eine der Tassen. Nach einem großen Schluck musste er feststellen, dass sie ausgezeichnet Kaffee kochen konnte, Radomskis Assistentin Mommsen. Er schenkte ihr ein freundliches Lächeln. Die Plätzchen hatte sie wahrscheinlich selbst gebacken, vermutete er. Zartes Mürbebackwerk vom Kipferl bis zum Spritzgebäck. Wer konnte heute noch vernünftige Weihnachtsplätzchen backen? Seine Margareta jedenfalls nicht.

»Sind von meiner Oma«, beantwortete die schüchterne Frau seine nicht laut gestellte Frage.

Thomas war enttäuscht. Er lehnte sich zurück, genoss den warmen Kaffee und blickte sich um.

Obwohl Radomski die Heizkörper aufgedreht hatte, wurde es in dem Kellerraum nicht warm. Eine Fototapete bedeckte die Hälfte der Scheibe zum Nebenzimmer. Sie zeigte eine Berglandschaft im Sauerland, unter anderem den Astenturm. An der gegenüberliegenden Wand standen graue Aktenschränke und ein Regal mit Habseligkeiten aus dem Leben des PHK, die Scheffel einfach fürchterlich fand. Gerahmte Urkunden, Maulwurf mit Hut und Harke in der Pfote, gerahmte Fotos von Kollegen und Familienmitgliedern. Auf einer kleinen Kommode daneben einige verkommene Kakteen. Der Schreibtisch beherbergte zwei

Computer-Bildschirme, die zwischen Bergen von Papierhaufen kaum sichtbar waren.

Nach drei Tassen Kaffee und einer Menge Kekse war Thomas mit seinem Latein am Ende. Hemavati redete sich um Kopf und Kragen. Auch sagte Thomas ihm, dass seine Kollegin Jenni Gehrke aus seiner Gattin bestimmt alles herausgeholt hatte. Dennoch trocknete sich dieser Trottel die Tränen und wollte aufbrechen. Die zwei wichtigsten Informationen bekamen sie nicht aus ihm heraus. Sein Vater sei an allem schuld, schrie der Schamane durch den Raum.

Radomski und Scheffel schauten sich an. Ratlos hoch zwei waren sie. Thomas wünschte sich auf den höchsten Berg auf der Fototapete.

Wohin mit diesem Trottel? Ihn in die einzige Zelle sperren, die hier für Notfälle vorhanden war?

*

Jenni Gehrke war mit den Nerven fertig. So hatte sie sich die Tage zwischen Weihnachten und Neujahr nicht vorgestellt. Wo waren die angeblich so besinnlichen Raunächte? Wut auf Scheffel hatte sie, dass er sie mit dieser unmöglichen Frau alleine gelassen hatte. Sie saß ihr gegenüber in dieser Art Wohnküche, in der alles vor Dreck klebte. Der Weihnachtsbaum sah traurig aus. Er war geschmückt mit »natürlichem« Schmuck, verschimmelten Tannenzapfen, vertrockneten kleinen Äpfeln, Fondantkringeln aus Zuckerguss und Schokolade, die jedes Jahr aus einer Kiste gekramt wurden, dem Aussehen nach. Immerhin hatte Jana Schauerte einen Kaffee gekocht. Ein Blick auf die alte Maschine reichte, ihn zu verschmähen. Doch es war kalt in dem Haus, und so trank Jenni ihn zögerlich.

Immer wieder versuchte sie etwas aus der mauernden Frau herauszubekommen. In der Gegenwart ihres Mannes jedoch war sie gesprächiger gewesen. Nein, sie kenne Waltraud nicht. Nein, die Frau sei nicht in ihrem Keller untergebracht gewesen. Nein, Hemavati habe keinen Komplizen.

Jenni fing noch einmal ganz von vorne an, weil sie sich keinen anderen Rat wusste. »Ihr Mann verdient also sein Geld als Schamane? Laufen die Seminare gut? Raunächte sind ein aktuelles Thema.« Du musst einen Zugang zu der Frau finden, sagte sie sich, schließlich hast du auf der Polizeischule den Umgang mit schwierigen Personen gelernt.

»Wer will so einen Scheiß hören? Die wenigsten interessieren sich für die Raunächte, weshalb auch nichts groß dabei herumkommt. Mein Mann hat noch nie was auf die Reihe gekriegt! Dumm quatschen, mehr kann er nicht. Als die Zeche zugemacht hat, war Schluss mit lustig.«

»Und Sie? Gehen Sie einer geregelten Arbeit nach?« Jenni kannte die Antwort bereits. Hätte sie geahnt, wie das Schamanenweibchen darauf reagierte, hätte sie die Frage nicht gestellt.

Als hätte sie in ein Wespennest gestochen, tickte Jana völlig aus, sprang vom Stuhl auf, fuchtelte mit den Armen, vergoss dabei ihren Kaffee und starrte die Kommissarin aus großen Augen wütend an. »Haus und Garten zu versorgen, ist also keine Arbeit, was? Diesen Knurrhahn zu bekochen, seine Klamotten zu waschen, das zählt nicht, oder? Zusätzlich putze ich bei alten Leuten im Dorf und kaufe für sie ein.«

»War ja nur eine Frage.« Die Menschen, für die Jana putzte, mussten blind sein, so schmuddelig wie es hier aussah. Außerdem fiel Gartenarbeit im Winter flach. »Also, die Sommerfeld war nicht in Ihrem Keller? Die SpuSi gleicht die hier sichergestellten DNA-Spuren mit denen in Frau Sommerfelds Wohnung ab. Ich bin mir sicher, dass das Ergebnis eindeutig sein wird.«

Jana Schauerte zog den Morgenmantel eng um sich und sagte nichts mehr.

»Sie ist also gestern getürmt und Sie sind ihr hinterher?«

»Ich weiß nicht, was Sie meinen. Ich war spazieren. Ist das verboten?«

Jenni Gehrke musste einsehen, dass sie so nicht weiterkam. Sie schaute nervös auf die Uhr. Schon 13 Uhr. Ihr Magen knurrte. Scheffel hatte sich noch nicht gemeldet. Wahrscheinlich bissen sie sich an dem Schamanen die Zähne aus. Was sollte sie mit der Frau machen? Mitnehmen? In Nachthemd und zerrissenem Morgenrock?

Plötzlich begann Jana Schauerte wieder zu reden. »Andere kriegen alles in den Hintern gestopft, und unsereins? Geht leer aus.«

»Heute bekommt niemand mehr was in den Hintern gestopft. Nur durch harte ehrliche Arbeit füllt man seine Geldbörse. Warten, bis das Glücksschwein am Fenster vorbeigerast kommt, bringt nichts. Sie hätten in der Schule besser aufpassen, einen anständigen Beruf erlernen sollen.« Jenni konnte das Gejammer der Menschen, die sich ständig benachteiligt fühlten, nicht mehr hören.

»Ich habe es versucht. Mehrmals. Das war alles zu anstrengend. Im Konsum und auch beim Frisör. Ich war immer schon sehr kränklich.«

»Ihr Pech!« Jenni stand vom Stuhl auf, zog sich ihre Jacke über und verließ diese elende Hütte. Pah, kränklich! Faul war sie!

10.

Tiere verbinden uns mit der Natur, sind Teil eines Ganzen.

Auch Margareta wandte sich Tieren liebevoll zu. Ein besonderes Faible hatte sie von klein auf für Hunde gehabt. Sie musste an Aron denken, den Schäferhund ihres väterlichen Freundes Matthias, mit dem sie in letzter Zeit kaum noch Kontakt gehabt hatte.

Das Buch hatte recht: »Indem wir uns Tieren öffnen, verbinden wir uns mit etwas, das wir nicht ganz verstehen.«

Einen Hund hätte Margareta schon immer gern gehabt. Als Kind hatte sie diesen Wunsch vergeblich geäußert, ihn auf jeden Wunschzettel geschrieben. Und was hatte sie stattdessen bekommen? Alles vom Wellensittich bis zum Zwerghasen, doch weder eine Katze noch den ersehnten Hund. Rabeneltern! Jawohl, sie hatte Rabeneltern gehabt.

Sie las weiter. Für viele würde der Elefant für Kraft und Größe stehen, andere würden mit ihm Familiensinn, ein gutes Gedächtnis und eine dicke Haut verbinden. »Wenn dir so ein Krafttier begegnet, finde heraus, was es für dich bedeutet. Welche besonderen Fähigkeiten hat es und wie ist sein Sozialverhalten, was kannst du von ihm lernen?«

Margareta dachte nach. Um sie herum gab es keine Krafttiere, eher eine Horde Schwächlinge. Thomas verfügte mit Sicherheit nicht über eine besondere Stärke. Okay, sein

Sozialverhalten war in Ordnung, doch das war es auch schon. Im Grunde war er ein Egoist, erst kam er, dann ganz lange nichts und irgendwann sie.

Dieses Mal sollte sie sich vor dem Einschlafen vorstellen, ihrem Krafttier zu begegnen, es dankbar mit ihrem Herzen anzunehmen. Gedanklich verwandelte sie den Elefanten in einen Schäferhund. Schon kam der Wunsch auf, Aron wiederzusehen, den lieben guten Aron. Sie sehnte sich danach, ihm über sein seidiges Fell zu streichen. Seine wunderbaren treuen Augen würde sie niemals vergessen. Vielleicht hatte Matthias mit seiner besonnenen Art einen guten Tipp bereit. So könnte sie zwei Fliegen mit einer Klappe schlagen. Außerdem mochte er Waltraud sehr, hatte den Kontakt zu ihr nie einschlafen lassen und würde sicherlich alles daransetzen, dass sie wieder auftauchte. Margareta schickte ihm kurz entschlossen eine WhatsApp. Sie stöhnte auf. Diese Raunächte hatten ihr bisher nichts, aber auch gar nichts gebracht, weder Dankbarkeit, verpackte Geschenke und Stille noch gute Geister.

*

Gestern war sie zurück nach Gelsenkirchen gekommen, hatte vor dem Zubettgehen noch in dem Raunächtebuch gelesen und Matthias eine Nachricht geschickt. Thomas hatte noch eine weitere Nacht im Sauerland verbracht.

Nun verließ sie ihr Bett, suchte die Dusche auf, zog sich anschließend warm an, telefonierte kurz mit Thomas und erfuhr, dass sie Hemavati für eine Nacht festgesetzt und Jana Schauerte verhört hatten. Beide, Hemavati sowie Jana, waren nicht mit der Wahrheit herausgerückt, hatten sich mehr und mehr in Widersprüche verstrickt.

Wenn man nicht alles selbst machte, dachte Margareta. Da sind vier Kripobeamte zwei Tage unterwegs. Mit welchem Ergebnis? Null!

Der Fußweg von gut 300 Metern zum Wohnhaus ihrer Mutter tat ihr gut. Die Sonne schien und ließ den Schnee glitzern. Kindheitserinnerungen wurden in ihr wach. Weihnachstage voller Harmonie. Mit dem Schlitten durch die Siedlung gezogen bis zum Stadtwald, Freundinnen getroffen, sich über die Geschenke ausgetauscht, Schneemänner gebaut, auf Verwandte mit vollen Taschen gewartet, die am Nachmittag aufgetaucht waren.

Michael Patzke war zu Hause, keinen Dienst heute. Sie hatte die Haustür mit ihrem Schlüssel aufgeschlossen und war sofort ins Dachgeschoss durchmarschiert, hatte sich an dem gedrechselten Geländer regelrecht hochgezogen. Alles ruhig im Haus. Aus Patzkes Wohnung drangen leise TV-Geräusche. Sie blieb vor der Wohnungstür stehen und lauschte. Er war wohl allein. Keine Essensgerüche drangen durch die Tür. Ob bei ihm die Küche immer kalt blieb? Versorgten ihn der Pizzaservice und die Imbissbude an der Ecke? Sie betätigte die Klingel. Kurz und kräftig. Nach einiger Zeit hörte sie ihn heranschlurfen, den Türsummer betätigen und wenig später die Tür öffnen. Er zuckte zusammen, weil sie bereits oben stand.

»Die Tochter der Entführten«, sagte er mit monotoner Stimme.

»So ist es. Kann ich reinkommen?«

Patzke gab den Eingang frei und ließ sie eintreten. In dieser kleinen Wohnung war sie vor Jahren schon einmal gewesen. Damals hatte ein Liebhaber ihrer Mutter hier gewohnt, ein 50-jähriges Muttersöhnchen, dessen Mama gestorben war. Waltraud hatte sich dazu berufen gefühlt, sich um ihn zu kümmern. Am Tag der Beerdigung der alten Frau hatte Margareta das Vergnügen gehabt, hier mit einigen buckligen Verwandten einen Tortenboden mit Dosenpfirsichen zu verspeisen.

Die Wohnung war immer noch winzig, besonders durch die schrägen Wände, allerdings war sie besser eingerichtet als damals. Durch die wenigen Möbel in weißem Lack wirkte das Wohnzimmer größer. Doch 45 Quadratmeter blieben 45 Quadratmeter, egal was man hineinstellte.

»Sie haben sich mit meiner Mutter gut verstanden, nicht wahr?«, begann Margareta.

»Kann man so sagen. Sie hatte mir vor Weihnachten noch 50 Euro geliehen. Soll ich es Ihnen geben oder warten, bis sie wieder da ist?« Aus braunen Augen schaute er sie an.

Der schmächtige Mann mit den wenigen blonden Haaren und der blassen Haut erinnerte sie an Michel aus Lönneberga. Seine Piercings leuchteten in der Sonne, die durch das Dachfenster schien. Es sprach für ihn, dass er ihr von dem Geld berichtete und es Waltraud zurückgeben wollte. Also glaubte er an ihre Rückkehr.

»Geben Sie es ihr selbst.«

»Der Kommissar war mit seiner Kollegin, zwei weiteren Beamten und der Spurensicherung hier. Was wollen Sie noch? Sie sind private Ermittlerin, hat mir Ihre Mutter erzählt. Und dabei sehr stolz geklungen.«

»Echt? Das wundert mich.«

»Enttäuschen Sie sie und mich nicht, finden Sie sie, bevor die Kripo dahinterkommt.«

»Dazu müssen Sie mir alles noch einmal erzählen, was Sie schon der Polizei berichtet haben. Auch wenn es nervig für Sie ist – vielleicht gibt es das eine oder andere, was mich weiterbringt.«

Seufzend schilderte er ihr den Heiligen Abend und was er hier oben von der Wohnung darunter mitbekommen hatte. Laute Weihnachtsmusik, euphorisches Geplapper, besonders die krächzende Stimme der alten Anni. Außerdem das laute Organ eines Mannes, später eine weitere Männerstimme und Gepolter. Irgendwann sei Ruhe eingekehrt und die zwei Autos, die, solange beide Männerstimmen zu hören gewesen seien, vor dem Haus gestanden hätten, seien verschwunden.

»Was waren das für Autos?«

»Ein schwarzer Kombi, soweit ich im Dunkeln erkennen konnte. Dahinter parkte ein weißer Kleinwagen. Ein Peugeot.«

»Dass die Männer Waltraud die Treppe heruntergeschleppt und in eines der Autos gepackt haben könnten, haben Sie nicht gesehen?«

»Nein. Durch die Holzböden ist alles hier sehr hellhörig. Deshalb habe ich mir nichts gedacht bei dem Krach.«

Margareta sah sich in dem Raum um. »Mir fällt auf, dass Sie überhaupt nichts Weihnachtliches herumstehen haben. Keinen noch so kleinen Baum, keinen Zweig, keinerlei Deko.«

»Ich finde Weihachten scheiße. Dämliches Getue.«

»Haben Sie keine Eltern mehr? Keine Mutter, die Sie mit Selbstgebackenem versorgt?« Margareta war neugierig geworden.

»Mein Vater ist tot, meine Mutter auf Drogen. Die kann nicht backen. Im Heim gab es für jeden eine bunte Tüte. Die habe ich verschenkt.«

»Traurig … Aber zurück zu den Autos von Heiligabend. Das Kennzeichen des weißen wäre interessant.« Margareta berichtete ihm von den Entdeckungen im Sauerland.

Gelassen zog er sein Handy aus der Tasche. »MO FP 70.«

Margareta war perplex. »Und das haben Sie der Kripo nicht erzählt?«

»Habe ich vergessen. Hielt es nicht für wichtig.«

»Vielleicht hätte die Polizei Waltraud längst gefunden!«

»Oder auch nicht.«

»Haben Sie an dem Abend denn nicht mal an Anni gedacht? Dass sie da unten in den letzten Zügen liegen könnte?«

»Nein, ich wusste ja nicht mal, dass Waltraud nicht mehr hier war. Ruhe, es herrschte einfach nur Ruhe. Und das habe ich genossen.«

»Kann ich verstehen.« Das konnte sie wirklich.

Plötzlich hatte es Margareta eilig und ging erneut in die Wohnung ihrer Mutter. Um was zu suchen? Das wusste sie nicht so genau. Ein mulmiges Gefühl machte sich in ihr breit. Ob sie lüften sollte, um den Weihnachtsmief rauszubekommen? Offiziell verboten, das wusste sie. Sie setzte sich auf das rosa Mohairsofa und nahm ihr Smartphone zur Hand, um einen Kollegen aus der Detektei in Essen anzurufen, bei der sie früher einmal beschäftigt gewesen war. Das Kennzeichen »MO FP 70« ließ ihr keine Ruhe, und sie redete wild auf den knurrigen Kollegen Manfred ein, der zwischen den Jahren etwas Besseres zu tun hatte, als einen Fahrzeughalter zu ermitteln. Doch wer konnte Margareta schon widerstehen? Warum sie sich damit nicht an Thomas wandte, wusste sie auch nicht. Wahrscheinlich wollte sie nicht, dass Thomas und Jenni die Lorbeeren ernteten.

Während sie noch einmal in Waltrauds Schränken wühlte – besonders den Schlafzimmerschrank nahm sie sich vor –, konnte Manfred, übrigens ein Ekel vor dem Herrn, tätig werden.

Margareta warf ein Blick auf das zerwühlte Bett und die darin vorhandenen Blutspuren. Solange die Wohnung noch offiziell versiegelt war, durfte niemand hier Ordnung schaffen. Sie würde ihre Nachbarin mit der Reinigung beauftragen, nahm sie sich vor. Eine alleinerziehende Mutter mit zwei kleinen Kindern, die sich mit Sicherheit etwas dazuverdienen wollte.

Im obersten Fach des Schleiflackschrankes, zwischen Winterpullovern und riesigen Büstenhaltern, fand sie ganz hinten eine kleine abgewetzte Herrengeldbörse, in der sich 300 Euro befanden. Sie steckte sie ein, hatte schließlich genug Auslagen, die mit dem Verschwinden von Waltraud zusammenhingen. Der Sauerlandaufenthalt war nicht gratis gewesen. Besonders gründlich konnte Thomas sich hier nicht umgesehen haben, sonst hätte er die Börse gefunden.

In der Kommode mit der Wäsche entdeckte sie zwischen unzähligen Miederhosen, versteckt im Familienstammbuch, die Police der Lebensversicherung. Du meine Güte, für 10.000 Euro so ein Aufstand! Dafür entführte man eine alte Frau und schlug deren Freundin fast tot? Wie blöd war Hemavati?

Auch das Stammbuch samt Inhalt landete in ihrer Tasche.

Als sie die Wohnung verlassen wollte, klingelte ihr Smartphone. Manfred gab ihr die Adresse von »MO FP 70« durch. Fritz Repin, Kamp-Lintfort, Moritzstraße.

Margareta zuckte zusammen. Ihr fiel das kleine rote Notizbuch ihrer Mutter ein. Fritz Repin? Der verfressene Onkel? Das konnte nicht sein! Aber: der gleiche Ort. Die gleiche Straße. Der müsste mindestens 80 Jahre alt sein. Oder handelte es sich um Fritz Repin junior?

So war es, bestätigte ihr der gute Manfred. Manfred wollte mit ihr Kaffee trinken, nagelte sie auch gleich wegen eines Termins fest. Jaja, sagte sie, 14. Januar. Bis dahin würde ihr schon ein Absagegrund einfallen. Sie hatte keinen Bock auf Manni mit seinen schleimigen Sprüchen.

Lustlos stieg Margareta in das feucht riechende Untergeschoss hinab, um den Keller auf ihrer Prioritätenliste abhaken zu können. Sie ging ohne Angst den langen Gang entlang bis zum Kellerraum ihrer Mutter. Nun wurde ihr doch mulmig zumute, denn das kleine Vorhängeschloss lag auf dem Boden und die Tür stand offen. Wer hatte das Schloss aufgebrochen? Hatte sie Michael Patzke voreilig auf die Liste mit den Guten gesetzt? Hatte er sich hier Zugang verschafft? Um was zu erbeuten? Okay, Waltraud hatte hier ein kleines Warenlager angelegt. Etliche Pakete Küchenrollen sowie Toilettenpapier, Kaffeepäckchen, Marmeladengläser und Kekstüten in einem Uralt-Küchenschrank. Obwohl Waltraud in der Nachkriegszeit noch sehr klein gewesen war, mussten die Erzählungen und die Angst vor schlechten Zeiten sie geprägt haben.

Der Gefrierschrank brummte wie verrückt und stand offen, eine dicke Eisschicht hatte sich an den Schubladen gebildet. Eine war herausgezogen und leer. Du meine Güte, wer brach einen Keller auf, um eine dämliche Torte mitgehen zu lassen? Sie blickte zu dem Schrank mit den Kaffeepaketen. Waren das vor dem Einbruch mehr als fünf Pakete gewesen? Nein, Michael Patzke traute sie das nicht zu. Auf so ein Niveau würde er sich nicht begeben.

Plötzlich hörte sie ein Würgen und ein Stöhnen hinter sich und zog blitzschnell ihre Pistole aus dem Hosenbund. Doch gut, sie mitgenommen zu haben. Sie drehte sich um und sah in zwei riesengroße Augen. Der Kerl, der vor ihr stand, roch erbärmlich. Undefinierbar, nach was. Ein buntes Duftpotpourri aus Schweiß, Aceton, faulen Kartoffeln und Eiter. Margareta konnte nicht sagen, welche Komponente überwog. In einer Hand hielt sie die Wumme, mit der anderen betätigte sie den Lichtschalter.

Er kam näher. Eine warme Welle streifte sie, als er seinen ungepflegten Mund öffnete.

»Ich wollt ma nach dem Rechten gucken. Hab in letzter Zeit so oft Licht brennen sehen. Da wollte ich ma nachschauen.« Er hustete wie ein Lungenkranker, konnte sich kaum beruhigen.

Margareta erkannte ihn erst jetzt. Es war der neue Nachbar aus dem Haus gegenüber, der bei zehn Minusgraden im Trikotagen-Look am offenen Fenster gestanden hatte. Einen Weg gespart, dachte sie. Den Kerl wollte sie heute ohnehin noch aufsuchen. »Sie wohnen im Haus gegenüber, ich habe Sie am Fenster gesehen.«

»Ja, ich bin neu eingezogen Anfang Dezember. Aus meiner alten Bude bin ich rausgeflogen. Da haben nur Penner gewohnt.«

Nee, ist klar, dachte Margareta. Was war er denn? »Wie heißen Sie?«

»Pedder Kowalski. Wieso?«

»Das Fenster geht zum Hof raus. Da können Sie gar kein Licht gesehen haben.«

»Im Gang natürlich.«

»Auch nicht. Die Fenster zur Straße sind Kellerfenster der Nachbarn.«

»Is ja au egal. Wollt jedenfalls nachem Rechten sehn.«

»Und dabei ein Pfund Kaffee und eine Torte mitnehmen, was? Fläschchen Wein vielleicht auch noch? Wann haben Sie das Warenlager meiner Mutter entdeckt?«

»Watt fürn Warenlager?« Er war sich keiner Schuld bewusst.

»Sonst haben Sie am Heiligabend nichts beobachtet?«

»Nä! Watt denn?«

Tat der nur so blöd? Margareta war sich nicht sicher.

Als der Kerl gegangen war, rief sie notgedrungen Thomas an und berichtete ihm von der komischen Gestalt und dem aufgebrochenen Keller ihrer Mutter.

»Kannst es mal wieder nicht lassen, was? Ich werde es weitergeben und schicke die Beamten raus. Peter Kowalski, sagst du? Wohnt im Haus gegenüber deiner Mutter? Werden die schon finden.« Ansonsten war Thomas kurz angebunden, sagte nur, dass er am Abend zurück sein wolle.

Auf zu Matthias, der in Buer in der Ressestraße, direkt am Stadtwald, in einer schönen Villa wohnte. Er hatte ihr vorhin auf ihre WhatsApp geantwortet und sie spontan zum Kaffee eingeladen. Als sie bei ihm Unterschlupf gesucht hatte, während sie von einem Verbrecher quer durch die Stadt gejagt worden war, waren die beiden sich nähergekommen. Der Staatssekretär a. D. hatte damals um seinen Sohn getrauert, dessen Mörder mit Margaretas Hilfe dingfest gemacht worden war. Die Ruhe, die dieser Mann trotz seines Schicksals ausstrahlte, tat Margareta gut. Ein feiner Charakter, der viel Lebenserfahrung hatte und Margareta mit so manchem Rat geholfen hatte. Er hatte ihr die Ausbildung zur privaten Ermittlerin in Berlin ermöglicht. Das Geld hatte sie ihm allerdings auf Heller und Pfennig zurückgezahlt. Obwohl Matthias mit seinen fast 70 Jahren um einiges älter war als Margareta, hatte er sich im Stillen Hoffnung gemacht, mit ihr zusammenzukommen, was ihr eine Zeit lang lästig geworden war. Nun konnten sie wieder normal miteinander umgehen. Sie freute sich auf Aron, seinen wunderbaren Schäferhund.

Das beruhte auf Gegenseitigkeit. Aron freute sich ebenfalls, Margareta zu sehen, und legte sich auf ihre Füße, um ausgiebig gekrault zu werden. Matthias war geschockt, als er von Waltrauds Verschwinden hörte. Auch dass Anni niedergeschlagen worden war und um ihr Leben kämpfte, machte ihn sprachlos.

Alt ist er geworden, musste Margareta feststellen, alt und verhärmt. Die dunkelblonden Haare waren inzwischen weiß und nicht mehr so dicht. Sein warmes Lächeln hatte er behalten. Auch im Haus hatte sich in den paar Jahren nichts geändert. Dieselben alten Eichenmöbel und dicken Perserteppiche sorgten für gestandene Gemütlichkeit.

»Du lebst immer noch alleine?«, wollte Margareta wissen.

»Ja, sämtliche Verkupplungsversuche von Verwandten, Nachbarn oder deiner Mutter Waltraud blieben erfolglos. Die Frauen, die mir angetragen wurden, waren mir ganz einfach zu blöd.« Er seufzte, streichelte Aron über den Kopf. »Da bleiben wir lieber allein, nicht wahr, alter Junge?«

Der Hund blickte ihn aus treuen braunen Augen an. »Ich darf nicht daran denken, wie es wird, wenn er mal nicht mehr ist. Themenwechsel. Erzähle mir von deinen Ermittlungen.«

Endlich jemand, der sich wirklich dafür interessierte. Margareta berichtete alles ohne Punkt und Komma.

»Einen Schamanen hat sie kennengelernt, sagst du?« Matthias musste schmunzeln. »Waltraud ist immer wieder für eine Überraschung gut.«

Aufmerksam lauschte Matthias ihren Erlebnissen mit den Raunächten. »Und diese neue Spur, dieser Fritz Repin, ist der auch ein Schamane?«

»Ich weiß es nicht. Ich werde morgen früh nach Kamp-Lintfort fahren und mich umsehen.«

»Sei vorsichtig! Der Mann stammt wirklich aus deiner Familie?«

»Ja, ein unliebsamer Onkel, also der Senior. Komisch, ich weiß zwar, dass er und seine Hedwig einen Sohn hatten, kann mich aber absolut nicht an ihn erinnern.«

»Vielleicht hast du die Erinnerungen an ihn verdrängt. Willst du die Ermittlungen nicht lieber deinem Partner Kommissar Scheffel überlassen?«

»Der hat vor Jahren nicht mal den Mörder seiner Mutter aufgespürt.«

»Waltraud hat mir davon erzählt.« Matthias lächelte wieder und sah Margareta lange an. »Ich kenne da jemanden. Einen ehemaligen Studienkollegen, der sich schon immer mit spirituellen Dingen beschäftigt hat. Ich werde ihn anrufen und gebe dir Bescheid, falls ich was in Erfahrung bringe.«

Das war genau das, was Margareta hören wollte. Sie drückte Aron beim Abschied fest an sich und nahm sich vor, ihn bald wieder zu besuchen.

11.

Sie standen vor dem maroden Gasthof in Bad Fredeburg und schauten sich an, Jenni Gehrke und Thomas Scheffel. Trübes Dämmerlicht kündete die klare Frostnacht an. Zum Glück schneite es nicht, was die Rückfahrt ins Ruhrgebiet problematisch hätte werden lassen können. Gleich 18 Uhr. Wieder ein Tag nutzlos verbracht. Kein Vorwärtskommen in dem Fall.

»Du willst echt noch zurückfahren? Lass uns schön essen gehen und noch einmal hier übernachten.« Jenni sah müde aus.

»Das bringt uns auch nicht weiter. So kann ich mich morgen in Gelsenkirchen direkt auf die Ermittlungen stürzen. Das macht mehr Sinn.« Thomas hatte genug von seiner aufmüpfigen Kollegin.

»Ich verstehe, deine Margareta wartet.« Ein Grinsen überzog Jennis Gesicht und ließ ihre Nase noch länger erscheinen.

»Was soll das, Jenni? Ich kann nichts dafür, dass auf dich keiner wartet. Wie viele gescheiterte Beziehungen hast du bereits hinter dir? Fünf oder sechs? Jaja, waren immer die Männer schuld.«

Jenni ließ sich nicht aus der Ruhe bringen und grinste ihn weiterhin an. »Ich will gar keine feste Beziehung. Wozu? Außerdem habe ich Pucki, meinen kleinen grünen Wellensittich. Bin also nicht allein. Wie schön der schnattern kann! Wenn es mir zu viel wird, hänge ich ein Handtuch über seinen Käfig und Ruhe ist. Kannst du das bei deiner Margareta auch?«

»Dazu sage ich nichts, Jenni. Das ist mir zu blöd. Dein Ruf eilt dir jedenfalls voraus. Jeder Mann, der dich näher kennenlernt, nimmt Reißaus vor dir.«

»Na und? Okay, fahren wir zurück. Dann können wir am späten Abend eben nicht mehr ums Haus dieses Schamanen laufen.«

»Um was zu entdecken? Wie sie Tee kochen, Kerzen anzünden und am Küchentisch Karten spielen? Nichts war aus denen herauszukriegen. Nur widersprüchliches Zeug. Wer ist bloß der Komplize von Hemavati? Und wo haben sie Waltraud hingebracht? Vielleicht zu diesem Fritz.«

»Welcher Fritz?«

»Hemavati hat in seiner Zelle telefoniert. Darauf haben wir gehofft, deshalb haben wir ihm sein Handy nicht weggenommen. Und wir haben gelauscht. War Radomskis Idee.«

»Mit wem hat er telefoniert?« Jenni wurde hellhörig.

»Er redete auf einen Fritz ein. Mal nannte er ihn auch Chitran. Wahrscheinlich einer aus der Schamanen-Szene.«

»Und wo wohnt er?«

»Sicher bin ich mir nicht, aber Kamp-Lintfort ist mal erwähnt worden. Dort allerdings nach einem Fritz mit einem kleinen weißen Wagen zu suchen, dürfte schwierig werden …«

»Das glaube ich nicht.«

»Dann ist das deine Aufgabe für morgen.« Thomas war überzeugt, dass auch seine Margareta schon mehr, wenn nicht sogar von diesem Fritz wusste. Sie wollte die Erste sein, die dem Komplizen auf den Fersen war.

Als hätte sie seine Gedanken gelesen, fragte Jenni: »Hat deine Margareta was herausbekommen? Ihr habt doch sicherlich telefoniert.«

»Ich weiß es nicht. Vielleicht will sie mir nicht zu viel verraten und ermittelt selbst.«

»Die ist mit allen Wassern gewaschen«, freute sich Jenni.

»Ich gebe dir zehn Minuten, um deinen Krempel zu holen. Ansonsten bin ich weg.« Thomas stieg in den schwarzen BMW.

Fluchend betrat Jenni die Unterkunft.

Wellensittich als Lebenspartner? Okay, einen Hund könnte er sich vorstellen. Er hatte mal einen Rauhaardackel gehabt, den kleinen Willi. Als Margareta ihm vorhin von Aron vorgeschwärmt hatte, dem Hund von diesem Matthias, den sie am Nachmittag besucht hatte, hatte er wieder einmal an Willi denken müssen. Ein Kollege aus der Jägerschaft hatte ihm den kleinen Hund damals besorgt, als es ihm echt dreckig gegangen war. Anfangs hatte es auch ganz gut geklappt, doch irgendwann war Willi aufsässig geworden. War er vielleicht eifersüchtig auf Margareta gewesen? In den Weihnachtsurlaub nach Bödefeld hatte er ihn nicht mitnehmen wollen – seine Mutter hatte gereicht – und ihn bei einem Kollegen gelassen. Das hätte er nicht tun sollen. Als er ihn nach dem Urlaub und der Beerdigung seiner Mutter abholen wollte, hatte Willi sich unter dem Sofa versteckt und war nicht wieder herausgekommen. Er hatte dortbleiben wollen, bei der fröhlichen Familie mit den drei Kindern und der kleinen Malteser-Hündin Babsi. Als sich dann auch noch Margareta eingemischt und gemeint hatte, dass sie Willi gut verstehen könne und er ihn dalassen solle, war er ausgerastet. Und nun schwärmte sie ihm von diesem ach so tollen alten Schäferhund Aron vor. Weiber!

Als Jenni endlich den Wagen bestieg und ihre Tasche achtlos auf den Rücksitz warf, seufzte er. Sie hatte sich in der Zwischenzeit wohl Gedanken gemacht, denn nun zählte sie auf, was er bei Hemavatis Verhör hätte besser machen können, obwohl sie nicht dabei gewesen war. Dann machte sie sich über den Kollegen Radomski lustig, bog sich vor Lachen, was Thomas in Rage brachte.

»Können nicht alle so toll aussehen wie du«, sagte er. »Der eine hat eben eine platte Nase, der andere einen Kolben wie ein Nasenaffe.«

Das hatte gesessen. Sie schwieg, bestand allerdings darauf, dass er beim goldenen M halten sollte, da sie Hunger verspürte.

Nach gefühlten 30 Minuten erschien sie mit einer vollen Tüte, doch leider hatte sie nicht an ihn gedacht. Mit dem Grand BBQ Cheese, der Megaportion Pommes mit doppelt Mayo und dem Big Mac schmierte sie den Sitz und das Armaturenbrett voll. Sie schlürfte von dem halben Liter Fanta so laut, dass Thomas kurz davor war, sie rauszuschmeißen.

Kurz vor Meschede begann sie, ihm von der Vernehmung des Schamanenweibchens zu berichten. Nicht einen einzigen Schritt sei sie vorwärtsgekommen. Die Frau habe sich in Widersprüche verstrickt, herumgeschrien, dann zugegeben, dass Waltraud im Keller gewesen sei. Wo sie jetzt allerdings sei, wisse sie nicht. Sie sei einfach verschwunden, abgehauen. Ihre Idee sei es nicht gewesen, die alte Frau in den Keller zu sperren. Sie habe alles auf ihren Mann geschoben, der das Geld von Sommerfelds Versicherung abgreifen wollte.

»Ich habe sie gefragt, was sie mit ihr gemacht hätten, wenn sie das Geld bekommen hätten. Einfach laufen lassen, in der Hoffnung, dass sie nicht zur Polizei gehen würde?« Jenni schüttelte heftig den Kopf. »Die ist so kleingeistig, das glaubst du nicht! Seither hatte ich nur ein paar steinharte Plätzchen von dieser Frau zu essen, mehr nicht. Normalerweise esse ich kein Fast Food. Doch das brauchte ich jetzt.«

»Meinst du etwa, wir wären irgendwo schick eingekehrt? Stundenlang mussten wir uns das Gejammer von diesem Schamanen anhören. Mal gab er zu, dass er einen Komplizen hatte, mal stritt er es vehement ab. Wo Waltraud geblieben ist, weiß er angeblich nicht. Nein, er habe sie nicht in einen weißen Wagen verladen. Vielleicht sei sie ja tot, im Wald erfroren, meinte dieser Vollidiot. Hin und her ging das. Ich kam mir vor wie in der Laienvorstellung eines billigen Provinztheaters.«

»Hast du etwa auch noch nichts gegessen?« Jenni schien ein schlechtes Gewissen zu bekommen.

»Radomskis Frau hat Frikadellen und Kartoffelsalat vorbeigebracht, irgendwann am späten Nachmittag.«

»Und was habt ihr dem Schamanen gegeben? Auch von den guten Frikadellen und dem Kartoffelsalat?«

»Der hat sowieso schon die ganze Zeit getobt, er habe Hunger und Durst. Nachdem er sich den Bauch mit Kartoffelsalat vollgeschlagen hatte, fing er an zu randalieren und wollte nach Hause. Weil es immer noch keine Beweise gibt, hat Radomski das dann auch getan, er ließ ihn gehen. Hemavati lehnte es sogar ab, sich von einem Beamten nach Hause fahren zu lassen, wollte zu Fuß gehen, dieser Schwachkopf. Mit seiner umgehängten Pferdedecke und den Stoffschuhen.«

»Und was hat deine Margareta vorhin am Telefon gesagt? Hat sie irgendwas herausgefunden, das uns weiterbringen könnte?«

»Nichts, was dich interessieren dürfte.«

Beleidigt schwieg Jenni und gähnte ununterbrochen. Thomas war genervt.

»Ich bin eben kein Nachtmensch. Gehe immer früh ins Bett. Deshalb wollte ich in Fredeburg übernachten.« Sie starrte aus dem Fenster in die winterliche Dunkelheit, öffnete irgendwann das Handschuhfach und suchte nach Süßigkeiten.

Thomas musste grinsen. Seinen eisernen Vorrat an Süßem bewahrte er im Seitenfach der Tür auf. Er kramte mit der linken Hand darin herum, holte ein Päckchen Dominosteine hervor und legte es sich auf den Schoß. Ungeschickt öffnete er es und stopfte sich einen Stein nach dem anderen in den Mund. Er hatte Hunger. Nicht im Traum dachte er dran, seiner Kollegin davon anzubieten. Das war die Retourkutsche.

Nachdem er Jenni dann doch von den Beobachtungen des Altenpflegers erzählt hatte, die Margareta herausgefunden hatte, wollte die wissen: »Hat er auch die Automarke erkannt? Klein und weiß ist ein bisschen dürftig.«

»Ein Peugeot.«

»Und das Kennzeichen weiß sie nicht?«

»Ich denke schon, doch das sagt sie mir nicht. Du hast es jetzt jedenfalls um einiges leichter, den Halter zu ermitteln.«

»Stimmt!«

Nach 20 Uhr hielt Thomas völlig übermüdet vor dem Präsidium in Gelsenkirchen-Buer, um Jenni aus dem Fahrzeug steigen zu lassen. Aber sie dachte nicht daran, nach Hause zu fahren, sondern steuerte auf den Eingang des Gebäudes zu.

»Du willst doch nicht etwa heute noch arbeiten? Ich dachte, du gehst früh ins Bett.«

»Vielleicht erreiche ich den Kollegen noch und werde fündig, was den Halter des kleinen Wagens betrifft. So könnten wir gleich morgen nach Kamp-Lintfort fahren.«

Und auf Margareta stoßen, dachte Thomas und seufzte.

Wie ein braver, spießiger Pantoffelheld betrat er wenig später mit gebeugtem Rücken Margaretas Wohnung. In der Küche brannte kein Licht. Er machte es an und schaute sich um. Nirgendwo etwas Essbares. Eine stürmische Begrüßung konnte er ebenfalls vergessen. Der Fernseher lief. Eine uralte Traumschiff-Folge in hoher Lautstärke durchflutete das Wohnzimmer. Margareta nickte nur kurz, ließ ein »Hey« aus ihren Lippen fallen, zwischen denen ein Kugelschreiber steckte, blickte wieder in ihr Buch und notierte dabei etwas auf ihrem Block.

Freude sah anders aus, dachte er. Da hätte er auch mit zu Jenni gehen können. War Margareta sich seiner Treue so sicher? Er fühlte sich gekränkt. Gekränkt und enttäuscht.

Nach einer Viertelstunde fragte sie: »Na, hat alles geklappt im Sauerland? Seid ihr weitergekommen?«

Immerhin, dachte Thomas. Trotzdem war die Enttäuschung groß. Ein paar Wurstschnittchen mit Gürkchen wären doch nicht zu viel verlangt. Was sie wohl so Wichtiges zu tun hatte? »Wie man es nimmt. War anstrengend. Beide, Frau und Herr Schauerte, haben sich in Widersprüche verstrickt, sodass Jenni die Befragung abgebrochen hat und ich den Kerl habe laufen lassen müssen. Ja, das war es. Jenni wollte noch im Sauerland bleiben, mich zog es nach Hause. Radomski war der einzige Lichtblick am heutigen Tag.« Das hier ist eigentlich nicht mein Zuhause, dachte er. Da hatte er so ein wunderbares Haus in Herten und hockte hier in einer Altbaubude eines maroden Wohnturms. Er konnte sich nicht einmal dazu entschließen, das Anwesen in Herten zu vermieten. Margareta wehrte sich mit Händen und Füßen, dort hinzuziehen. Wieso? Wegen Waltraud, die drei Häuser weiter wohnte? Vielleicht würde sich ihre Meinung ändern, wenn Waltraud tot wäre. In Thomas keimte Hoffnung auf. Gleichzeitig schämte er sich seiner Gedanken. »Und du? Was kannst du mir berichten? Was schreibst du da so emsig?«

»Ach, allgemeine Notizen. Ich habe dir ja am Telefon erzählt, dass ich mit Patzke gesprochen habe und dass dieser neue Nachbar von gegenüber mir im Keller hinterherstieg. Haben die Kollegen was erreicht?«

»Das weiß ich noch nicht. Kam noch keine Rückmeldung. Wegen einer Torte, ein paar Pfund Kaffee und anderer Lebensmittel reißt sich keiner zwischen den Jahren ein Bein aus.«

»Ach, du siehst keinen Zusammenhang zwischen dem Kellereinbruch, der Entführung meiner Mutter und der niedergeschlagenen Anni?«

»Nein.« Er stand vom Sofa auf und ging in die Küche. »Ich habe so einen Hunger! Was meint der Kühlschrank?«

»Sieht mau aus darin. Wir müssen morgen unbedingt einkaufen. Ich habe seit heute Mittag auch nichts mehr gegessen. Sollen wir uns eine Pizza bestellen?« Sie schaute ihn liebevoll an, kam auf ihn zu und umarmte ihn.

Thomas wurde ganz warm ums Herz. Er drückte sie an sich, stöhnte auf und freute sich. Doch nicht so eine eiskalte Hexe, dachte er. »Du glaubst gar nicht, wie anstrengend es sein kann, den ganzen Tag mit Jenni zusammen. Na ja, ein ganzer Tag war es ja nicht, den halben saß sie bei der Schauerte und biss auf Granit.«

»Alles nicht so einfach«, sagte Margareta, trank ihren Wein auf ex, stellte das Glas zurück auf den Tisch und wollte den Raum verlassen.

Thomas hielt sie zurück und fragte: »Was wolltest du eigentlich bei diesem Matthias?«

»Der Besuch war längst überfällig. Matthias hat Kontakte zur spirituellen Szene und will sich dort umhören.«

Sie wusste bereits, wo Hemavatis Komplize wohnte, wurde Thomas schlagartig klar. Er hasste dieses Katz-und-Maus-Spiel. Margareta gab immer nur die Hälfte ihres Wissens preis. Doch war er besser? »Hat er dir was Leckeres gekocht?«, konnte er sich nicht verkneifen, sie zu fragen.

»Ach, Thomas, wo denkst du hin? Ich war nur eine Stunde dort. Und er ist ein alter Mann und ziemlich hinfällig geworden. Hast du was von Anni gehört?«, wechselte sie das Thema.

»Zwei Kollegen waren im Krankenhaus. Alles beim Alten. Ihr Zustand ist unverändert.«

Die Stimmung zwischen ihnen war gekippt. Auch nach der Pizza wollte sich die Harmonie nicht wieder einstellen.

Thomas befürchtete, morgen in Kamp-Lintfort auf Margareta zu stoßen. 22.30 Uhr! Ob Jenni schon in Erfahrung gebracht hatte, wo dieser Komplize wohnte? Als Margareta endlich das Bad aufsuchte, war er kurz davor, sich das aufgeschlagene Buch zu greifen. Darin lag ein Notizbuch, das hatte er längst bemerkt. Stand dort vielleicht die Adresse des Kumpans? War sie ihrer Mutter schon so nah gekommen?

Fünf Tage war Waltraud nun verschwunden und noch immer keine heiße Spur.

12.

Sechste Raunacht: 30. auf 31. Dezember.

Humor hilft uns dabei, das eigene Handeln und das der anderen aus einer zweiten Perspektive zu betrachten. Dadurch erkennt man das eigene Tun und seine Folgen. In einer schwierigen Situation fällt es schwer, Humor und Abstand zu behalten. Wenn man allerdings Humor als Grundhaltung in sein Leben integriert, verbeißt man sich nicht so schnell. Humor ist das Salz des Lebens. Ohne Humor keine Wärme und Geborgenheit. Humor sucht Dinge hinter Dingen.

Aufgabe für heute: Betrachte die Welt mit Humor und nimm seine Wärme und Güte in dein Herz auf.

Margareta musste schmunzeln. Sie liebte Humor, war ein humorvoller Mensch, wie sie fand. Doch hatte sie noch viel Gelegenheiten zum Lachen? Zurzeit eher weniger. Ihre Gedanken waren bei Waltraud, die irgendwo in einem feuchten Kellerloch hockte und todunglücklich war.

Das große Kribbeln machte sich in ihr breit. Sie kannte es schon, wenn sie kurz davor war, etwas zu entdecken. Sie zog ihre unförmige dicke Jacke an, auch auf die Gefahr hin, dass sie darin unmöglich aussah. In Kamp-Lintfort war es bestimmt noch kälter als hier im Ruhrgebiet.

Der aufkommende Nebel während der Fahrt machte die Winterkälte nicht erträglicher. Besser als Schneefall, dachte Margareta und setzte den Blinker spontan rechts, Richtung Krankenhaus Bergmannsheil, statt nach links zur Autobahn zu fahren. Anni. Sie musste wissen, wie es ihr ging. Vielleicht ließ man sie sogar zu ihr.

Als sie unten an der Pforte nach Anna Bienert fragte, schickte man sie zur Intensivstation. Mit dem Fahrstuhl nach oben, über Gänge mit offen stehenden Zimmertüren gehuscht, den Geruch von Endlichkeit inhaliert. Vor der Tür zur Intensivstation stieß sie auf Annis Tochter, eine aufgedonnerte hagere Frau, die es wagte, in einem Nerzmantel aufzukreuzen. Eine Frau von 45 Jahren, Apothekerin und bis auf diesen Mantel eine attraktive Erscheinung mit ihren roten halblangen Haaren. Das grell geschminkte Gesicht drückte pure Verzweiflung aus. Ein- oder zweimal hatte Margareta die Tochter gesehen, als sie bei ihrer Mutter Anni am Tisch gesessen und sich ausgejammert hatte. Doch das war lange her, denn die letzten zehn Jahre hatten Mutter und Tochter keinen Kontakt gehabt. Wahrscheinlich wegen des Ehemanns, diesem Siggi Bienert, der bei der Heirat den Namen seiner Gattin angenommen hatte. Kein Wunder, wenn man Kluthensemmler hieß.

Besagter Mann war ebenfalls hier und schaute nun mit seinen knapp zwei Metern Körpergröße wütend auf Margareta herab, schien sichtlich nervös zu sein und sich fehl am Platz zu fühlen. Er war geschätzt zehn Jahre älter als seine Frau und Realschullehrer. Bestimmt kein angenehmer. Auf dem Kopf trug er eine Biberpelzmütze, weil er darunter haarlos war, mutmaßte Margareta. Der Raglanmantel im Pfeffer-und-Salz-Muster war ein echter Hingucker im negativen Sinne. Auch mit viel Mühe brachte er kein Lächeln zustande. Nicht mal zu einem Gruß konnte er sich aufraffen. Er fuhr seine Gattin an, endlich von hier zu verschwinden. Sie begehrte jedoch auf, dass sie auf den Arzt warten wolle. Kurz und knapp gab sie Margareta Auskunft über den Zustand ihrer Mutter. Mehr tot als lebendig, die Ärzte hätten sie bereits aufgegeben.

Margareta nahm den Duft wahr, der vom Mantel des Schwiegersohns ausging. Nach feuchtem Wischlappen roch er. Oder war es der Kerl, der so duftete?

»Nein, es darf keiner zu ihr, nur die engsten Verwandten. Nicht mal die Polizei ließ man rein. Na ja, würde auch nichts bringen, sie liegt im Koma.« Mareike Bienert kämpfte wieder mit den Tränen. Gespielt oder echt?

Schwiegersohn Siggi stampfte in seinen Seehundfellstiefeln von einem Fuß auf den anderen und drängte erneut zum Aufbruch. »Nun komm schon. Hier kannst du sowieso nichts mehr ausrichten.«

Margareta war der Kerl nicht geheuer. Sie wusste nicht, wieso, doch sie setzte den Mann auf ihrer Prioritätenliste der Anni-Totschläger nach ganz oben. Könnte ja sein, dass er am Heiligabend in Waltrauds Wohnung war, um seine Schwiegermutter abzuholen? Spinne nicht rum, mahnte sie sich, konzentrierte sich auf das Wesentliche. Gern hätte sie gewusst, wer sich um Annis Mann kümmerte. Hatte Mareike ihn zu sich nach Marl geholt?

Pelzmantel-Mareike und Stinkermantel-Siggi verzogen sich, bevor der Arzt aus der Tür zur Intensivstation trat. Margareta wäre nicht Margareta, wenn sie nicht alles drangesetzt hätte, Anni kurz sehen zu dürfen. Anni sei wie ihre Ersatz-Mutter, heuchelte sie.

Das wirkte. Der gut aussehende Mann ließ sie zu Anni, hielt sich aber bedeckt, was Annis Zustand betraf.

Im grünen Besucherkittel stand sie Minuten später an Annis Bett und musste sich schwer beherrschen, um nicht loszuheulen. Klein und zusammengefallen lag sie da, an unzählige Schläuche angeschlossen. Das schafft sie nicht, war Margareta sich sicher. Trotzdem bemühte sie sich, beruhigend auf Anni einzureden, in der Hoffnung, dass ihre Worte sie erreichten. Als der Arzt und die anwesende Schwester sich verzogen, stellte sie der Kranken Fragen bezüglich ihres Überfalls und bat sie, ihre Hand zu drücken, falls sie verstehen würde, was Margareta wissen wollte. Doch egal, was Margareta sprach, wen sie aufzählte, die kleine schmale Hand in ihrer reagierte nicht.

Margareta war sich plötzlich bewusst, dass es das letzte Mal sein würde, dass sie Anni lebend antraf. So sprach sie leise ein Gebet und verabschiedete sich von ihr. Wieso sollte sie auf das große Wunder hoffen, dass Anni wieder aufwachte? Sie hatte es aufgegeben.

Als sie die Intensivstation verließ, irgendwie getröstet, freute sie sich, dass sie Thomas etwas voraushatte. Man hatte sie zu Anni gelassen, und darauf war sie stolz.

Nun aber auf zu Waltraud.

Kaum hatte sie auf der A2 Bottrop passiert, glaubte sie, ihren Augen nicht zu trauen. Sie wurde von einem schwarzen BMW überholt, der trotz des feuchten Winterwetters und des Nebels einen Affenzahn fuhr. Das war doch gar nicht Thomas' Art. Sie erkannte die beiden am Kennzeichen des Fahrzeugs und an der Statur der Beifahrerin. Eindeutig Jenni Gehrke. Da wähnte sie ihren Lebenspartner noch schlafend in seinem Bett, doch der preschte schon in die gleiche Richtung wie sie. Hatte sie sich so lange im Krankenhaus aufgehalten? Jetzt war es 11 Uhr. Nein, verabschiedet hatte sie sich am Morgen nicht von ihm. Das hatte sie schlichtweg vergessen, war mit ihren Gedanken schon ganz woanders gewesen. Okay, nicht die feine Art.

Doch war er besser? Hatte er bereits die Adresse dieses Komplizen ausfindig gemacht und befand sich auf dem Weg zu ihm? War er Waltraud näher als sie?

Als sie von der A2 auf die A3 wechselte, war der BMW nicht mehr zu sehen. Gut so. Noch 46 Kilometer, sagte das Navi. In 40 Minuten zu erreichen. Trotzdem verfluchte sie ihren lahmen Polo, der fast zehn Jahre auf dem Buckel hatte. Sofort nach den Feiertagen würde sie ein Autohaus aufsuchen und sich umschauen. Natürlich hatte sie kein Geld für ein neues Fahrzeug. Doch wozu gab es Leasing? Vielleicht könnte Waltraud ihr was von ihrer Lebensversicherungssumme beisteuern?

Auch nach einem wütend durchgeführten Kickdown legte der Polo keinen Zahn zu, quälte sich regelrecht über die Autobahn.

Was sollte sie tun, wenn Thomas und Jenni in der Moritzstraße vor besagtem Haus standen? Den Gedanken kaum zu Ende gedacht, meldete sich ihr Smartphone. Thomas. Was würde er ihr für eine Lüge auftischen?

»Na, du hast dich heute Morgen ja schnell vom Acker gemacht. Wieso hast du mich nicht geweckt? Wo bist du?«

»Tut mir leid. Mich zu verabschieden, ist mir heute Morgen einfach entgangen. Das war keine Absicht. Ich bin auf der Suche nach Hemavatis Komplizen. Und du?«

»Stell dir vor, ich auch. Jenni hat seine Anschrift herausbekommen. Ich will mich da mal umsehen.«

»Wo genau wohnt er?« Margareta spielte die Unwissende recht gut.

»Tja, wieso sollte ich dir das verraten? Ich bin sicher, du bist ihm ebenfalls auf den Fersen. Wieso hast du mir nichts gesagt? Was soll dieses Katz-und-Maus-Spiel?«

Margareta musste schmunzeln und wusste nicht, was sie

sagen sollte, denn bestimmt hörte Jenni mit. Also wünschte sie ihm einen schönen Tag und beendete das Gespräch.

Mit niedrigem Tempo bog sie in die Moritzstraße, immer Ausschau nach Thomas' BMW haltend. Sie war erstaunt, welch schöne Bauten sich hier befanden, die den Häusern in der Zechensiedlung, in der sie wohnte, ähnelten. Mutig hielt sie vor dem Haus des gesuchten Fritz Repin und starrte lange auf die Fassade, die im oberen Stockwerk ein interessantes Fachwerk enthielt. Ihr Blick suchte anschließend die beiden Kellerfenster ab. War dort unten ihre Mutter Waltraud versteckt? In einem kalten Keller? Oder hatte man sie ins Dachgeschoss verfrachtet? Was sollte sie tun? Einfach anklingeln?

In der Auffahrt stand der kleine weiße Peugeot. Die Angst, Thomas könnte jeden Moment hier auftauchen, ließ sie den Motor starten, weiterfahren und in die Karlstraße einbiegen, wo sie mutig auf einem Garagenhof parkte. Zu Fuß, ihre schwarze Mütze tief ins Gesicht gezogen, lief sie zurück zur Moritzstraße. Gegenüber dem Haus dieses Repin stellte sie sich hinter einen breiten Kastanienbaum und checkte die Lage. Kein BMW und kein Thomas zu sehen. Wo hielt er sich auf? Was hatte er vor? Trotz ihres alten Steppmantels in der Farbe Kitt, dem wärmsten, den sie besaß, kroch die Kälte in ihr hoch, und sie überlegte, zurück zu ihrem Auto zu gehen. In dem Moment verließ ein schlaksiger Junge pfeifend das Haus und lief in großen Schritten die Straße entlang, überquerte sie und marschierte auf einen Kiosk zu. War dieser Junge der Sohn ihres Cousins Fritz Repin junior?

Am Kiosk suchte sich der Knabe einige Dinge aus, unter anderem eine Zeitung, die er zusammenrollte und sich unter den Arm klemmte, bezahlte seine Einkäufe und verließ die Trinkhalle wieder.

Das war die Chance, dachte sich Margareta und sprach

den Jungen an. »Sag mal, kennst du dich hier aus? Wohnst du hier?«

»Wieso?« Der Knabe schenkte ihr einen misstrauischen Blick. »Wer will das wissen?«

»Margareta Sommerfeld. Ich komme aus Gelsenkirchen und suche einen Fritz Repin. Er soll Schamane sein und Kurse geben.« Ein blöderer Spruch war ihr nicht eingefallen.

»Das ist mein Vater. Ich wusste nicht, dass er so bekannt ist. Hat schon lange keine Seminare mehr gegeben. Glauben Sie an diesen Mist?«

»Ich weiß nicht.« Margareta zuckte mit den Schultern. Halte ihn auf, sagte sie sich.

»Wir wohnen da drüben.« Der Junge deutete auf das Haus, das Margareta beobachtete. Im Wohnzimmerfenster entdeckte sie jetzt erst ein Schild mit der Aufschrift: »Eier zu verkaufen.«

»Und du bist?«

»Krischan.«

»Wie passt das zusammen, ein Schamane, der Eier verkauft?«

Der Junge lachte und zeigte dabei ein makelloses Gebiss. »Die Eier verkaufe ich. Ich halte Hühner und züchte sie sogar. Lohmann Brown-Classic, eine robuste Rasse.« Er strahlte sie an und berichtete über sein Hobby.

Margareta musste an den alten Fritz Repin, den knauserigen Onkel, denken, der damals schon Hühner gehalten hatte. Er hatte alles mit einem Gitter ausgelegt, damit sie nicht zu viel Gras fraßen. Sich und seiner Familie hatte er nur am Sonntag ein Ei gegönnt. Die restlichen Eier der mindestens 50 Hühner hatte er in der Siedlung verkauft. Lag dem Jungen das Hühnerzüchten in den Genen? Sie konnte nur hoffen, dass er den Geiz nicht von seinem Opa geerbt hatte.

Um nicht in die Kunst dieses Hobbys eingeweiht zu werden, ging sie nicht weiter darauf ein, sondern sagte: »Mir ist kalt.«

»Ich weiß nicht, ob mein Vater da ist. Wollen wir mal schauen? Sie können auch ein paar Eier mitnehmen.«

Krischan zeigte so viel Freude, dass Margareta nicht anders konnte, als ihm zu folgen. Wie blöd, schalt sie sich. Was sollte sie diesem Fritz Repin erzählen? Sie hatte nur vermutet, dass er ebenfalls Schamane war. Außerdem hätte sie niemals ihren richtigen Namen nennen sollen und konnte nur beten, dass der Jüngling ihn wieder vergessen hatte.

Der Junge schloss die Haustür auf und rief nach seinem Vater. Er ging voraus in die Küche. Typische Zechenhausküche, wie es sie im Ruhrgebiet zuhauf gab. Auf der Fensterbank stand eine Schüssel mit Eiern, daneben lagen Verpackungen. Auf dem Herd ein Bräter, es roch nach Schweinebraten.

Nicht nur nach Braten, sondern auch nach Waltraud! Ihr Herz schlug schneller. Sie könnte wetten, dass Waltraud in diesem Haus versteckt gehalten wurde. Was tun?

»Ey, Vadder, wo bisse?«, rief der Junge durch das Haus, ohne eine Antwort zu bekommen. »Hier will dich eine Frau sprechen.«

Nichts.

»Als Schamane heißt er übrigens Chitran.« Belustigt schüttelte Krischan den Kopf.

Chitran und Hemavati, diese zwei Idioten, dachte Margareta und musste ebenfalls schmunzeln. Sie kaufte dem Jungen zehn Eier ab und verließ eiligst das Haus. Auf eine Begegnung mit Repin war sie nicht vorbereitet. Beim Hinausgehen schaute sie sich noch einmal um und sah den langen dunklen Gang des Anbaus hinunter. Irgendwie kam ihr das Haus trotz der Jahrzehnte, die vergangen waren, bekannt vor. Ja, das war das Haus, in dem sie als Kind gewesen war, als der Onkel besucht wurde.

»Soll ich Ihnen die Hühner zeigen?«, fragte Krischan.

Margareta verneinte, wollte nur weg. Sie war sich sicher, dass der Vater zu Hause war und sich in irgendeiner Ecke vor Angst in die Hose machte. Sie musste nachher mit Thomas darüber sprechen. Das durfte sie ihm nicht verheimlichen.

✻

Wenige Stunden später sah sie von ihrem Küchenfenster aus, wie Thomas mit seinem BMW auf den Parkplatz fuhr und galant aus dem Auto sprang. Das rote Gift hatte er wahrscheinlich nach Hause gebracht oder am Präsidium abgesetzt.

Überdreht und durchgeschwitzt betrat er die Wohnung, setzte sein künstliches Grinsen auf und riss Margareta in seine Arme. Wenn sie nicht genau wüsste, dass zwischen Thomas und Jenni nichts lief, könnte sie meinen, er wäre frisch bei ihr aus dem Bett gestiegen.

»Wo warst du den ganzen Tag? Ich dachte, du wolltest nach Kamp-Lintfort? Wie ein Irrer bist du auf der Autobahn an mir vorbeigerauscht. Wolltest du Jenni beeindrucken?«

»Ach, war das dein Polo, der auf der rechten Fahrspur dahinkroch?« Überheblich grinsend setzte er sich an den Küchentisch und sah sich nach etwas Essbarem um.

»Nicht mehr lange. Ich kaufe mir nächste Woche ein neues Auto. Wird höchste Zeit.«

»Ist ein Geldsegen über dich hereingebrochen? Oder hilft dir mal wieder dein alter Freund Matthias?«

Das saß. Ein Stich mitten ins Herz. Tränen traten in ihre Augen. »Wieso sollte er? Schon mal was von Leasing gehört? Der BMW gehört dir doch auch nicht. Was soll das?«

Er war zu weit gegangen. Eindeutig. Das spürte er, zuckte erschrocken zusammen und wollte sich entschuldigen, suchte nach passenden Worten.

Doch auf dem Ohr war Margareta taub. Zu spät. Ob sie ihn rauschmeißen sollte?

»Wir haben eine Straße weiter geparkt und sind von hinten an das Grundstück, um das Haus zu beobachten. Wir haben nichts Interessantes entdeckt. Nach zwei Stunden hat Jenni herumgejammert, ihr sei kalt, da haben wir ein Café aufgesucht. Verweichlichte Ziege.«

»Hat Jenni die Adresse ausfindig gemacht? Nachdem ich dir das Kennzeichen des Fahrzeugs verraten habe, keine Kunst.« Margareta fragte sich, was in ihn gefahren war. Woher kam diese Überheblichkeit? »Um ehrlich zu sein, Thomas, ich bin dir ein ganzes Stück voraus. Ich war im Haus, nachdem ich an der Trinkhalle gegenüber den Sohn von Fritz Repin kennengelernt habe.« Sie deutete auf die Eier, die auf der Anrichte standen. »Habe ich ihm abgekauft. Kannst dir gern ein paar davon braten.«

»Du warst in dem Haus? Hast du Repin getroffen?« Thomas war schwer beeindruckt.

»Chitran, er heißt Chitran. Auch ein Schamane. Nein, er hat sich versteckt. Hatte wohl Angst. Waltraud ist in diesem Haus. Da bin ich mir sicher. Ich kenne ihren Geruch.«

Thomas stellte die Pfanne, die er aus dem Küchenschrank geholt hatte, wieder weg und nahm sein Smartphone in die Hand. »Wir müssen eingreifen. Und zwar sofort.«

Margareta grinste sich ins Fäustchen, nahm die Pfanne und widmete sich dem Eierbraten. Sich mit fremden Federn schmücken! Pah! Nimm es mit Humor! Das passte doch zur sechsten Raunacht.

13.

Seine Laune war an diesem vorletzten Tag des Jahres bombastisch gut. Soeben hatte Simone Kricher von der VHS Arnsberg angerufen und Hemavati gebeten, am 6. Januar, dem Dreikönigstag nach der letzten Raunacht, kurzfristig zu referieren. Eine reine Seniorenrunde mit Kaffee und Kuchen. Er rieb sich die Hände und freute sich über die 150 Euro, die er dafür bekommen würde, wie ein kleines Kind.

»Die paar Kröten, die bringen uns ganz bestimmt weiter.« Jana war wütend. »Du bist und bleibst bescheuert!« Noch im Nachthemd saß sie am Küchentisch und warf ihrem Gatten böse Blicke zu.

»Sei vorsichtig, was du sagst! Es geht nicht nur ums Geld, sondern auch darum, meinen Bekanntheitsgrad zu steigern. Und von wegen bescheuert. Der Name Hemavati bedeutet: ›golden, mit Gold geschmückt, bekannt für strukturiertes Arbeiten‹.«

»Der Name wurde dir nicht verliehen, den hast du dir selbst ausgesucht.« Jana bestrich eine Scheibe Graubrot mit Butter und schlürfte ihren Kaffee dazu.

»Und du? Was hast du denn im Leben auf die Reihe bekommen? Hast dich auch nicht gerade mit Ruhm bekleckert. Du wirst Plätzchen für die alten Leute am 6. Januar backen! Damit das klar ist!«

»Bei dir piept es wohl! Kauf dir welche!«

»Wenn ich das Geld von Waltrauds Versicherung habe, geht es uns besser. Aller Anfang ist schwer. Ich muss mich erst am Markt etablieren.«

»Dein Anfang dauert aber schon sehr, sehr lange. Bisher hast du nur investiert. Außerdem hast du noch nicht mal die Versicherungspolice der alten Sommerfeld. Die schweigt beharrlich. Oder hat sie Chitran bereits verraten, wo sie die Police aufbewahrt?«

»Nein. Ich muss unbedingt noch einmal in ihre Wohnung und sie suchen.«

»Die Polizei ist nicht blöd. Die wird das Ding längst gefunden haben. Und die Alte werden sie auch bald aufspüren. Oder meinst du, die Nachbarn von Chitran in Kamp-Lintfort sind bekloppt?«

»Sie kann sowieso nicht mehr lange dort bleiben. Wir müssen uns für die restlichen Tage etwas anderes einfallen lassen.« Hemavati dachte nach, doch viel kam dabei nicht herum.

»Schlepp sie bloß nicht wieder bei uns an! Da mache ich nicht mit! Das gestern mit der frechen Kommissarin hat mir gereicht. Das brauche ich nicht noch mal. So einen Aufstand für läppische 10.000 Euro!«

»Ist doch gut gelaufen. Die können uns nichts. Was heißt hier ›läppisch‹? Hast du schon mal so viel Geld auf einem Haufen gesehen?« Hemavati schob die Gedanken an Waltraud beiseite und freute sich auf sein Referat, mit dessen Vorbereitung er sofort begann. Er würde groß herauskommen mit seinem Fachwissen. Pah, wäre doch gelacht! »Und du wirst Plätzchen backen! Richtig schöne Zimtsterne, Spritzgebäck und Makronen. Damit du Bescheid weißt! Sonst kannst du deinen Koffer packen und verschwinden.«

Jana kratzte sich am Kopf und lachte laut auf. »Dir geht es wohl zu gut! Wem gehört denn das Haus, in dem du deinen Hintern wärmst? *Du* kannst gehen! Schneller, als du denken kannst. Ich werde der Kommissarin die Augen öffnen über deine dunklen Geschäfte. Auch auf die Gefahr hin, dass ich mich selbst belaste. Ist mir egal.«

Hemavati ließ sie reden, grinste überheblich, schnappte seine Kladde und begann, sich Notizen zu machen. Er wähnte sich schon in dem kargen Raum der VHS zwischen vielen alten Leuten, die ihm hingerissen lauschten, alles glaubten und ihm anschließend seine ganz besonderen Kräutermischungen abkauften, um ihr Schlafzimmer auszuräuchern. Die letzte Raunacht, die Nacht zum Dreikönigstag, war angeblich die gefährlichste überhaupt. Er würde mit so viel Begeisterung davon erzählen, dass die Alten vor Spannung ihre Münder nicht mehr zubekommen würden.

*

Er schaute aus dem Fenster. Heute Nacht hatte es geschneit. Eine geschlossene Schneedecke überzog seinen Garten. Von oben hörte er Wasser rauschen. Jana duschte. Das wurde auch Zeit. Die Vorfreude auf die 150 Euro war etwas verblasst, der Stolz war allerdings noch da. Er schaltete den Fernseher ein, ohne groß hinzuschauen, was geboten wurde. Kochen würde sie heute wohl nicht, wie es aussah. Er öffnete den Küchenschrank und entnahm ihm die Keksdose, setzte sich an den Tisch, schlürfte seinen Kaffee aus der mehrfach benutzten Kaffeetasse und aß dazu die selbst gebackenen Kekse. Backen konnte sie, das musste er ihr lassen. Ein Stück Fleisch wäre ihm lieber, mit einem Berg Kartoffeln, mit Butter zerstampft.

Er döste vor sich hin, schaute immer wieder aus dem Fenster. Was sollte er bloß mit Waltraud machen? Ob er rüberfahren sollte nach Kamp-Lintfort? 178 Kilometer Entfernung und gute zwei Stunden Fahrzeit. Darauf hatte er keine Lust.

Wie ein Elefant stapfte Jana die alte Holztreppe herunter und erschien mit nassen, zurückgekämmten Haaren in ihrem lila Jogginganzug in der Küche.

»Ich habe Hunger! Kannst du nicht was kochen?«, ranzte Hemavati sie an. Früher in seinem Elternhaus hätte es das nicht gegeben. Küche kalt. Seine Mutter hatte parieren müssen, sonst hätte es was gesetzt. Da hatte sein Vater keinen Spaß verstanden.

»Dazu müsste ich extra was auftauen. Bestell dir eine Pizza!«

Bevor die Eheleute sich weiter behacken konnten, klingelte das Telefon.

Hemavati stand mürrisch auf und suchte den Apparat. Wer rief da auf dem Festnetz an? Wozu hatte er ein Handy?

Es war Chitran. Aufgeregt redete er sofort los. Vorwurf reihte sich an Vorwurf. Seine Stimme klang verzweifelt. Er war kurz davor loszuheulen.

Hemavati fiel ihm ins Wort. »Es ist noch nicht mal 16 Uhr. Wieso rufst du so früh an? Sonst meldest du dich immer erst am Abend.«

Jana stellte ihre Ohren auf Empfang und setzte ihr Dauergrinsen auf. Sagte jedoch zum Glück nichts.

»Die Sommerfeldtochter war hier«, berichtete Chitran. »Krischan hat sie mit reingeschleppt, hat sie draußen am Kiosk getroffen. Ich dachte, mich trifft der Schlag! Zuerst wusste ich nicht, wer sie ist. Hat Krischan mir erst hinterher erzählt. Die Frau hat ihn auf der Straße angesprochen, weil sie angeblich einen Kurs bei mir buchen wollte. Gut, dass die Sommerfeld oben unterm Dach gepennt hat. Aber das ist noch nicht alles. Im Garten sind ein Mann und eine

Frau rumgelaufen. Bestimmt Kripo. Das wird mir alles zu gefährlich. Du holst die alte Sommerfeld morgen ab! Hast du verstanden? Das wird mir echt zu heiß! War sowieso eine blöde Idee, die hierherzubringen.«

»Bei uns will ich sie auch nicht wieder haben«, keifte Jana.

»Was hat deine Frau zu meckern?« Chitran mochte Jana nicht, was kein Wunder war.

Hemavati berichtete ihm im Gegenzug von den gestrigen Vernehmungen und dass man ihn stundenlang eingesperrt, letztendlich jedoch hatte laufen lassen. Auch dass Jana verhört worden war, erzählte er, und dass Chitran deshalb verstehen müsse, dass Waltraud unter diesen Umständen nicht zurückkommen könne.

»Jetzt pass mal auf, du alte Pappnase! Wessen Idee war es denn, die Frau zu verschleppen? Ich hätte niemals in diese Siedlung nach Gelsenkirchen fahren dürfen, um dir zu helfen. Auch noch am Heiligabend. Die Sache hast du dir selbst eingebrockt, also sieh zu, wie du das klärst! Lass sie laufen oder bring sie nach Hause.« Chitran hatte genug, er wollte nicht mehr.

»Du hast ihrer Freundin den Schädel eingeschlagen! Darf ich dich daran erinnern? Die ist so gut wie tot.«

»Wegen meinem leichten Schlag, zu dem du mich übrigens gezwungen hast, stirbt sie bestimmt nicht. Da hat noch einer nachgelegt.«

»Beruhige dich erst mal, mein lieber Chitran. Bis zum 14. Januar ist es nicht mehr lange.« Betont langsam redete Hemavati auf seinen Freund ein.

»Viel zu lange, noch gute zwei Wochen. Und dann? Schleppst du sie in die Sparkassenfiliale und greifst ihr Geld ab? Damit wird sie wohl nicht einverstanden sein. Danach geht sie sofort zur Polizei.«

»Wenn sie dazu Gelegenheit hat.«

»Du willst sie beiseiteschaffen?«

»Weiß ich noch nicht.«

»Ich weiß jedenfalls, dass ich sie laufen lasse, wenn du sie bis morgen Mittag nicht abgeholt hast.« Wütend beendete Chitran das Gespräch.

Pah, dachte Hemavati, das werden wir noch sehen! Chitran, der Sonnengott, der Strahlende mit klarem Geist. Der hatte sich definitiv den falschen Namen ausgesucht. Mit großen Augen sah er Jana an.

Sie kannte diesen Blick. »Nein, sie kommt nicht hierher zurück! Vorher setzt du sie im Wald aus.«

»Ich werde dafür sorgen, dass sie ruhig bleibt. Ich verabreiche ihr täglich eine Tablette und binde sie an die Heizung, damit sie nicht wieder abhaut.«

»Du gehörst in die geschlossene Abteilung der Psychiatrie!«

Hemavati war ratlos. Er hatte keinen Schimmer, wie er sein Problem lösen sollte.

*

Es war kalt, eisig kalt. Ein Windhauch wehte ihr entgegen, rauschte in den verschneiten Bäumen über ihr. Ihr alter Steppmantel, darunter zwei dicke Pullover, der riesige Schal, mehrfach um den Hals gebunden, die Mütze, die Thermohose und die Leggings darunter schafften es nicht, sie vor der Kälte zu schützen. Die Lippen dick eingecremt, das Gesicht ebenfalls. Wie lange musste sie noch laufen? Konnte doch nicht mehr weit sein.

Doro hatte ihr den Weg zur Jagdhütte ihres Vaters genau beschrieben. Von der Hochsauerlandhöhenstraße in die

K19 einbiegen, dann weiter bis zur Abfahrt, die zum Sonderhof führte. Dort hatte sie den Wagen geparkt und ging seither bergan dem Wald entgegen. Keine 400 Meter, hatte Doro gemeint, dann würde sie die alte Jagdhütte erreichen. Ihr Vater habe sie aus Krankheitsgründen seit mindestens zwei Jahren nicht besucht. Gelegentlich schaue Doro nach dem Rechten. Ein Gasofen sei vorhanden, zwei gefüllte Gasflaschen müssten noch bereitstehen. Außerdem gebe es einen Kaminofen. Geschlagenes Holz sei ebenfalls vor Ort.

Doro hatte nicht schlecht gestaunt, als Jana sie angerufen hatte. Zuerst hatte sie über die gemeinsamen Sparmarktzeiten geplaudert, um dann mit ihrer Bitte herauszurücken. Sie brauche eine Auszeit, wollte sich zurückziehen von ihrem Mann und den Leuten aus dem Dorf. Da sei ihr die Jagdhütte eingefallen.

Als Kind hatte sie die Familie der Freundin einmal begleiten dürfen und war von der Abgeschiedenheit mitten im Wald begeistert gewesen. Die Hütte wäre der ideale Ort, um Waltraud zu verstecken. Von einer Nachbarin hatte sie gehört, dass Doros Vater krank war und die Hütte leer stand.

Da müsste man erst einmal ein paar Tage heizen, bevor man darin übernachten könne, hatte Doro besorgt gemeint. »Sonst wirst du dir den Tod holen.«

Auf die Frage nach den Bewohnern des Bauernhofes, an dem sie zwangsläufig vorbeimusste, hatte Doro lapidar geantwortet: »Die Kinder sind aus dem Haus, die Frau ist verstorben, der alte Bauer senil und alleinlebend. Seine Kühe hat er abgeschafft, hält nur noch ein paar Schweine. Wer weiß, ob der überhaupt noch lebt.« Der Schlüssel liege hinterm Haus unter dem Wasserfass. Klar, sie könne bleiben, so lange sie wolle. Sie könne sogar bis zur Hütte fahren, wenn sie geeignete Reifen am Fahrzeug habe. Der Forstweg würde regelmäßig vom Schnee befreit werden.

Jana hatte sich etliche Male bei Doro bedankt. Davon, dass sie dem Revierförster Bescheid geben wollte, dass Jana für einige Tage in die Hütte einziehen würde, hatte sie Doro nicht abhalten können. Egal, alles war besser, als diese alte Frau bei sich im Haus zu haben.

Nun war sie erst einmal zu Fuß losgegangen, um sich alles anzuschauen, besonders, ob das letzte Stück des Weges wirklich mit dem Auto zu befahren war. Ihr grauste, wenn sie daran dachte, die alte Frau dort bei Minusgraden unterzubringen. Sie würde morgen früh schon einheizen, aufräumen und einige Lebensmittel zur Hütte transportieren. Am späten Nachmittag würden sie und Hemavati die alte Sommerfeld dort hinschaffen.

Schnell fand sie den Schlüssel unter dem Wasserbottich, der mit einer dicken Eisschicht versehen war. Als sie die Hütte aufschloss, schlug ihr eine feuchte Kälte entgegen, die kaum auszuhalten war. Der Geruch tat ein Übriges. Ungemütlichkeit pur. Niemals würde die alte Frau das bis zum Auszahlungstag der Versicherungssumme überleben. Und alles wegen läppischer 10.000 Euro. Es gab nur ein Plumpsklo außerhalb der Hütte. Das war ein zusätzliches Problem, denn sie müssten die Sommerfeld in der Hütte einsperren, sonst würde sie bei der ersten Gelegenheit türmen. Also auch einen Eimer besorgen.

Das Bett war bezogen und wirkte einigermaßen frisch unter der dicken Wolldecke. Die Hütte erinnerte an eine Trapperhütte in Alaska, die Jana neulich im TV gesehen hatte. Wände aus Holz, mickrige Geweihe hingen daran, in der linken Ecke eine Sitzgarnitur aus Holz, rechts das Bett, daneben ein Schrank, dahinter besagter Ofen, in dem noch

Holzscheite lagen. An der Wand geradeaus waren verschiedene Werkzeuge angebracht, was nicht schlecht war. Ums Häuschen herum nur Natur, Wald und nochmals Wald. Im Sommer herrlich, im Winter weniger. Eine Menge Arbeit für morgen früh, wenn sie, während Hemavati nach Kamp-Lintfort fuhr, hier alles vorbereiten wollte. Sie müsste sich von ihrer Nachbarin Kitty das geländefähige Auto leihen, in der Hoffnung, dass die keine dummen Fragen stellen würde. Hemavati würde mit dem Kombi nach Kamp-Lintfort fahren, die Sommerfeld holen. Hoffentlich erwartete er nicht, dass einer von ihnen die Nacht in der Hütte verbrachte, um Wache zu schieben. Sie hatten noch die Tranquilizer, tröstete sie sich.

Als sie die Hütte verließ, schloss sie kurz die Augen, bevor sie den Rückweg antrat. 17 Uhr. Fast dunkel war es, nur der Schnee erhellte die Landschaft um sie herum.

Keine zehn Minuten später hatte sie ihr Auto erreicht. Vom alten Bauernhof her leuchtete ein schwacher Lichtschein aus einem der Fenster im Erdgeschoss. Armer alter Mann. Hauste dort ganz allein mit seinen Schweinen.

Abends ging das Ehepaar Schauerte im Wohnzimmer vor dem Fernseher die Liste durch, die es für den nächsten Tag erstellt hatte. Eine perfekte Aufgabenteilung, fand Hemavati.

»Und das alles wegen 10.000 Euro. Du bist echt verrückt, weißt du das? Das überlebt die Alte niemals, fast zwei Wochen in dieser Kälte. Die geht uns ein!« Jana hatte schwere Zweifel.

»Ach, das darfst du nicht so schwarzsehen, Jana. Vielleicht bleibst du in der ersten Nacht bei ihr, damit sie sich besser einlebt. Vergiss nicht, *du* willst sie hier im Haus nicht haben.«

Hatte sie es doch gewusst, dass er auf diese Idee kommen würde. »Wieso nicht du? Mit ›wollen‹ hat das nichts zu tun. Wir *können* sie nicht im Haus unterbringen. Denk an die Kripo. Die haben uns im Visier.«

»Ich muss meinen Vortrag vorbereiten. Dazu brauche ich Ruhe. Immerhin 150 Euro bringt uns der ein.«

»Wow! Die wir für den Unterhalt der alten Frau mindestens brauchen. Sie muss schließlich irgendwas essen und trinken. Hast du das eingeplant?«

»Hauptsache, die Tochter Sommerfeld funkt uns nicht wieder dazwischen. Wichtig ist auch, dass der dämliche Förster schweigt. Vielleicht sollten wir ihm eine Flasche von dem Obstler schenken, den wir noch im Keller haben?«

»Dann schöpft er erst recht Verdacht.«

Hemavati stand auf, band sich den Bademantel zu, strich seiner Jana über die langen Haare und drückte ihr einen Kuss auf den Kopf. Solche Anwandlungen hatte er selten. Er nahm den Brief vom Tisch, der heute gekommen war, und ging die Treppe hinauf ins Schlafzimmer. Er würde ihn zum zigsten Male lesen. Fanpost. Der Brief einer Frau, die durch ihn zu einem neuen Leben gefunden hatte. Liebevoll geschrieben, mit wulstigen Worten in schnörkliger Schrift, voller Lob. So was ging runter wie Öl. Auf den Umschlag hatte sie ein kleines Glanzbild geklebt, das eine Rose zeigte.

Wenig später lächelte er sich, den Brief in der Hand, in den Schlaf.

14.

Waltraud saß auf der Couch im Dachgeschoss von Chitrans Haus und starrte vor sich hin. Sie fühlte sich nicht mehr so benebelt wie noch Tage zuvor in dem elenden Keller bei Hemavati, von dem sie menschlich schwer enttäuscht war. Hereingelegt hatte er sie, eingesperrt und mies behandelt. Er wollte ihr Geld, nur ihr Geld. Hatte ihr vorgespielt, sie gern zu haben. Ohne die Police käme er jedoch nicht an ihr Geld. Und die hatte sie gut versteckt. Ob Margareta sie schon gefunden hatte?

Mein armes Mädchen, dachte sie. Was muss sie sich für Sorgen machen? Heute Mittag, als sie kurz eingeschlafen war, hatte sie Margaretas Stimme gehört. Nur ein Traum, hatte sie sich gesagt. Es war nur ein Traum. Oder war sie ihr schon auf den Fersen? Meine schlaue Tochter!

Hier hatte sie es tausendmal besser als bei Hemavati. Chitran und sein Sohn Krischan versorgten sie gut, liebevoller als die beiden finsteren Gestalten im Sauerland. Als Chitran sie in sein Haus gebracht hatte, hätte sie fast der Schlag getroffen, sie hatte es sofort wiedererkannt – nicht jedoch ihren Neffen Fritz Repin junior. Er schien nicht zu wissen, wer sie war, und daran würde sie auch vorerst nichts ändern. Chitran war bisher sehr zuvorkommend zu ihr gewesen. Das könnte sich ändern, wenn ihm klar werden würde, dass sie seine Tante war.

Wie es wohl Anni ging? Sie war niedergeschlagen worden. Vielleicht war es halb so schlimm und sie war zu Hause bei ihrem kranken Mann. Waltraud wünschte es ihr.

»Haben Sie meiner Freundin auf den Kopf geschlagen? Oder wer war es?«

Sie beobachtete Chitran, der mit zittrigen Händen ihre Sachen zusammenpackte. Er fühlte sich sichtlich unwohl.

»Von dem leichten Schlag, den ich ihr verpasst habe, war sie höchstens etwas benebelt. Ich weiß auch nicht, wieso ich das alte Stocheisen mitgenommen habe.«

»Warum haben Sie sie geschlagen? Anni hat doch nichts getan! Nur, weil sie mich besucht hat? Wissen Sie, wie es ihr geht?«

»Nein«, log er. »Wahrscheinlich fühlte Hemavati sich in seinem Vorhaben durch sie gestört. Am Telefon hat mir die Ohren vollgejammert. Sie müsse weg. Ich dachte, Wunder was sie dort veranstaltet hat.«

»Anni ist eine gute, treue Seele. Sie hat es mit ihrem kranken Mann nicht leicht, ist froh, mal rauszukommen, und redet dann meistens viel.«

»Es tut mir alles furchtbar leid. Um ehrlich zu sein: Ihre Freundin liegt im Krankenhaus. Aber es kann nicht mein Schlag gewesen sein. Jemand muss noch nachgelegt haben.«

»Wer? Und warum? Das kann ich nicht glauben!«

»Vielleicht ein Nachbar, der, nachdem wir verschwunden sind, in Ihrer Wohnung war und Geld gesucht hat?«

Waltraud fiel Michael von oben ein. Doch der war eine ehrliche Haut mit großer Klappe. Kein Totschläger. »Und wieso bin ich jetzt hier?«, fragte sie.

»Bei Hemavati wurde es zu heiß. Die Kripo und Ihre Tochter waren ihm dicht auf den Fersen. Außerdem sind Sie abgehauen. In den Wald gerannt.«

»Was leider nichts gebracht hat. Ich war benebelt von den Tabletten, die Hemavati mir gegeben hat. Wieso packen Sie meine Sachen zusammen? Wo soll ich hin?« Sie starrte auf den Fernseher, den Chitran eingeschaltet hatte und der Tag und Nacht lief.

»Hier können Sie nicht bleiben, Sie müssen zurück ins Sauerland. Hemavati hat das angeleiert, und er soll es auch zu Ende bringen.«

»Lassen Sie mich laufen, Chitran. Wo soll das alles hinführen?« Verzweifelt, mit Tränen in den Augen, schaute sie den Mann an.

Er setzte sich zu ihr auf das Sofa, nahm ihre Hand. Seine Hände zitterten noch immer. »Ich habe das alles nicht gewollt. Das können Sie mir glauben.«

Er war gut zu ihr, kochte ihr ein letztes, gutbürgerliches Essen, machte ihr das Warten angenehm. Hätte sie doch bloß die Klappe gehalten damals in diesem schönen Lokal in Arnsberg. In weinseliger Stimmung hatte sie Hemavati von der Auszahlung der Lebensversicherung erzählt. Seine Augen hatten geleuchtet. Aber nicht, wie sie angenommen hatte, vor Bewunderung für sie. Nein, wegen des Geldes!

Der Raum unter dem Dach war zwar mit alten Möbeln eingerichtet, strahlte jedoch Gemütlichkeit aus. Sauber war es außerdem. Und nun sollte sie weg. Zurück ins Sauerland.

Hemavati hatte vor ein paar Minuten angerufen und Chitran mitgeteilt, dass man sie in einer Jagdhütte im Wald unterbringen würde. Einsam in der Kälte, ohne Strom und Toilette. Chitrans Mitgefühl war noch stärker geworden. Das habe sie nicht verdient, hatte er gesagt. Hemavatis Jana wäre dort besser aufgehoben.

»Ich flehe Sie an! Lassen Sie mich gehen, Chitran! Bringen Sie mich nach Hause. Wir teilen uns meine Versicherungssumme, und ich werde schweigen wie ein Grab. Nichts werde ich der Polizei erzählen. Als hätte es Sie nie gegeben. Wollen Sie sich in noch größere Schwierigkeiten

bringen? Sie sind nicht so wie Hemavati. Sie sind ein guter
Kerl! Denken Sie an Ihren Jungen. Wenn Sie ins Gefängnis
müssen, ist Krischan ganz allein. Er braucht seinen Vater.
Lassen Sie mich gehen. Ich gebe Ihnen auch eine Anzah-
lung. Deal?« Sie drückte seine Hand und schaute ihm in
die braunen Augen. Ein attraktiver Mann.

»Ach, Geld. Darauf kommt es mir nicht an. Jedenfalls
nicht an erster Stelle. Ich hätte mich nie auf diese Geschichte
einlassen sollen. Hemavati hat mich regelrecht gezwungen.«

»Und Sie waren zu gutmütig, konnten nicht Nein sagen?«

»Wahrscheinlich.« Chitran dachte nach. »Ihre Tochter
war hier, sie weiß also von mir. Wenn ich Sie gehen lasse,
wird sie mich trotzdem jagen und keine Ruhe geben. Anzeigen wird sie mich.«

»Wie soll das enden? Will Hemavati mich ermorden,
wenn er das Geld hat? Gibt er Ihnen wenigstens etwas ab?«
Waltraud musste lachen. »Die Polizei ist nicht blöd. Und
meine Tochter schon gar nicht!«

»Was er vorhat, wenn das Geld geflossen ist, weiß ich
nicht.« Er zuckte zusammen und ließ ihre warme Hand
los. Hemavati hatte gesagt, er solle ihr, bevor sie sie abhol-
ten, zwei von den Tabletten geben, damit sie es leichter hätten. Wenn er wüsste, dass er ihr bis jetzt keine einzige von
den Dingern verabreicht hatte, würde er ausrasten. Doch
Chitran brachte es nicht übers Herz, die Frau grundlos zu
betäuben. Er hielt die Haustür stets verschlossen, damit sie
nicht flüchten konnte.

»Ich soll also in eine ungeheizte Hütte im Wald gebracht
werden? Ich habe Rheuma. Das halte ich nicht aus!«

»Es gibt zwei Öfen.«

»Ich werde vor Einsamkeit eingehen. Wollen Sie das, Chitran? Können Sie das mit Ihrem Gewissen vereinbaren?«

Er war so ein empathischer Mensch. Du musst versuchen, ihn umzustimmen, sagte Waltraud sich. Mit allen Mitteln.

Krischan kam herein und stellte einen warmen Kakao vor Waltraud ab.

»Du bist ein guter Junge, Krischan. Kannst du deinen Vater nicht überreden, mich laufen zu lassen? Ich habe ihm die Hälfte meiner fälligen Versicherungssumme geboten. Ich will nicht in eine vereiste Hütte mitten im Wald gesperrt werden.« Waltraud drückte auf die Tränendrüse, was bei Krischan die Wirkung nicht verfehlte.

»Stimmt das, Papa? Sie soll hier weg? In den Wald?«

Chitran verbarg das Gesicht in seinen großen Händen und seufzte. »Hierbleiben kann sie jedenfalls nicht. Erst die Sommerfeld im Haus, dann die Kripo im Garten. Das wird mir zu gefährlich!«

»Fahr sie nach Hause.« Krischan sah seinen Vater bittend an.

»Und die Kripo? Die Tochter?«

»Es kann nur schlimmer werden, wenn du es nicht tust.«

»Ich verrate nichts. Werde mich in Schweigen hüllen.« Waltraud war blass geworden. Die Aussicht, in eine Jagdhütte gesperrt zu werden, behagte ihr nicht.

Zwei Stunden später stand ihre gepackte Tasche in der Ecke des Raumes. Morgen war Silvester, der letzte Tag des Jahres. Wie hätte sie ihn verbracht, wenn sie nicht entführt worden wäre? Zu Hause mit Anni, bei Fruchtbowle und Knabbereien? Vielleicht wären Margareta und Thomas aufgekreuzt. Man hätte das alte Jahr Revue passieren lassen. Oder Hemavati wäre gekommen, wenn er sich nicht als Schwein geoutet hätte. Einen jüngeren Liebhaber zu Silvester? Einen, der sich wochenlang bei ihr eingeschleimt hatte?

Wer hätte ahnen können, dass die Geschichte sich so entwickeln würde? Statt Fruchtbowle und Knabberzeugs Waldhütte, Kälte, Einsamkeit. Nein, das wollte Waltraud nicht. Es musste einen Weg geben, dem zu entkommen. Chitran war kein Schlechter.

Gegen 20 Uhr betrat Krischan erneut das Zimmer und stellte ihr einen Teller Hühnersuppe hin.

»Hm, Hühnersuppe. Die riecht aber gut. Hast du die gekocht? Von deinen eigenen Hühnern?« Du musst alles versuchen, um hier herauszukommen, sagte Waltraud sich. Wenn es beim Vater nicht klappte, dann vielleicht beim Sohn.

Stolz setzte Krischan sich ihr gegenüber auf einen Sessel.

Ein hübscher Junge. Groß, schlank, mit fein geschnittenem Gesicht und stechend blauen Augen. Die dunklen, lockigen Haare waren perfekt geschnitten. Er sah älter aus als 15 Jahre. Er hasste die Schule, hatte er Waltraud erzählt, langweilte sich dort. Zwei Ehrenrunden habe er wegen seiner Faulheit schon gedreht. Er beschäftigte sich lieber mit seinen Hühnern. Sein Vater habe angedroht, alle Hühner zu schlachten, wenn er ohne Abschluss von der Schule flöge.

»Ja, das Fleisch ist von meinen Hühnern. War noch im Eis. Wer weiß, was morgen auf Sie zukommt. Da hilft vielleicht eine stärkende Suppe.«

»Und wie! Eine Henkersmahlzeit sozusagen«, zwinkerte sie ihm zu. »Ich hätte mir deine Hühner gerne mal angesehen. Doch im Dunkeln hat das sicherlich keinen Zweck.« Sie setzte einen traurigen Blick auf.

Der verfehlte seine Wirkung nicht.

»Ist alles beleuchtet. Kein Problem. Warten wir, bis mein Vater schläft, dann zeige ich Ihnen alles.«

»Sehr gern, ich liebe Hühner!« Waltraud löffelte zuversichtlich die schmackhafte Suppe. Nein, sie liebte keine Hühner, sie fand sie ätzend. Doch wenn sie hier rauswollte, musste sie Interesse an dem stinkenden Federvieh heucheln.

Zwei Stunden später kam Krischan erneut und sagte, dass sein Vater tief und fest schlafe. Waltraud zog den hässlichen Wintermantel aus Hemavatis Fundus an, setzte die Mütze auf, band den Schal um und schlüpfte in die kübelartigen Schuhe, die ihr nicht gehörten.

Krischan schaute Waltraud skeptisch an. »Im Hühnerstall ist es nicht so kalt, da ist geheizt. Sie brauchen die warmen Sachen nicht.«

»Dann schwitze ich eben. Weißt du, Krischan, frieren kann ich morgen noch genug.«

Das überzeugte Krischan, und sie stiegen leise, um Chitran nicht zu wecken, die Stufen hinunter ins erste Stockwerk, vorbei an seinem Schlafzimmer und eine weitere Treppe hinab ins Erdgeschoss. Geräuschlos schlichen sie den langen Gang des Anbaus entlang. Krischan öffnete eine Holzschiebetür, und schon standen sie mitten im holzverkleideten, sauberen Stall. Ungefähr zehn Hühner hockten auf zwei Etagen, die mit einer Stiege verbunden waren. Sie schauten kurz auf und schliefen weiter. Kein Geflatter, kein Geschnatter. Liebe Tiere, musste Waltraud feststellen. In der rechten Ecke brannte ein kleines Notlämpchen, in der linken bullerte eine Heizung. Stolz griff Krischan nach einem dunkelbraunen Exemplar, redete liebevoll auf das Tier ein und drückte es an sich.

»Wollen Sie auch mal? Das ist Susi«, strahlte Krischan Waltraud an und wollte ihr das Huhn reichen.

Voller Panik machte sie einen Schritt zurück. Obwohl hier Sauberkeit herrschte, mochte Waltraud den Geruch nicht und hatte das Gefühl zu ersticken. Sie riss sich zusammen und stammelte ein paar lobende Worte. Krischan bei Laune zu halten, war ihr Ziel. Er musste sie gehen lassen. Es stand zu viel auf dem Spiel.

Kurz darauf verließen sie den Stall und gingen nach draußen in den Garten, wo Krischan Waltraud den Hühnerfreilauf zeigte. Ein vollgeschneiter Auslauf, in der Dunkelheit war kaum etwas zu erkennen.

Krischan, der nur einen Jogginganzug trug, rieb sich die Arme. Ihm war kalt. Sie standen sich gegenüber, die alte Frau und der Junge.

»Lass mich gehen, Krischan.« Waltraud sah ihn bittend an.

»Sie können sich denken, was ich für einen Ärger kriege.« Er zog ein Smartphone aus seiner Hosentasche. »Hier, das ist, glaube ich, Ihres. Mein Vater sollte es aufbewahren. Ich habe es geladen und meine Nummer eingespeichert. Wo Ihre Papiere sind, weiß ich leider nicht. Und hier sind 60 Euro aus der Eierkasse. Mehr habe ich nicht.«

»Ich werde dir das Geld überweisen, sobald ich dazu in der Lage bin.«

»Werden Sie zur Polizei gehen?«

»Ich werde mich vorerst bei meiner Nichte verstecken, bis ich einen klaren Kopf habe. Bei der habe ich noch was gut. Ich will keine Lawine lostreten, doch irgendwann wird die Polizei auch ohne meine Aussage dahinterkommen. Noch schlimmer: meine Tochter Margareta. Aber euch, deinen Vater und dich, werde ich aus allem raushalten. Versprochen. Du bist ein guter Junge.«

»Hemavati würde mich blöd nennen.«

»Du bist der Klügste von allen! Und ich bin froh, nicht in dieses kalte Haus im Wald zu müssen. Werde zwei Tage verstreichen lassen und dann weitersehen.«

»Ich rufe Ihnen ein Taxi. Bis zum Bahnhof nach Moers kostet das nicht die Welt. Von dort aus können Sie den ersten Zug morgen früh nach Gelsenkirchen nehmen.«

Waltraud drückte den Jungen an sich.

»Soll ich Ihre Tasche holen?«

»Nein, lass mal. Die Sachen darin gehören mir zum größten Teil nicht.«

Sie hätte schwören können, dass die Gardine im Oberschoss sich bewegte, als sie in das Taxi stieg. Am liebsten hätte sie sich zur nächsten Polizeidienststelle fahren lassen und dort alles erzählt. Sie könnte auch Margareta anrufen, ihr Handy hatte sie ja wieder. Sie drückte es wie einen kostbaren Schatz in ihrer Hand. Und doch zögerte sie. Das konnte sie dem Jungen nicht antun. Andererseits: Wer hatte denn Rücksicht auf sie genommen? Sie sehnte sich nach ihrem gemütlichen Zuhause. Dass da noch ein heilloses Chaos herrschte, konnte sie nicht ahnen. Sie stellte sich eine heile Weihnachtswelt vor, fernsehen von ihrer gemütlichen Couch aus, Plätzchen knabbern, alles im Licht ihrer kleinen Stehlämpchen, die aus jeder Ecke warmes Licht in den Raum warfen.

Der Taxifahrer schaute sie skeptisch an, als er sie mitten in der Nacht am Bahnhof aussteigen ließ. Er sagte jedoch nichts.

Im Warteraum des Bahnhofs, der immerhin geheizt war, setzte Waltraud sich auf einen Stuhl und wartete, dass die Nacht zu Ende ging. Sie hatte noch 40 Euro in der Tasche, was für die Zugfahrkarte reichen würde. Sie studierte die Fahrpläne und stellte fest, dass Krischan recht gehabt hatte.

Der Zug nach Gelsenkirchen fuhr um 7.12 Uhr. Eine gute Stunde Fahrzeit. Von Gelsenkirchen würde sie mit der Straßenbahn nach Horst zu ihrer Nichte Christel fahren. Christel musste ihr Unterschlupf gewähren, bis sie wieder klar denken konnte. Bauklötze würde sie staunen, wenn sie gegen 10 Uhr bei ihr aufschlagen würde. Waltraud hatte dieser verkrachten Existenz schon öfter aus der Patsche geholfen. Nun konnte Christel sich revanchieren.

Jetzt schon Kontakt zu Margareta oder der Polizei aufzunehmen, konnte sie diesem Jungen nicht antun. Sie hatte es versprochen.

Abwarten, einfach abwarten.

15.

Siebte Raunacht: 31. Dezember auf 1. Januar.
Hoffnung öffnet unser Herz für das, was kommen wird.
Aus einem hoffnungsvollen Gedanken schöpfen wir Kraft.

Klar habe ich Hoffnung, dachte Margareta. Hoffnung, dass Waltraud bald gefunden wird und Anni überlebt.

In dem Buch stand, Hoffnung sei Lebensenergie. Jetzt, am Ende des Jahres hoffe jeder auf ein besseres neues Jahr. Darauf, dass wir und unsere Lieben behütet blieben.

Ja, es konnte nur besser werden. Margareta atmete tief durch. Aber damit unsere Lieben behütet blieben, müssten sie erst einmal gefunden werden!

Die Aufgabe vor dem Einschlafen lautete: »Mein Schutzengel möge mir in meinen Träumen den Weg ins neue Jahr erleuchten und mich begleiten.« Habe ich so etwas wie einen Schutzengel, fragte Margareta sich. Werde nicht ungerecht, schalt sie sich selbst, du hattest schon oft einen Schutzengel, der dich aus einer Notlage befreit hat. Zweimal wärst du fast gestorben.

Wie würden Thomas und sie den Silvesterabend verbringen?

Zu Hause vor dem Fernseher bei einem Glas Wein und Kartoffelsalat? Den hatte er sich für heute Abend gewünscht. Einen Mutti-Kartoffelsalat mit Fleischwurst und Ei. Sie musste grinsen. Konnte er haben. Sie hatte im REWE-Markt zwei Päckchen Kartoffelsalat von irgendeiner Billigmarke gekauft und in aller Frühe Fleischwurst klein geschnitten, gekochte Eier ebenfalls, alles zusammengeschüttet und in den Kühlschrank gestellt. Na, wenn das kein Mutti-Salat war. Dazu eine Dose Knacker, und die Welt war in Ordnung.

Margareta ließ den gestrigen Tag Revue passieren. Kamp-Lintfort hatte sie nicht weitergebracht. Obwohl sie hätte wetten können, dass Waltraud in dem Haus von Chitran gewesen war. Sie hatte sie deutlich gerochen.

Am Abend, als sie mit Thomas auf der Couch saß, hatte sie herumgedruckst und ihm anschließend doch viel zu viel verraten.

Heute Morgen hatte er ganz früh sein Bett verlassen und Kontakt zu seinen Kollegen aufgenommen, um zwei Streifenbeamte zum Haus dieses Chitran zu schicken, damit sie sich darin umsähen. Das gehe auch ohne Durchsuchungsbeschluss, hatte er den Kollegen am Telefon lauthals zu überzeugen versucht. Gefahr im Verzug. Sie sollen sich beeilen, bevor Waltraud erneut woanders hingebracht würde. Gestern Abend hatte er verzweifelt versucht, einen Durchsuchungsbeschluss zu bekommen, was ihm jedoch nicht gelungen war.

Thomas war seither ausnahmsweise sehr umgänglich, half Margareta beim Decken des Frühstückstischs, räumte seine Kleidung in den Schrank, war lieb und freundlich.

»Wieso musstest du die Streifenbeamten zu Chitran schicken? Was, wenn sie Waltraud nicht finden? Dann hast du schlafende Hunde geweckt!« Margareta bereute ihre gelöste Zunge vom Vorabend. Blöder Müller-Thurgau!

»Ist das dein Ernst? Du warst so nah dran. Hast deine Mutter praktisch gerochen. Und dich Gott sei Dank schnell wieder vom Acker gemacht und mir davon erzählt. Ich habe dich ernst genommen und wollte dir helfen ...« Genervt schüttelte Thomas den Kopf.

»Ja, aber ich wollte und werde die Repins selbst noch mal aufsuchen, wenn deine Beamten erfolglos bleiben.«

»Und was steht sonst auf dem Programm für heute? Wirst du ins Krankenhaus gehen? Darum betteln, Anni zu sehen?«

Margareta setzte ihr fiesestes Grinsen auf. »Da war ich schon. Gestern. Und ich brauchte nicht zu betteln. Man ließ mich zu ihr. Ich konnte mich von ihr verabschieden. Sie wird nicht mehr lange leben. Sie hat noch einmal meine Hand gedrückt. Auf Tochter und Schwiegersohn bin ich ebenfalls gestoßen. Wenn dieser Siggi seiner Schwiegermutter mal nicht den zweiten Schlag versetzt hat ...«

»Deine Fantasie!« Thomas war beleidigt. Sie durfte zu Anni, ihn hatte man nicht vorgelassen.

»Ich will heute erneut den Altenpfleger Michael aufsuchen. Der weiß noch was, da bin ich mir sicher. Hat die Vernehmung des Nachbarn von gegenüber bezüglich des Kellereinbruchs eigentlich was ergeben?«

»Nein, er streitet alles ab. Er sei es nicht gewesen. Ich habe angeordnet, dass ein neues Schloss angebracht und der Raum versiegelt wird. Du müsstest Anzeige erstatten, im Namen deiner Mutter.«

»Mache ich später. Ich gehe jetzt zu Michael, bin aber gegen 14 Uhr wieder zurück. Christel Linke, meine Cousine aus Horst, und der lahme Kapteina, mein Cousin, wollten Waltraud besuchen. Da sie nicht zu Hause ist, kommen sie zu mir.«

»Was wollen die?«

»Keine Angst, ich werde es kurz machen. Ist halt Verwandtschaft. Die kann ich nicht abwimmeln.« Immerhin standen sie in Waltrauds rotem Büchlein und waren vielleicht wichtig. Doch davon sagte sie Thomas nichts.

Die Ereignisse überschlugen sich am letzten Tag des Jahres. Noch bevor Margareta aufbrach, klingelte Thomas' Smartphone. Er lauschte eine Weile, bevor er mit ernster Miene »Ja« sagte und heftig nickte. Sein Blick blieb an Margareta hängen.

»Anni ist gestorben. Das war das Krankenhaus. Sie bringen sie gleich in die Rechtsmedizin. Ich muss da hin.«

Der Schock war groß, auch wenn sie es geahnt hatte. Margareta spürte einen tiefen Schmerz in der Brust. Sie fühlte sich wie gelähmt. Tränen liefen über ihre Wangen. Anni war die beste Freundin ihrer Mutter gewesen und gehörte zur Familie. Sie sah diesen Schwiegersohn, Siggi Bienert, vor sich. Mit böser Zunge hatte er über seine Schwiegermutter gesprochen.

»Garantiert hat dieser Siggi Anni den zweiten Schlag versetzt. Du musst ihn noch mal verhören! Oder lass Jenni das machen. Mit Männern kann sie doch gut.«

»Du meinst den Schwiegersohn? Und was soll der bissige Kommentar zu Jenni schon wieder? Sie macht nur ihre Arbeit.«

»Na bitte!«

Wenig später klingelte Thomas' Smartphone erneut. Die Polizeibeamten aus Kamp-Lintfort hatten Chitrans Haus auf den Kopf gestellt, allerdings nichts gefunden. Sie waren sich aber sicher, dass Waltraud dort gewesen sein musste. Vater und Sohn Repin hätten sich in Widersprüche verstrickt.

Thomas schickte daraufhin Jenni samt SpuSi nach Kamp-Lintfort, obwohl sie im Dreieck sprang, weil sie eigentlich keinen Bereitschaftsdienst hatte. Für den Abend sei sie zu einer Silvesterparty geladen, die sie nun vergessen könne.

Margareta überlegte einen kurzen Moment, auch nach Kamp-Lintfort zu fahren und nach ihrer Mutter zu suchen, hatte jedoch wenig Lust, auf Jenni zu stoßen. Dieser Junge, dieser Krischan, wusste was, da war sie sich sicher. Wo hatten sie Waltraud auf die Schnelle bloß hingebracht? Befand sie sich wieder im Sauerland? Hatte man in den tiefen, dunklen Wäldern ein neues Versteck gefunden?

Thomas telefonierte anschließend noch mit Radomski, der sich mit seiner Kollegin erneut bei Hemavati umsehen sollte.

Sollte sie morgen ins Sauerland fahren, um nach Waltraud zu suchen, statt zu den Repins? Neujahr im kalten, verschneiten Sauerland verbringen? Sie könnte sich mit Simone treffen. Die hatte ihr in einer WhatsApp mitgeteilt, dass Hemavati am 6. Januar ein Seminar zum Thema Raunächte abhalten würde. Sie hatte Margareta dazugebeten, da es für ihre Ermittlungen interessant werden könnte.

Zur Abwechslung meldete sich nun Margaretas Smartphone. Christel, die unmögliche Cousine aus Horst, rief an und sagte stotternd ihr Kommen ab, verhaspelte sich mehrmals, stammelte eine fadenscheinige Entschuldigung und beendete das Gespräch schlagartig. Margareta hätte wetten können, dass sich im Hintergrund zwei Menschen unterhalten hatten. War eine der beiden Stimmen Waltrauds gewesen? Ihr Herz schlug ihr bis zum Halse. Sie rief nach Thomas.

»Thomas, Christel hat ihren Besuch abgesagt. Und stell dir vor, ich habe Waltrauds Stimme im Hintergrund gehört. Die durchdringende Stimme meiner Mutter! Unverkennbar. Die ist in Horst, in der verkommenen Bude. Ich muss sofort dahin!«

Thomas schaute Margareta an, als wäre sie nicht bei Sinnen. »Du bist echt überarbeitet, Margareta. Warum sollte Waltraud dort sein? Und wie soll sie dahin gekommen sein? Überleg doch mal! Gestern hast du sie in Kamp-Lintfort in Chitrans Haus vermutet, und heute soll sie ganz in der Nähe, bei ihrer Nichte in Horst, sein? Nein, vergiss es, Margareta! Ich schicke keine Streife hin.« Thomas nahm die verzweifelte Margareta in die Arme. »Beruhige dich. Heute ist Silvester. Lass uns am Abend ein wenig feiern und uns ablenken. Außerdem musst du noch einkaufen. Du wolltest morgen einen Sauerbraten kochen. Schon vergessen?«

Margareta entriss sich Thomas' Armen und fuhr ihn wütend an: »Wieso ich? Du weißt auch, wo man einkaufen kann!« Sie war kurz davor, seine Sachen zu packen und in den Hausflur zu werfen. Sollte er doch in seine Wohnung gehen. Vielleicht verwöhnte ihn dort jemand. Angesichts der neuen Tatsachen verwarf sie die bösen Gedanken jedoch und verschob seinen Auszug auf später.

Sie trocknete ihre Tränen und disponierte um. Statt den Pfleger Michael aufzusuchen und noch einmal die Nase in Waltrauds Wohnung zu stecken, entschloss sie sich zu einem Kondolenzbesuch bei Annis Mann, in der Hoffnung, dass er sich noch in der Wohnung in der Steigerstraße aufhielt. Kapteina sagte seinen Besuch bei ihr ebenfalls ab, was ihr nur recht sein konnte. Was war bloß los mit den Horster Buckligen? Da war doch was faul!

*

Sie stand in der Wohnküche vor Annis Mann und war betroffen von dem Elend. Auch wenn sie versuchte, möglichst flach zu atmen, durchströmte sie der Geruch nach

Weihrauch, Kalodermaseife, Fäkalien und abgestandenem Mittagessen. Siggi Bienert und Annis Tochter waren ebenfalls da. Die Tochter hatte Margareta hereingelassen und ihr gesagt, dass sie ihrem Vater gerade von Annis Tod erzählt hätten, er jedoch nicht reagiert habe.

Der alte Bienert saß am Tisch, den eine Weihnachtsdecke zierte, und schaute mit leerem Blick an die Wand. Ein Bad hätte ihm gutgetan. Aus beiden Mundwinkeln seilten sich dünne Spuckefäden ab. Das kannte Margareta von Aron, Matthias' Hund, wenn er etwas Leckeres vor die Schnauze gehalten bekam.

Plötzlich wandte er sich an seine Tochter. »Anni ist tot? Das geht nicht! Wer soll mich versorgen? Die letzten Tage war sie schon nicht da. War sie denn krank?«

»Nein, sie wurde niedergeschlagen«, sagte Siggi Bienert genervt und starrte angewidert auf seinen Schwiegervater. »Du gehst vorerst in die Kurzzeitpflege nach Resse ins Krankenhaus, dann sehen wir weiter.« Seit Tagen hatte er seiner Frau damit in den Ohren gelegen, den Vater dort hinzubringen. Mareike hatte sich jedoch mit Händen und Füßen gewehrt, weil sie daran geglaubt hatte, dass die Geschichte gut ausgehen würde.

»Kann ich nicht mit zu euch?« Der alte Mann schaute seine Tochter bittend an, die weinend an der Fensterbank lehnte.

Bevor sie weich wurde, bestimmte ihr Gatte mit dominanter Stimme: »Nein, das geht nicht! Du musst ins Heim!«

Der alte Bienert hatte einen lichten Moment und wandte sich nun an Margareta. »Sag du doch auch mal was, Mädchen. Anni hat dich geliebt wie eine eigene Tochter.«

»Die hat hier gar nichts zu melden«, meinte Siggi. »Heim, und damit basta!«

Mareike setzte sich zu ihrem Vater auf die Eckbank und streichelte seine stopplige Wange. »Tut mir leid, Papa.« Sie blickte zu ihrem strengen Mann. »Und wenn wir einen Pflegedienst hinzuziehen würden?«

»Dann müsstest du dauernd zwischen Marl und Erle hin- und herfahren. Deine Arbeitsstelle nicht zu vergessen. Das hältst du nicht lange durch. Was ist, wenn er den Herd anlässt? Dann brennt das Haus ab.«

»Ich bin doch nicht total bekloppt!«, wehrte sich der alte Bienert. »Ich weiß noch, was ich tue.«

Mareike servierte dem Vater einen aufgewärmten Pamp, der aussah wie schon mal gegessen. Allerdings ragte eine Mettwurst aus der Masse hervor.

»Habt ihr bereits einen Verdacht, du und dein Freund?« Mareike schaute Margareta hoffnungsvoll an.

Bevor Margareta antworten konnte, klatschte Siggi in die Hände und mahnte seine Gattin zum Aufbruch. »Los, wir müssen zum Bestatter.«

»Und was ist mit Waltraud? Habt ihr sie endlich gefunden?«

Margareta schüttelte den Kopf. Zu Siggi sagte sie: »Zum Bestatter müsst ihr noch nicht. Anni wird in die Rechtsmedizin gebracht. Das geht alles nicht so schnell.«

Er schenkte Margareta einen letzten, hasserfüllten Blick, presste sich mit seinem voluminösen Bauch an ihr vorbei und verließ die Wohnung.

»Tschüss, Papa! Ich schaue nachher noch mal nach dir.« Wie ein Hündchen lief Mareike ihrem Mann hinterher.

So sieht Hörigkeit aus, dachte Margareta. »Moment«, rief sie. »Wie war das eigentlich am Heiligabend? Habt ihr deine Mutter besucht, bevor sie zu Waltraud ging?«

Mareike zuckte zusammen, weil Siggi im selben Augenblick vom Treppenhaus aus laut nach ihr schrie. »Ich rufe dich an, Margareta.« Und weg war sie.

Margareta konnte sich nur schwer vom alten Bienert trennen. Sprechen wollte er nicht mehr, er schaute sie nur an. Hatte er kapiert, dass seine Frau tot war?

*

»Manchmal muss man eben Dinge tun, die man nicht tun will, liebe Margareta. Ich kam nicht zum Einkaufen, also kannst du doch gehen. Was ist daran so schlimm?«

»Es war nicht so ausgemacht. Außerdem kannst du den Sauerbraten morgen sowieso vergessen. Schmiere dir ein Brot.«

»Wieso? Wo bist du denn?«

»Ich bin verabredet.«

»Lass mich raten. Du fährst ins Sauerland?«

»Genau.«

»Wo willst du Waltraud suchen? Bei Hemavati ist sie nicht, Radomski hat eben angerufen.«

»Das hat nichts zu sagen. Es gibt noch andere Verstecke.« Margareta blickte auf die Uhr. 20 Uhr durch, und sie saßen vor dem Fernseher wie ein altes Ehepaar. Was für ein elender letzter Tag im Jahr. Anni tot. Waltraud immer noch unauffindbar. Das neue Jahr konnte nur besser werden.

Thomas schlug vor, nicht in der Küche zu essen, sondern im Wohnzimmer vor dem Fernseher. Das sei viel gemütlicher. Er deckte sogar den Couchtisch und machte die Würstchen heiß. Jetzt wühlte er mit der Gabel in dem Kartoffelsalat herum und stellte fest, dass der Salat keine Hausfrauenware war, sondern gekauft und aufgepimpt.

Margareta kochte vor Wut und wäre am liebsten auf der Stelle ins Sauerland gefahren. Leider fing es gerade wieder an zu schneien. Vorhin hatte sie fast eine Stunde lang mit Matthias telefoniert, der sie sehr getröstet hatte. Für dieses Gespräch hatte sie sich ins Schlafzimmer zurückgezogen und aufs Bett gelegt, was Thomas gar nicht gepasst hatte. Allein Matthias' Stimme zu hören, diese dunkle Baritonstimme, war eine Wohltat für sie gewesen. Lieber würde sie jetzt mit einem Glas Rotwein bei ihm sitzen, Aron neben sich, der sie treu ergeben anschauen würde.

Während des Essens ließ Thomas sich über sein Team aus. Alles wusste er besser, hätte er auch ohne seine Kollegen voraussagen können, unfähiges Volk würde er um sich reihen.

Margaretas Hand begann zu kribbeln. Knall ihm eine, sagte ihre böse Stimme in ihr. Er soll endlich den Mund halten!

Irgendwann, nach dem dritten Glas Wein, seufzte sie tief und ließ ihn labern.

»Du solltest morgen nicht ins Sauerland fahren. Was willst du da?« Thomas rückte näher an Margareta heran und machte den Versuch, nach ihrer Hand zu greifen.

Diese kribbelte noch immer, und es hätte nicht viel gefehlt, dass er sich eine Backpfeife eingefangen hätte.

Denk an die guten Vorsätze fürs neue Jahr, sagte sie sich, denn die hatte sie. Sie würde ihn vor die Tür setzen, diesen eitlen Fatzke.

16.

Achte Raunacht: 1. auf 2. Januar.
Alles ist mit allem verbunden. Suche nach Liebe, um dich
verbunden zu fühlen.

Von Verbundenheit spürte Margareta nichts. Wollte sie
sich mit Thomas verbunden fühlen? Sie wusste momentan nicht, woran sie bei ihm war. Mal verstanden sie sich
gut, alles war harmonisch, der Himmel hing voller Geigen.
Dann kamen diese Augenblicke, in denen sie ihm am liebsten einen Knüppel über den Kopf gezogen und ihn zum
Teufel gejagt hätte. Seine besserwisserischen Reden und
Ratschläge konnte sie nicht aushalten und wollte dann am
liebsten für sich sein.

Das schlaue Buch schrieb über familiäre Liebe im Gegensatz zu der in einer Liebesbeziehung. Familiäre Liebe gab
es derzeit nicht. Mit ihrem Bruder war sie zerstritten, ihre
Mutter wurde vermisst. Margareta, das einsame Waisenkind. Tränen rollten ihr die Wagen hinunter.

Die Liebe zu sich selbst und zum großen Ganzen konnte
sie ohnehin vergessen. Das große Ganze war momentan
scheiße. Nichts klappte.

In den Raunächten spüre man die Verbundenheit besonders stark. Das seien die Kräfte, die unser Leben bestimmten.

Die Aufgabe vor dem Einschlafen: »Spüre in deinen Träumen die Verbundenheit, die alles mit allem vereint.« Das

würde sie sich heute Abend wieder und wieder sagen, nahm sie sich vor.

»Wie sehr trägst du das Gefühl von Schuld und Strafe in dir?«, fragte das Buch. »Wobei würdest du dich gerne freier fühlen?«

Ihr Blick ging zum Schlafzimmer. Die Tür stand offen. Sie konnte Thomas schnarchen hören. Ein Geräusch, das sie wahnsinnig machte. Wie oft hatte sie ihm nachts in den Hintern getreten, weil sein Schnarchen sie geweckt hatte? Oder ihm ihr kleines Kissen über den Kopf gezogen. Das half höchstens für fünf Minuten, dann ging es wieder von vorn los.

Sie sprang auf. Überall in ihrem Körper kribbelte es. Waltraud! Ich muss Waltraud suchen, sagte sie sich. Soll er sich seinen Sauerbraten selbst zubereiten.

In Windeseile packte sie ihren Koffer und sprang unter die Dusche. Bevor der große Kommissar die Bühne betreten würde, wäre sie von der Bildfläche verschwunden. In seine heutigen Pläne hatte er sie nicht eingeweiht, hatte sie stündlich geändert. Sollte er doch. Wahrscheinlich wusste er selbst nicht, wo er mit seinen Ermittlungen beginnen sollte. Die ganze »Soko Waltraud Sommerfeld« konnte man vergessen!

Sauerland, ich komme!

Wehmütig schaute sie zum Küchenfenster ihrer Mutter hinauf, als sie die Alleestraße entlangfuhr und das Haus passierte. Wo hatte Waltraud den Silvesterabend verbracht? Einsam in einem Keller oder auf einem Dachboden? In einer Hütte im Wald? Oder doch bei Christel? Nein, da hatte Thomas ausnahmsweise wahrscheinlich recht gehabt und sie hatte sich das eingebildet. Wie schlimm es für Waltraud sein würde, wenn sie erführe, dass Anni tot war! Daran durfte sie gar nicht denken!

Genauso wenig an den gestrigen Silvesterabend. Opa und Oma auf dem Sofa. Die Knallerei um Mitternacht, die in der Siedlung nicht unerheblich gewesen war, hatte Thomas verschlafen. Den Sekt, den sie eingeschenkt hatte, um mit ihm gemeinsam das neue Jahr zu begrüßen, hatte sie alleine getrunken. Als er um 1 Uhr am Morgen des Neujahrstages auf dem Sofa im Wohnzimmer noch immer ganze Wälder abgesägt hatte, war sie ins Bett gegangen und in einen komatösen Schlaf gefallen. War das durch die vielen Duftkerzen gekommen, die sie angezündet hatte? Thomas hasste Duftkerzen. Neulich hatte er einen Bericht vorgelesen, dass dieses Gestinke, wie er es nannte, schon viele Paare auseinandergebracht hätte. »Dann geh doch«, hatte sie ihm geraten und am nächsten Tag im Esoterikladen noch mehr Duftkerzen gekauft: Glücksgefühl, Black Pepper, Waffeln, Glühwein und Zimt. Das Duftgemisch, das sie am Silvesterabend umgeben hatte, toppte alles: Tod.

Sie bog von der Alleestraße auf die Middelicher Straße und fuhr der Autobahnauffahrt entgegen. Neuschnee hatte es zum Glück nicht gegeben und war für heute auch nicht angesagt. Schon wieder ertönte »Last Christmas« von George Michael, obwohl Weihnachten für sie längst vorbei war. Ein neues Jahr begann heute. Margareta dachte an Waltraud. Ihre blöde Vorliebe für die Raunächte war ihr zum Verhängnis geworden und hatte Anni das Leben gekostet. Wieso hatte man diesen Hemavati und seine skurrile Frau nicht längst festgenommen? Sie hätte Radomski mehr Verstand zugetraut. Hätte sie doch noch einmal nach Kamp-Lintfort fahren sollen, fragte sie sich, verscheuchte jedoch den Gedanken an die beiden Repins und konzentrierte sich aufs Sauerland. Dieses Mal wollte sie nicht im Hotel in Arnsberg übernachten, um näher am Geschehen zu sein.

Thomas rief an. Wahrscheinlich wollte er wissen, was er mit dem Bratenstück machen sollte, nachdem er seine »kleine Hausfrau« nicht in der Wohnung vorgefunden hatte. Sie nahm das Gespräch an.

Wenn sie gedacht hatte, er würde sich für das nächtliche Verhalten entschuldigen, lag sie falsch. Stattdessen machte er ihr nur Vorwürfe und ließ sie nicht zu Wort kommen. Margareta drückte ihn weg und steckte das Smartphone zurück in die Halterung. Nein, sie hatte keine Freisprecheinrichtung!

Die Autobahn war leer. Klar. Wer fährt schon am Neujahrstag durch die Gegend? Die Menschen waren alle müde von der Silvesterfeier und schliefen ihren Rausch aus. So kam sie zügig voran und befand sich eine gute Stunde später auf der Hochsauerlandhöhenstraße Richtung Bad Fredeburg.

Abseits der Straße bemerkte sie ein Kleinod von Hotel im Wald. Idylle pur, nicht zu groß und für ihr Vorhaben der ideale Ausgangspunkt. Sie setzte den Blinker links, fuhr die Zufahrt, die durch einen kleinen Park führte, bis zum Parkplatz und stellte ihren Wagen ab. Hier lag deutlich mehr Schnee als daheim in Gelsenkirchen.

An der Rezeption erklärte ihr die nette Dame, dass sie sich direkt am Fuß der Hunau befinde, zwei Kilometer vor Bad Fredeburg. Ein Einzelzimmer sei soeben frei geworden. Mit 95 Euro inklusive Frühstück nicht gerade billig, weshalb Margareta erst einmal nur eine Nacht buchte.

Alles machte einen gepflegten, gemütlichen Eindruck. Das Zimmer mit Balkon war recht groß und mit dunklen

Holzmöbeln eingerichtet. Rot gemusterter Teppichboden, eine Stehlampe auf dem Boden und eine auf dem Sideboard, mit grünen Schirmen versehen, die warmes Licht spendeten. Passende grüne Vorhänge an den Fenstern. Bequemer brauner Sessel, davor ein kleiner Tisch. Ein Schrank, in einer Ecke ein Schreibtisch. Das Duschbad ebenfalls geräumig und modern eingerichtet. Ein echtes Wohlfühlzimmer sozusagen.

Nachdem sie ihren kleinen Trolley abgestellt hatte, suchte sie den Speiseraum auf, um sich einen Kaffee zu bestellen. Mittagessensduft zog durch die Räume.

Ihr Smartphone sagte ihr, dass Hemavatis Haus nur gute drei Kilometer entfernt lag, in die andere Richtung. Also auf zu Hemavati und seiner Gattin! Keine Zeit verlieren. Essen konnte sie später noch.

Auf den ersten Blick entdeckte sie nichts Ungewöhnliches, als sie an Hemavatis Hexenhäuschen vorbeifuhr. Sie drosselte die Geschwindigkeit und hielt, als sie das Haus hinter sich gelassen hatte, kurz am Straßenrand an, blickte in den Rückspiegel.

Jana Schauerte, dieser grelle Rotschopf, verließ soeben das Haus und stieg in eine alte Karre, die einem Lieferwagen ähnelte. Dieses Auto hatte Margareta noch nie gesehen. Besaß dieses verarmte Ehepaar etwa zwei Autos?

Jana Schauerte fuhr an Margareta vorbei in gemäßigtem Tempo die Straße entlang. Margareta folgte ihr in großzügigem Abstand. Jana bog in die K19 ein, die laut einem Schild zum Sonderhof führte. Hier war kein anderes Auto unterwegs, doch Jana schien sie nicht zu bemerken. Nach einer scharfen Linkskurve ging es weiter geradeaus, bald darauf rechts zu diesem verlassenen Sonderhof. Jana bog in einen Feldweg ein, was für Margareta nicht möglich war, denn dann hätte Jana sie mit Sicherheit bemerkt. Außerdem war der Weg laut Hinweisschild für Fahrzeuge verboten.

Hatte die Schauerte eine Genehmigung, diesen zu benutzen? Wohin führte der Weg? So wie es aussah, bergauf, mitten in den Wald. Gab es dort eine Hütte, in der sie Waltraud versteckt hielten? Margareta schöpfte Hoffnung. Sollte die Suche heute, am Neujahrstag, endlich ein Ende haben?

Das Schrottauto von Jana Schauerte war verschwunden. Margareta parkte ihr Fahrzeug am Straßenrand, lugte hinüber zu dem alten Gehöft und machte sich zu Fuß auf. Was blieb ihr anderes übrig?

Es ging bergan bis zum Waldrand, ungefähr 100 Meter entfernt, dann tauchte sie in einen tiefen Wald ein. Wie bestellt ging die Sonne auf und verschaffte sich Durchbruch durch dichte Schneewolken und Baumwipfel. Ein herrlicher Anblick, wie die Sonnenstrahlen an den Stämmen vorbeifunkelten. Ein Zeichen? Oben auf den Baumkronen die Schneehäubchen. Hinter den großen Bäumen eine Tannenschonung, die sie aus der Dunkelheit führte.

Margareta ging den Reifenspuren hinterher und hoffte, dass sie nicht allzu weit laufen musste. Unter anderen Umständen wäre so ein Winterwaldspaziergang herrlich.

Nach 15 Minuten Fußweg sah sie das alte Fahrzeug an einer Holzhütte stehen. Eine Hütte wie die der bösen Hexe aus Hänsel und Gretel, nur ohne Lebkuchenverzierung. Aus dem winzigen Kamin trat Qualm hervor. Margareta hielt inne und versteckte sich hinter einem Baumstamm. Sie beobachtete Jana, wie sie eine Kiste in das Häuschen trug. Essen für Waltraud? Nach dem Dachboden in Kamp-Lintfort nun die Hütte im Wald? Klar, bei Hemavati zu Hause war es zu gefährlich geworden, nachdem die Polizei das Haus schon dreimal auf den Kopf gestellt hatte.

Margaretas Herz pochte wie verrückt. Bevor ihr Schädel platzte, verließ sie ihr Versteck, überwand ihre Hemmungen und ging auf die Hütte zu. Sie musste diesem Theater ein Ende bereiten. Jetzt und hier. Waltraud zu befreien, hatte oberste Priorität.

Je näher sie der Hütte kam, desto weicher wurden ihre Knie. Wie sollte sie vorgehen? Die Hemavati-Gattin niederstrecken? Was, wenn Waltraud nicht in der Hütte war? Sie hörte Jana Schauerte sprechen, also war sie nicht allein.

Nachdem Margareta tief durchgeatmet hatte, schlich sie zum Eingang der Hütte, hob einen dicken Ast auf, der vor ihren Füßen lag, und betrat das Häuschen. Was, wenn auch Hemavati hier war? Gleich zwei Menschen zu überwältigen, schien ihr unmöglich. Von Hemavati und Waltraud jedoch keine Spur. Frau Schauerte führte Selbstgespräche und war dabei, Sachen aus dem Karton auszupacken. Vorbereitungen für Waltrauds Ankunft?

Jana drehte sich um und starrte Margareta erschrocken an. Sie wusste sofort, um wen es sich handelte. Dabei waren sie sich nur einmal im Wald begegnet. »Was wollen Sie hier? Sind Sie mir etwa hinterhergeschlichen?« Sie legte die Spülbürste, die sie in der Hand hielt, auf den Tisch.

»Was will ich wohl? Ich suche meine Mutter!«

»Die ist hier nicht. Oder sehen Sie sie irgendwo?«

»Bereiten Sie alles für ihre Ankunft vor?«

»Ich weiß nicht, was Sie meinen!« Jana heuchelte Unschuld, schaute zu Boden.

»Tun Sie doch nicht so unwissend! Sie war bei Ihnen im Haus, lief weg und wurde daraufhin nach Kamp-Lintfort zu Chitran gebracht. Aber da ist sie auch nicht mehr. Sie sagen mir jetzt sofort, wo sie sich befindet! Ich bin dieses Katz-und-Maus-Spiel leid!« Margareta machte einen Schritt auf die verschreckte Frau zu.

»Verschwinden Sie! Hier ist sie nicht.«

Margareta konnte nicht mehr. Tränen traten in ihre Augen. Tränen der Wut und der Verzweiflung. Die tagelange Anspannung schien sich zu lösen. Sie machte noch einen Schritt auf die Frau zu und schlug ihr den Ast an den rotgelockten Kopf. »Wo ist meine Mutter?«, schrie sie hysterisch.

»Sind Sie verrückt? Verschwinden Sie!« Jana rieb sich den Kopf, fletschte die Zähne und stürzte sich auf Margareta, krallte ihre langen Griffel um ihren Hals und drückte zu.

Margareta bekam es mit der Angst zu tun. Sie begann zu röcheln, doch Jana Schauerte ließ nicht locker, drückte immer fester zu, schrie Beleidigungen aus.

Mit einem beherzten Tritt rammte Margareta der Frau ihr Knie in den Bauch, woraufhin sie endlich stöhnend losließ. Margareta brachte sich in Sicherheit. »Die Raunächte sind Ihnen wohl zu Kopf gestiegen. Die Räucherkerzen haben Ihnen das letzte bisschen Hirn vernebelt!« Sie wandte sich zum Gehen.

»Ich werde Sie anzeigen!«, schrie Jana Margareta hinterher.

Sie hätte Jana Schauerte nicht angreifen dürfen, wurde ihr bewusst. Dennoch drohte sie: »Machen Sie das ruhig. Ich werde Sie jagen, bis ich meine Mutter gefunden habe. Sie und Ihren Mann!« Sie nahm den Ast mit und verschwand, so schnell sie konnte, in den Wald. Schade! Sie hatte sich Waltraud so nah gefühlt.

Dass die Schauerte sie wirklich anzeigen würde, glaubte sie nicht. Sie hatte keine Zeugen und außerdem genug Dreck am Stecken. Sie würde die Klappe halten.

Im Hotel ließ sie den Überfall auf Jana Schauerte noch einmal Revue passieren. Du bist eine Idiotin, schalt sie sich. Wie konntest du dich nur so gehen lassen? Blöder Neujahrstag!

Bis vorhin war sie noch wütend auf Thomas gewesen, jetzt sehnte sie sich plötzlich nach ihm. Sie musste ihm von ihrer Dummheit berichten und wählte seine Nummer.

Nichts, nur die Mailbox. War er mit Jenni auf Recherchetour? Sie blickte auf die Fensterfront des schnuckeligen Zimmers und sah der Sonne beim Untergehen zu. Vorhin hatte sie im Hotel zu Abend gegessen. Die weihnachtliche Deko im Speisesaal war ihr so unwirklich vorgekommen. Der beleuchtete Hotelpark hingegen hatte sie fasziniert. Nach einer wohltuenden Rinderkraftbrühe hatte sie ein Wiener Schnitzel vom Kalbsrücken bestellt, dazu Röstkartoffeln und einen Salatteller mit Preiselbeeren. Sehr wohlschmeckend alles. Der trockene, kalte Riesling hatte ihr ausgezeichnet gemundet, und sie hatte sich beherrschen müssen, nicht ein drittes Glas zu trinken. Ihre Druckstellen am Hals schmerzten noch immer. Die Flecken hatte sie mit einem Seidenschal kaschiert. Einen ganz schön brutalen Griff hatte diese Schauerte.

Nun stand sie auf, ging zum Fenster und starrte in die Dunkelheit der Sauerländer Wälder. Das TV-Programm konnte sie vergessen. Kurz gesagt: Sie langweilte sich. Wo war Waltraud und was machte sie gerade?

Sich heute noch mit Simone zu treffen, verwarf sie. Die 55 Kilometer bis Arnsberg waren zu weit für heute Abend. Ebenso wenig wollte sie Simone unter Druck setzen, noch herzukommen. Um was zu besprechen? Vielleicht klappte es morgen mit einem Treffen? Oberste Priorität hatten jedoch Hemavati und sein Haus. Und eventuell Radomski auf der Wache in Fredeburg besuchen.

Ihr Smartphone klingelte. Thomas. Endlich. Tränen der Rührung traten in ihre Augen, als sie seine Stimme hörte. »Ich habe etwas ganz Dummes gemacht, Thomas«, legte sie los. »Ich habe Jana Schauerte mit einem Ast auf den Kopf geschlagen. Daraufhin hat sie mich gewürgt, dass ich fast erstickt wäre.«

»Wie bitte? Wie geht es dir?«

»Ganz okay. Ich dachte, Waltraud wäre in dieser Hütte im Wald und ich hätte sie endlich gefunden.«

»Eine Hütte im Wald? Wo bist du genau?«

Margareta nannte ihm die Adresse des Hotels. Als er von seinen Ermittlungen des Neujahrstages berichtete, hörte sie nicht richtig zu, so sehr war sie in Gedanken bei dem Geschehenen.

17.

Neunte Raunacht: 2. auf 3. Januar.

Um den eigenen Weg zu finden, muss klar sein, wohin man möchte. Die Fülle des Lebens kann wie eine Speisekarte mit zu vielen Angeboten überwältigend sein. Oft kann man sich nicht entscheiden und möchte gern alles probieren. Doch man muss sich entscheiden. Mache es wie bei der Speisekarte: Dein Appetit sagt dir, welches Gericht das richtige ist. Wäre da nicht das Überraschungsgericht, mit dem man nicht gerechnet hat. Nur wer Mut und Vertrauen zum Koch hat, bestellt es. Im Leben ist es ähnlich. Je genauer die Vorstellung, welches Leben ich führen möchte, welcher Mensch ich sein will, desto leichter ist es aufzubrechen.

Es ist leichter zu sagen, was man nicht will, überlegte Margareta. Was ist eigentlich mein Ziel? Eine tolle Reise? Thomas zu heiraten? Am Meer zu wohnen? Einen neuen Mann kennenzulernen? Sie wusste nicht genau, was sie im Leben wollte. Das vorrangige Ziel jedoch kannte sie: ihre Mutter zu finden. Sie seufzte. Waltraud, wo bist du?

In dem Buch hieß es, dass manche Menschen sich ein neues Sofa oder einen neuen Job wünschen würden. Ein neues Sofa wäre Margareta so was von egal. Hauptsache bequem. Einen tollen Job hatte sie inzwischen, und sie war mächtig stolz, dass es so gut lief und sie auch mal einen Auftrag ablehnen konnte.

Weiter stand da, das Wichtigste im Leben sei Klarheit und offen zu sein für neue Chancen! Doch bei aller Klarheit: Was wäre das Leben ohne Umwege? Margareta hatte schon viele Umwege gehen müssen.

Aufgabe vor dem Einschlafen: »Möge ich in meinen Träumen die Klarheit erfahren, mit der ich meinen eigenen Weg gehen werde.«

Klarheit, das wäre schön. Klarheit darüber, ob sie Thomas rausschmeißen sollte oder nicht. Heute Abend würde sie, genau wie gestern, eine Kerze anzünden und in die Flamme starren. Das hatte ihr geholfen. Überhaupt hatte sie sehr gut geschlafen in dem bequemen Bett des Hotelzimmers. So gut wie schon lange nicht mehr.

Margareta stand auf, zog sich an und machte sich im Bad fertig. Als sie sich abschließend im Spiegel betrachtete, war sie mit sich sehr zufrieden. Dieses Gefühl hatte sie schon lange nicht mehr gespürt. Eine schöne Frau sah ihr entgegen. Perfektes Make-up, eine tolle Frisur und eine Top-Figur. Sie konnte noch so schlecht drauf sein, ihr Äußeres war ihr wichtig. Das war die halbe Miete.

Beim Frühstück zog sie die Blicke der männlichen Gäste auf sich, das bildete sie sich zumindest ein. Fingen die Rituale der Raunächte langsam an, Wirkung zu zeigen? Jedenfalls mundete ihr das Frühstück gut, ein hervorragendes Büfett, mit supertollem Service. Als sie lustvoll in ihr Schinkenbrötchen biss, beschloss sie, zuerst um Hemavatis Haus zu schleichen und anschließend Radomski auf der Wache in Bad Fredeburg zu besuchen. Ihm gehörte ordentlich der Kopf gewaschen, diesem lahmen Typen, fand sie. Sie wischte auf ihrem Smartphone herum, stellte fest, dass sie seine Nummer noch gespeichert hatte, und schickte ihm eine WhatsApp, in der sie ihr Kommen ankündigte.

Warm angezogen, diesmal Steppmantel in Schwarz, schmiss sie sich in ihren Wagen und fuhr die kurze Strecke bis in die Nähe von Hemavatis Haus. Dort parkte sie am Straßenrand. Klares Frostwetter, die Sonne brach sich Bahn zwischen den Bäumen des dahinterliegenden Waldes. Sie zog sich ihre Kapuze tief ins Gesicht, lief am Hexenhäuschen vorbei und schlug den Wanderweg ein, der an der Rückseite vorbeiführte. Alles ruhig. Qualm stieg aus dem Kamin auf. Angestrengt schaute sie in die beiden hinteren Fenster, konnte jedoch niemanden erkennen. Vor dem Haus stand Hemavatis Passat Variant. Die alte Karre, mit der seine Frau gestern durch die Gegend gefahren war, entdeckte sie nirgendwo. War sie wieder in der Jagdhütte im Wald?

Wie magisch angezogen lief Margareta den Waldweg entlang, genoss diese himmlische Ruhe. Links neben ihr knackten ein paar Äste. Margareta zuckte zusammen. Jemand sprang direkt neben ihr auf den Weg. Aus der Nähe hatte sie ihn noch nie gesehen, und doch erkannte Margareta ihn sofort: Hemavati. Er trug einen karierten Wollmantel, eine Mütze auf dem Kopf und einen Korb am Arm. Was suchte er im Wald bei dieser Eiseskälte? Etwa Pilze? Sie schaute in den Korb. Darin lagen kleine Holzstücke. Was wollte er damit? Heizen? Oder basteln? Raunachtbasteln mit einem Schamanen?

Auch Hemavati hatte sie erkannt, denn Waltraud hatte ihn mit Fotos von ihrer Tochter, die sie auf ihrem Smartphone hatte, zugemüllt. Margareta in sämtlichen Posen und zu allen Jahreszeiten. Er wusste nicht, ob er lachen oder weinen sollte. Angst verspürte er. Große Angst. »Na, Frau Sommerfeld? Auf Ermittlungstour unterwegs? Was wollen Sie hier finden?«

Schwarze Vögel stürzten krächzend vom Himmel, um sofort wieder emporzufliegen. Margareta fiel der Hitchcock-Film »Die Vögel« ein. Hemavati war ihr unheimlich. Seine blauen Augen schimmerten silbrig. Sie hatte das Gefühl, in seinen Schädel gucken zu können. Doch war der nicht hohl? »Meine Mutter will ich finden. Wo ist sie? Ich habe gesehen, wie Sie Waltraud in ein Auto gepackt haben, unten an der Straße. Nachdem sie weggelaufen ist aus Ihrem verfluchten Keller, haben Sie sie nach Kamp-Lintfort zu Chitran gebracht.« Gehe in die Vollen, sagte sie sich.

»Alles Unsinn! Hat die Polizei sie etwa bei mir gefunden? Oder bei Chitran?«

»Waltraud nicht, aber ihre Spuren. Die SpuSi ist sich sicher, dass sie in Ihrem Keller gewesen ist. Und im Haus von Chitran habe ich ihre Stimme gehört.«

»Und wieso hat man mich dann nicht verhaftet? Wieso haben Sie nicht die Polizei geholt, als Sie Ihre Mutter bei Chitran gehört haben?« Er ging auf Margareta zu, strich ihr über die Wange und drehte eine Locke, die aus der Kapuze herausschaute, um seinen Finger. »Sie sind durcheinander, Sie Arme …«

Margareta schlug seine Hand weg und trat einen Schritt zurück. »Das bin ich nicht, ich bin ganz klar, im Gegensatz zu Ihnen! Allerdings frage ich mich auch, wieso man Sie nicht verhaftet hat. Außerdem will mir nicht in den Kopf, warum Sie meiner Mutter, einer alten Frau, das antun. Geht es wirklich nur um die 10.000 Euro?«

Er starrte auf seine Uralt-Stiefel und scharrte mit dem rechten Fuß auf dem eisigen Weg herum. »Ich fand sie nett, die Waltraud. Ihr herrliches Lachen, ihre Fröhlichkeit. Wir haben uns gut verstanden.«

»Und in Weinlaune hat sie von ihrer Lebensversicherung

erzählt und dass die Auszahlung bald ins Haus steht. Da Sie knapp bei Kasse sind, haben Sie gedacht: ›Greife ich mir die Summe doch ab. Die blöde Alte wird sie dir gerne überlassen.‹ War es so?« Margareta hätte den Kerl am liebsten an Hals und Kragen gepackt und ordentlich durchgeschüttelt. Doch er war groß. Groß und stark.

»Nein, zuerst nicht. Wir haben uns nach dem Seminar lange am Telefon unterhalten. Ich mochte sie wirklich und wollte sie gerne besuchen. Sie schlug den Heiligabend vor. Tja, und da nahm das Schicksal seinen Lauf.« Er presste sich ein einsames Tränchen heraus und verzog sein Gesicht, als hätte er starke Schmerzen. Eine einzige Fratze.

»Nahm das Schicksal seinen Lauf. Pah! So ein Unsinn! Sie sind ein eiskalter Verbrecher! Wegen ein paar Euros eine alte Dame zu Weihnachten entführen und einsperren. Wo ist sie?« Margareta wurde wütend und machte einen Schritt auf ihn zu. »Wo ist Waltraud? Das Geld können Sie übrigens vergessen. Die Police auch. Machen Sie endlich den Mund auf und reden Sie!«

»Ich weiß nicht, wo sie ist. Wieso sollte ich frei herumlaufen, wenn ich ein Verbrecher wäre? Sagen Sie es mir! Nichts, nichts kann man mir beweisen!«

»Sind Sie sich da mal nicht so sicher! Sie landen schneller im Gefängnis, als Ihnen lieb ist. Haben Sie Anni eins übergebraten? Sie ist tot. Anni ist tot!«

Hemavati war geschockt, schloss den Mund und knetete nervös sein Kinn. »Das kann nicht sein! Chitran hat ihr mit dem Schürhaken nur einen leichten Schlag versetzt. Keinen tödlichen. Da muss jemand nachgeholfen haben.«

»Klar, Sie kennen sich aus. Als ausgebildeter Schamane! Was machen Sie mit dem Holz?« Margareta deutete auf den Korb.

»Ich schnitze Männchen daraus, die ich bunt anmale. Glücksbringer!« Er lächelte debil vor sich hin.

Dieser Idiot, dachte Margareta. »Was wollte Ihre Frau gestern in der Hütte im Wald? Alles vorbereiten für Waltraud? Nun müssen Sie umdisponieren, was? Zu gefährlich, meine Mutter da hinzuschaffen, wie?«

»Sie sollten sich geschlossen halten. Meine Frau so anzugreifen! Sie hat eine dicke Beule am Kopf und rasende Schmerzen.«

»Wieso ich? Hat sie Zeugen? Ich frage Sie jetzt zum letzten Mal: Wo ist Waltraud?«

Er lachte, dieser Vollidiot. Laut und widerlich schallte es durch den Sauerländer Wald. »Zum letzten Mal? Sonst was?«

Margareta wurde immer wütender. Außerdem war ihr kalt. Eisig kalt. Langsam zog sie ihre Knarre aus dem Hosenbund und zielte auf Hemavati. »Sonst schieße ich Ihnen in den großen Bauch. Soll ich es Ihnen vorführen?«

Hemavati verging das Lachen. Er begann zu zittern und riss die Augen weit auf. »Sie sollten sich untersuchen lassen. Sie sind nicht ganz richtig im Kopf! Ihre Rübe muss unbedingt ausgeräuchert werden.«

»Sie müssen es wissen, Sie großer Schamane!« Margareta fing an zu lachen und konnte sich nicht mehr beruhigen. Sie schoss in die Luft, steckte die Knarre wieder ein und lief den Weg zurück. Immer noch lachend.

*

Radomski rührte verträumt in seinem Kakao und lächelte sie verliebt an. Margareta saß ihm gegenüber in seinem Kellerbüro und beruhigte sich langsam. War das die Sauerländer Luft, die sie so aggressiv machte? Das war doch nicht normal, dass sie zweimal hintereinander so ausrastete und handgreiflich wurde. Zuerst hatte Jana den Ast zu spüren bekommen, dann hatte sie Hemavati, ihren Ehegatten, mit der Knarre bedroht. Oder war ihr Verhalten der Tatsache geschuldet, dass ihre Mutter verschwunden war und sie vor Sorge durchdrehte? Und dass Anni tot war?

Was wollte sie nun von Radomski? Damals, als Thomas' Mutter ermordet worden war, war er ihr eine große Hilfe und Stütze gewesen. Jetzt entpuppte er sich als Träumer. Obwohl er wusste, dass Waltraud zeitweise in Hemavatis Keller untergebracht gewesen war, die SpuSi es sogar bestätigt hatte, passierte nichts mit Hemavati und seiner Frau. Beide trieben weiterhin ihr Unwesen, und niemand störte sich daran.

»Sie wollen wirklich nichts trinken?«, fragte Radomski. »Vielleicht einen Kaffee?«

»Okay, einen Kaffee nehme ich.«

»Hat Ihr Besuch einen bestimmten Grund? Ich freue mich natürlich darüber, aber einfach so sind Sie nicht hier, oder?«

Seine seegrünen Augen waren das Positivste in seinem freundlichen Gesicht. Seine wie aus Stein gemeißelten Wangen hingen trotz seiner erst 50 Jahre traurig herunter. Der Mann hatte Probleme, stand für sie fest. Gerne hätte sie ihn getröstet. Seine Art, hilfsbereit und zuvorkommend, war nicht mehr dieselbe wie vor zwei Jahren. Er redete und redete, lauter belangloses Zeug. Erzählte von seinem 50. Geburtstag, der Unterleibs-OP seiner Gattin und dem Tod zwei seiner Zwerghühner, die etliche Preise geholt hatten.

Margareta wechselte abrupt das Thema. Lautstark sagte sie, wieso sie hier war und dass das Verschwinden ihrer Mutter ihr arg zusetzte. Auch Annis Tod erwähnte sie und schlussendlich die Jägerhütte im Wald, in der Hemavatis Frau anscheinend Ordnung schaffte für einen Neuankömmling.

Radomskis freundliches Gesicht versteinerte. Er griff zum Telefon und ließ einen Streifenpolizisten antanzen, der beauftragt wurde, mit einem Kollegen zu der Hütte zu fahren. Sofort!

Der Polizist berichtete Radomski, bevor er ging, dass man am Morgen dort in dem Waldstück einen Schuss gehört habe.

»Na, wer macht denn so was?« Margareta spielte die Unschuldige, konnte sich jedoch das Grinsen kaum verkneifen. Schalte einen Gang zurück, mahnte Margareta sich, verdirb es dir nicht mit diesem Mann. Vielleicht kann er dir noch hilfreich sein. Lächeln aufgesetzt, ihn ein paarmal angeblinzelt, und schon sprühten seine grünen Augen wieder Funken. Mit ihrer eiskalten Hand strich sie wie zufällig über seine, was ihm die Röte ins Gesicht steigen ließ. Na, geht doch, sagte sie sich.

Radomski lächelte und versprach, sich Hemavati noch einmal zur Brust zu nehmen. Mit einer Verhaftung sei es nicht so einfach, außerdem habe er ihn ja schon einmal festgesetzt, wenigstens für mehrere Stunden.

Margaretas Smartphone klingelte. Nachdem sie es aus ihrer Hosentasche gekramt hatte, schaute sie aufs Display. Das durfte doch nicht wahr sein! Ihr Herz fing an zu hämmern. Ihr wurde übel. »Waltraud, Waltraud ruft an! Sie lebt! Meine Mutter lebt!« Laut und euphorisch schrie sie die Worte durch das Kellerbüro.

»Nun nehmen Sie das Gespräch schon an«, erwiderte Radomski. Er stand von seinem Stuhl auf und lief aufgeregt hin und her, als ginge es um *seine* Mutter.

»Waltraud? Waltraud, wo bist du?«, rief Margareta in ihr Gerät.

»Nicht so laut, Sie verschrecken sie ja«, mahnte Radomski.

Tränen liefen Margareta über die Wangen. »WO BIST DU?« Sie hörte ein Rauschen und das Bimmeln einer Straßenbahn im Hintergrund. Ein Atmen, das schwerer nicht klingen könnte, unterbrochen von einem jämmerlichen leisen Weinen. »Waltraud? Sag mir, wo du bist! Ich komme und befreie dich!«

»Margareta …«

Mehr nicht. Nur das eine Wort, leise gesprochen, dann endete der Anruf abrupt.

»Sie lebt! Meine Mutter lebt!« Margareta brach endgültig in Tränen aus, wusste nicht, was sie als Nächstes tun sollte.

»Beruhigen Sie sich! Handyortung, wir müssen den Standort des Handys Ihrer Mutter herausfinden. Hat Ihr Freund das noch nicht veranlasst? Wer weiß, wer das Handy hat, ob es überhaupt Ihre Mutter war, die angerufen hat.«

»Ich muss los!«

»Wo wollen Sie denn hin? Außerdem: Soviel ich weiß, waren wir damals beim Du, oder?«, fiel Radomski ein. Traurig sah er sie an.

»Ja, stimmt, jetzt, wo du es sagst.« Es war Margareta egal. »Ich muss los«, rief sie ihm erneut zu. »Ich melde mich.« Und schon lief sie aus seinem Büro.

Die kalte Luft draußen tat ihr gut. Die Straßen in Bad Fredeburg waren wie ausgestorben. Die Kälte ließ die Menschen zu Hause bleiben. Alles kam ihr so unwirklich vor. Sie startete ihren Wagen und fuhr los. Doch wohin? Wo sollte sie ansetzen? Ihr fiel das Bimmeln der Straßenbahn ein.

18.

Thomas wischte sich die Hände an seiner Jeans ab und stöhnte auf. Margareta schaffte ihn. Sie machte ihn fertig. Er hatte schon jetzt Angst davor, wenn sie in wenigen Stunden wieder zu Hause auf der Matte stehen würde. Was sie wohl noch alles angerichtet hatte? Hemavatis Frau eins übergezogen, dem Schamanen die Pistole auf den Bauch gesetzt. Was war bloß los mit ihr? Vorhin am Telefon hatte sie behauptet, ihre Mutter habe angerufen. Radomski sei Zeuge gewesen. Im Hintergrund habe sie das Bimmeln einer Straßenbahn gehört. Wieso sollte Waltraud, wenn sie an ihr Handy gekommen war, ihre Tochter anrufen und nicht gleich die Polizei?

Thomas befürchtete, dass mit Margaretas Rückkehr ein Tsunami in die Wohnung hereinbrechen würde. Dann wäre endgültig Schluss mit den ruhigen Tagen zwischen den Jahren und im neuen Jahr. Miefende Kerzen würden brennen, sein Hirn würde rauschen, und er würde die vielen Neuigkeiten seiner Lebensgefährtin nicht so schnell sortieren können. Ob er sich zuvor wieder einen klaren Schnaps einverleiben sollte? Das machte die Sache erträglicher. Bisher hatte sie nichts davon gemerkt. Wenn sie es merken würde, wäre die Hölle los. Wein war für sie okay, doch Schnaps keinesfalls. Wer klaren Schnaps trank, war in ihren Augen ein Alkoholiker, eine elende Schnapsdrossel, ein Versager, der sich nicht beherrschen konnte.

Er dachte an den Besuch bei diesem Altenpfleger Michael heute Morgen, der in der Wohnung über Waltraud wohnte.

Wie ein Schatten hatte er ihm die Tür geöffnet, mehr tot als lebendig. Gefeiert habe er am Abend zuvor, mit seinen Kollegen aus dem Altenheim. Er hatte ihm einen Platz in seinem winzigen Wohnzimmer angeboten und sich Thomas gegenübergesetzt. Michael hatte sich ständig durch sein müdes Gesicht gewischt. Die Haare hatten ihm zu Berge gestanden. Thomas hatte ihn sogleich mit Fragen bombardiert. Im Grunde hatte Michael nichts anderes erzählt als bei Thomas' erstem Besuch, was sich mit dem deckte, was er von Margareta wusste. Nein, er habe am späten Abend nichts mehr gehört, als sich die Zusammenkunft in Waltrauds Wohnung aufgelöst hatte.

»Reicht es nicht langsam? Sie waren bereits hier. Schon vergessen? Außerdem zwei uniformierte Polizeibeamte und die SpuSi, wieso auch immer. Ach ja, und die Tochter, Margareta Sommerfeld. Wie oft soll ich das alles noch wiederholen?« Patzke war genervt gewesen.

»Mir ist noch nicht alles klar, deshalb bin ich heute erneut hier.« Was Originelleres war Thomas nicht eingefallen. Er hatte selbst nicht gewusst, was er von Patzke wollte. Es war ein Gefühl, das ihn zu ihm getrieben hatte. »Außerdem haben Sie das nicht zu bestimmen«, hatte er nachdrücklich angefügt. »Oder soll ich Sie aufs Revier bestellen?«

»Meinen Sie, da wüsste ich mehr?«

»Was waren das für Autos, die Sie wegfahren gesehen haben?«

»Ein schwarzer Kombi und ein kleiner weißer Wagen. Ein Peugeot. Auch schon mehrmals erzählt. Was ist denn noch unklar? Gibt es bereits eine heiße Spur?«

»Mehrere Spuren, allerdings nur lauwarme. Übrigens ist die Freundin von Frau Sommerfeld senior, Anni Bienert, verstorben.« Thomas hatte Patzke nach dieser Auskunft genau beobachtet, schließlich könnte er es gewesen sein, der Anni einen zweiten Schlag versetzt hatte. Womöglich war er nachts in der Wohnung gewesen, hatte lange Finger gemacht und war auf Anni gestoßen.

Michael Patzke hatte ehrlich betroffen gewirkt und nicht mehr gewusst, was er sagen sollte.

Thomas hatte noch nach dem neuen Nachbarn im Haus gegenüber gefragt, der laut Margareta Waltrauds Keller aufgebrochen haben könnte. Peter Kowalski, kurz Pedder genannt.

Patzke hatte nur mit den Schultern gezuckt. Thomas hatte sich daraufhin verabschiedet.

Auf dem kurzen Weg zum Haus gegenüber war er wegen der Glätte ins Straucheln geraten, hatte sich aber gerade noch abfangen können, bevor er der Länge nach hingeschlagen wäre. Kowalski hatte ihm dabei zugesehen, denn trotz der Kälte war der Mann auf seinen Unterarmen gestützt in einem Feinripp-Unterhemd im offenen Fenster gehangen und hatte den Kommissar frech angegrinst.

»Dat is ja noch mal gut gegangen, wat? Wolln Se zu mir? Vonne Polizei, oder?«

Thomas hatte genickt und diesen ungepflegten Herrn am offenen Fenster befragt.

Nein, er wisse nicht, wer im Keller eingebrochen sei. Er sei es nicht gewesen, habe nur nach dem Rechten gesehen. Obwohl er Hunger gehabt habe und gerne von den Sachen aus dem Gefrierschrank gegessen hätte. Doch er sei kein Dieb. Nein, er nicht.

Thomas war schnell klar geworden, dass er so nicht weiterkommen würde. Jenni hatte herausgefunden, dass dieser Kowalski mehrfach vorbestraft war und gesessen hatte wegen kleiner Vorfälle, Diebstähle und Körperverletzun-

gen. Zuzutrauen wäre ihm der Einbruch also. Doch Thomas
hatte das Thema gewechselt und nach Heiligabend gefragt.

Er habe bei Bier und Kartoffelsalat vor dem Fernseher
gesessen und in die Glotze geschaut. Krach von gegenüber? Habe er gemeint zu hören und kurz aus dem Fenster geschaut. Doch ihm sei nichts aufgefallen. Welche Autos
an der Straße gestanden hätten? Habe ihn nicht interessiert.

Thomas war bereits im Begriff gewesen, zu seinem Auto
zurückzukehren, da hatte Kowalski ihn zurückgerufen.

»Ey, wart ma! Um 23 Uhr, ja, es war 23 Uhr, ging oben
im Schlafzimmer dat Licht kurz an. Fällt mir gerade ein.
Jetzt geht die Alte ins Bett, dachte ich. Nich ma dat Rollo
war runtergezogen. Dat machte die sonst immer, sobald es
dunkel wurde.«

Thomas hatte kurz genickt und sich verabschiedet. Vom
Staat leben, nur im Unterhemd im Fenster hängen und die
halbe Straße mitheizen, hatte er ärgerlich gedacht.

Kurz entschlossen war er zum Supermarkt gefahren,
um Hühnerklein für eine gute Suppe zu kaufen. Vielleicht
würde sich Margareta über die Suppe freuen.

Seine Gedanken kehrten zurück ins Hier und Jetzt. Inzwischen hatte er alle Vorbereitungen erledigt, und die Hüh-
nerflügel, Mägen, Herzen und Hälse schwammen mit drei
geschabten Karotten, einer halben Sellerieknolle, einer zer-
teilten Lauchstange und ordentlich Petersilie in einem großen Topf mit Wasser und blubberten vor sich hin.

Nach einer guten Stunde gab Thomas Reis dazu und
nahm sich einen kleinen Magen aus dem Topf, um ihn sich
mit großem Genuss in den Mund zu schieben. Köstlich!

Nach weiteren zehn Minuten, einem Löffel Brühe und
ganz viel Maggi war die Suppe fertig.

Genau zum richtigen Zeitpunkt betrat Margareta die Wohnung und kam strahlend in die Küche. Sie schien sich zu freuen, Thomas wiederzusehen, und schon lagen sie sich, Margareta noch im Mantel, in den Armen.

Doch ihre Freude dauerte nicht lange an. Als sie in den Topf schaute, schüttelte sie sich. »Was ist das denn?« Entsetzt wandte sie sich ab. »Das stinkt ja bestialisch! Was schwimmt darin herum? Abfälle? Wieso hast du kein richtiges Hühnerfleisch genommen?«

»Das ist Hühnerklein. Ganz frisch. Meine Mutti hat Hühnersuppe immer aus Hühnerklein gekocht«, antwortete er traurig. »Ich wollte dir eine Freude machen. Ich decke schnell den Tisch, dann können wir essen. Magst du mir dabei von deinem Ausflug ins Sauerland erzählen?«

»Von meinem Ausflug? Wie sich das anhört! Als wäre ich freiwillig dort gewesen.« Achtlos warf Margareta ihre Tasche in die Ecke und den Mantel über einen Stuhl.

»Etwa nicht? Es hat dich keiner gezwungen, schon wieder hinzufahren.«

Margareta rührte, nachdem Thomas etwas auf ihren Teller geschöpft hatte, angeekelt mit dem Löffel in der Suppe herum und holte nach und nach die Hühnerteile nach oben, bestaunte sie und versenkte sie wieder.

Thomas wechselte das Thema und erzählte ihr von Patzke und dem Mann im Haus gegenüber, der sich in Waltrauds Keller aufgehalten hatte.

»Haben dich die Besuche weitergebracht? Nein. Also hast du wieder einmal nutzlos den Tag vertan.« Spöttisch verzog sie den Mund.

»Immerhin habe ich ihn im Gegensatz zu dir bezahlt bekommen.« Das konnte er sich nicht verkneifen. Demonstrativ aß er seine Suppe, nahm sich sogar eine Portion nach und knabberte mit Hingabe das wenige Fleisch von den zarten Hühnerhälsen. Bis zu den Ohren war er fettverschmiert.

Margareta schüttelte den Kopf.

Die anfänglich gute Stimmung war dahin.

Thomas schob ihr das kleine rote Notizbuch zu. »Hier stehen interessante Dinge drin. Wieso hast du es mir nicht längst gezeigt? Vielleicht hätte es mich in meinen Ermittlungen weitergebracht. Du darfst keine Beweismittel zurückhalten!«

»Beweismittel, Beweismittel. Das ist das persönliche Notizbuch meiner Mutter. Das ist so alt wie ich. Was soll da groß drinstehen? Adressen von Verwandten und Bekannten, die sie immer wieder ergänzt hat.«

»Oh, ich fand es durchaus spannend, darin zu lesen. Und habe festgestellt, dass du bereits einige der Personen aus dem Buch kontaktiert hast. Dein Matthias steht auch drin.«

»Na und? Verheimlicht habe ich dir jedenfalls nichts. Außerdem ist er nicht mein Matthias.«

»Und dass der Name Fritz Repin darin auftaucht, hieltest du nicht für wichtig?«

»Das war mein Onkel. Dass sein Sohn Fritz junior Chitran ist, weißt du ja inzwischen selbst.«

»Aber dass er dein Cousin ist, wusste ich nicht. Vielleicht macht er mit deiner Cousine aus Horst, dieser Christel, gemeinsame Sache? Hast du mir nicht mal erzählt, dass an ihrem Haus die Straßenbahn vorbeifährt? Beim angeblichen Anruf deiner Mutter hast du doch Straßenbahngebimmel gehört, oder? Vielleicht hattest du recht, es war wirklich deine Mutter und sie ist dort. Soll ich eine Streife vorbeischicken?«

»Quatsch! Wie sollte Waltraud da hingekommen sein? Vom Sauerland nach Kamp-Lintfort, dann zurück ins Sauerland oder auch nicht und dann nach Horst? Was sollte Hemavati mit der dämlichen Christel zu tun haben? Da sehe ich keinen Zusammenhang. Und wenn, dann kümmere ich mich selbst darum. Ist schließlich *meine* Mutter.«

»Das tust du sicher nicht!« Thomas erinnerte sie an den Schlag, den Margareta Hemavatis Frau verpasst hatte, und an die Bedrohung des Schamanen mit der Pistole.

Dass sich ein Schuss aus der Waffe, die sie eigentlich gar nicht haben durfte, gelöst hatte, erfuhr er erst jetzt.

»Siehst du? Man kann dich nicht mehr alleine lassen!« Er schüttelte den Kopf und seufzte.

Margareta schob den Teller beiseite und holte sich die Reste des schon leicht vertrockneten Weihnachtsgebäcks. Das Büchlein hatte sie längst eingesteckt. »Davon, dass ich Christel nachher anrufe, kannst du mich nicht abhalten!«

Thomas verzog sich ins Wohnzimmer und ließ sich vollkommen niedergeschlagen in seinen Sessel fallen. Seinen Block mit den Notizen, die er sich vorhin gemacht hatte, klappte er zu. Wirklich weitergekommen war er nicht. Sollte er es auf die Feiertage mit allem Drumherum schieben? Die gesamte »Soko Waltraud Sommerfeld« einschließlich Jenni und der beiden Kollegen konnte man vergessen. Wo steckte Waltraud bloß? Nicht, dass er sie vermisste, doch gab ihm dieser Fall echt Rätsel auf. Dieser irrsinnige Schamane, der wegen ein paar Euros eine alte Frau kidnappte, ließ ihm die Haare zu Berge stehen. Morgen würde er noch einmal nach Kamp-Lintfort fahren und diesen Chitran vernehmen. Bevor er die Kollegen vor Ort damit beauftragte, kümmerte er sich lieber selbst darum. Vielleicht konnte er diesen Typen zum Reden bringen. Margareta hatte ihm erzählt, dass sein Sohn sehr umgänglich sei. Möglicherweise könnte der ihm den entscheidenden Tipp geben. Ob er Jenni mitnehmen sollte?

Einer inneren Eingebung folgend, rief er Radomski auf dessen Handy an, obwohl es übergriffig war, den auswärtigen Kollegen am Abend zu stören.

Thomas ging dazu ins Schlafzimmer, schloss die Tür hinter sich und streckte sich auf dem Bett aus, bevor er sein Smartphone zückte und die Nummer wählte. Während der Ruf durchging, sprangen seine Gedanken zu diesem kleinen roten Notizbuch, das Margareta bisher vor ihm versteckt gehalten hatte. Das würde sie so schnell auch nicht wieder herausrücken. Gerne hätte er noch einmal darin geblättert. Lag darin vielleicht der Schlüssel zu allem?

Radomski war nicht gerade begeistert, als er Thomas' Stimme hörte. Sie tauschten belangloses Zeug aus: Feiertage vorbei, auf ein frohes Neues, Familie.

Nachdem eine längere Gesprächspause entstanden war, atmete Thomas tief durch und nannte Ross und Reiter beziehungsweise den Grund seines Anrufs. »Nun mal raus mit der Sprache, Radomski. Was wissen Sie, was ich nicht weiß? Was war los im Sauerland? Sie verschweigen mir doch was.«

Radomski sagte nicht direkt etwas. Er musste wohl überlegen, ob Thomas ihm was Gutes wollte oder nicht. Dann reagierte er ungehalten. »Das fragen Sie mich? Schicken mir Margareta her, die alle närrisch macht. Die eine Frau mit einem Ast auf den Kopf schlägt und mit einer Waffe auf deren Mann zielt, um letztendlich im Wald herumzuballern. So nett sie auch ist, so viel Unruhe bringt sie. Ja, mag sein, dass Jana Schauerte geplant hat, die Sommerfeld-Mutter erneut hier im Sauerland zu verstecken. Doch das ist nun vom Tisch. Wir haben die Hütte auseinandergenommen. Keine Spur von Waltraud Sommerfeld. Das Wohnhaus der Familie Schauerte wird übrigens überwacht. Es wäre schön, wenn Margareta nicht mehr herkommen würde. Suchen Sie die Frau, wo auch immer. Hier ist sie nicht.«

Der Start des Gespräches war holprig gewesen, musste Thomas sich eingestehen und versuchte, das Ruder herumzureißen. Doch auch noch so schöne Worte stimmten Radomski nicht milder.

»Irgendwie kann ich Sie verstehen. Welcher Erste Hauptkommissar will schon eine Partnerin haben, die sich in alles einmischt und private Ermittlerin von Beruf ist. Okay, sie hatte oft die Nase vorn, sorgte aber immer für genug Ärger.«

»Sie haben also keine heiße Spur, Radomski?«

»Nein, hier im Sauerland ist die Gesuchte nicht. Sollte sich daran etwas ändern, melde ich mich sofort.« Schnaufend beendete er das Gespräch.

Das gab Minuspunkte für Margareta, musste Thomas sich eingestehen. Er blieb auf dem Bett liegen und dachte nach. Radomski hatte recht. Margareta mischte sich in alles ein und konnte einem den letzten Nerv rauben. Er wollte sich gar nicht vorstellen, was sie im Sauerland angerichtet hatte. Dass Radomski drei Kreuze machte, wenn sie nicht mehr in seinem Dunstkreis auftauchte, konnte er gut nachvollziehen. Dabei hatte er damals nach dem Mord an seiner Mutter gedacht, dass Radomski ein Auge auf Margareta geworfen hatte, so oft, wie die sich getroffen hatten. Bei seinem Hausmütterchen zu bleiben, war definitiv nervenschonender für den Mann.

Wie gemein Margareta sich über seine leckere Hühnersuppe geäußert hatte, hatte ihn hart getroffen. Er wusste einfach nicht, woran er bei ihr war.

Thomas musste kurz eingenickt sein, denn er hatte nicht mitbekommen, wie Margareta ins Schlafzimmer getreten war. In Mantel und Mütze setzte sie sich zu ihm auf die Bettkante.

»Es tut mir leid, Thomas. Wegen der Suppe und überhaupt. Du musst wissen, dass ich ein Hühnersuppentrauma habe, da ich sie als Kind fast jede Woche essen musste. So schlecht war sie gar nicht.« Sie lächelte ihn honigsüß an.

»Wo willst du hin? Es ist gleich 20 Uhr. Ich dachte, wir trinken ein Gläschen Wein zusammen.«

»Machen wir hinterher. Ich muss zu Matthias. Vielleicht hat er eine gute Idee bezüglich Waltrauds Aufenthaltsort.«

Thomas zog sich das Oberbett bis übers Gesicht und fluchte leise vor sich hin. Sie entschuldigte sich noch einmal, stand dennoch auf und ging. Warum sollte dieser alte Philosoph eine Idee haben? Hatte er Waltraud versteckt? Auf seinem Dachboden oder im Keller? Thomas schlug die Decke erst wieder zurück, als er die Haustür ins Schloss fallen hörte. Er hätte sie würgen können, seine Margareta Sommerfeld.

Er verließ das Bett und setzte sich mit einem Glas Rotwein ins Wohnzimmer. Die Traumschiff-Folge, die über den TV-Bildschirm flackerte, würde ihn ablenken. Morgen früh würde er nach Horst fahren und diese Cousine Christel besuchen, noch vor Kamp-Lintfort.

19.

Siggi Bienert saß am Morgen des 3. Januar am Tisch und beobachtete seine Mareike, die emsig dabei war, das Frühstück vorzubereiten. Die Haare hatte sie mit einem Gummiband nach hinten zusammengezurrt. Ihre Augen waren verweint, ihr Gesicht ungeschminkt. Hätte auch wenig Zweck, Make-up aufzutragen. Bei dem Geheule würde sich alles schnell abspülen.

Mit zitternden Händen stellte sie die winzige Wurstplatte auf den Tisch und lächelte ihren Mann an.

Vor Wut schnaufend starrte er auf die Wurst und legte sein Messer beiseite. »Du weißt, dass ich Salami hasse. Wie die aussieht, grob und fettig.«

Ihr Lächeln verschwand. Er sah ihr an, was sie gerne erwidert hätte: genau wie du. Doch sie schwieg, denn sie kannte ihn und seine Wut, war er überzeugt.

»Aber da ist auch noch Mortadella«, presste sie zwischen den Zähnen hervor.

Er wusste, dass Mareike seine schulmeisterliche Art hasste, fühlte sich jedoch nicht in der Lage, dagegen anzukämpfen. Nicht heute. »Mag ich auch nicht.«

»Ich habe es nicht geschafft, zum Metzger zu gehen.«

»Wieso nicht? Deine Mutter ist schon den dritten Tag tot. So langsam musst du mit dem Thema abschließen. Das Leben geht weiter. Wird Zeit, dass du wieder zur Arbeit gehst.«

Mareike ließ sich auf einen Stuhl fallen und fing erneut an zu weinen. »Sie ist noch nicht mal beerdigt. Du konntest meine Mutter nie leiden, immer hast du auf ihr herumgehackt. Sogar jetzt noch, wo sie tot ist. Du solltest dich schämen! Nur weil du keine Eltern hattest und ein einsames, verlassenes Waisenkind warst.«

Bereute sie, dass sie ihn geheiratet hatte? Ihm war klar, dass sie damals aus Mitleid auf sein Werben eingegangen war. Siggi hatte Mareike bei einem Gespräch mit ihrer Freundin belauscht. »Ich soll mich schämen? Sie hat doch auch kein gutes Haar an mir gelassen. Ständig hat sie nach etwas gesucht, womit sie mir eins reinwürgen konnte. Außerdem herrschte zwischen deiner Mutter und dir zehn Jahre Funkstille, falls ich dich daran erinnern darf.«

»Woran du nicht schuldlos warst. Sie hat immer wieder versucht, gut mit dir auszukommen, was nicht so einfach war.«

»Was redest du da? Ich denke, das ist deiner Trauer geschuldet.«

»Du kommst mit niemandem gut aus. In der Schule hasst dich das ganze Kollegium, hat mir Britta erzählt. Niemals zuvor habe sie so einen rachsüchtigen, strengen Kollegen erlebt.«

»Glaubst du dieser Bratsche?«

»Stimmt es etwa nicht, dass du deinen Schüler Malte Brinkmann so lange drangsaliert hast, bis er weinend zusammengebrochen ist? Die Eltern haben dich angezeigt, und trotzdem darfst du weiter unterrichten mit deinen Nazi-Methoden.«

»Zucht und Ordnung haben noch niemandem geschadet. Gut, dass der weg ist, dieser faule Bengel. Große Klappe und nichts dahinter.« Siggis braune Augen hefteten sich an Mareike und taxierten sie von oben bis unten. Er überlegte, wie lange sie schon keinen Sex mehr gehabt hatten. Was sie sich auch alles einfallen ließ, um sich ihm zu verweigern.

»Wie kann man nur so sein! Er war ein Kind! Hoffentlich ist er in der neuen Schule glücklicher.«

Dieses dumme Huhn, dachte Siggi. Wollte nie eine Lehre von ihm annehmen. Dabei hatte er es immer gut mit ihr gemeint. Die Lippen hatte er sich fusselig geredet, bis sie damals endlich den Kontakt zu ihrer Mutter eingestellt hatte. Glücklich war sie nie dabei gewesen, und irgendwann hatten die beiden Frauen sich wieder zusammengerottet. Kamen halt aus einem Stall. Mareike und ihre Mutter hatten ihn nicht genug beachtet, wenn sie alle zusammengesessen waren, hatten ihn kaum zu Wort kommen lassen, und wenn er endlich mal zum Reden gekommen war, hatten sie nach wenigen Minuten mit den Augen gerollt und das Thema gewechselt. Dass er ständig das Gleiche erzählte, Dinge von früher, die niemanden interessierten, war ihm zwar bewusst, doch er störte sich nicht daran.

Einmal hatte er Anni gebeten, ihm einige Hosen zu kürzen, uralte Teile. Sie hatte das angeekelt abgelehnt, nachdem sie die Hosen gesehen hatte. Mareike durfte sie weder waschen noch in die Reinigung bringen. Das machte er selbst, wenn auch nicht oft.

Eins war zum anderen gekommen, und nach jedem dieser monatlichen Besuche bei Anni hatten sie auf der Heimfahrt heftiger miteinander gestritten. Schließlich war er nicht mehr mitgefahren, und wenig später hatte er auch seiner Frau untersagt, ihre Eltern zu besuchen. Er hatte sogar ihr Handy kontrolliert, ob sie nicht heimlich angerufen hätte.

Siggi hoffte, dass jetzt, wo seine Schwiegermutter tot war, endlich Ruhe herrsche mit Mutti hin und Mutti her.

Er hätte damals besser Marlies heiraten sollen, die Lehrerin an derselben Realschule in Bochum gewesen war. Eine Frau nach altem Schlag, einfach gekleidet, bodenständig in ihren Ansichten, alleinlebend, der Kirchengemeinde zugehörig. Er hatte schon was klargemacht mit Marlies, die trotz ihrer Spießigkeit scharf wie Rettich gewesen war, was Sex betraf.

Dann hatte er jedoch Mareike kennengelernt. Er hatte sich geschmeichelt gefühlt, dass so eine patente, schöne Frau sich ihm zuwandte. Damals war er überzeugt gewesen, sie zurechtbiegen und eine liebe Hausfrau aus ihr machen zu können, die ihn verwöhnte und ihm treu ergeben war. Sie hatte sich gut mit seinem Onkel und dessen Frau verstanden, worüber Siggi sich anfangs sehr gefreut hatte. Siggi war nicht ihr leiblicher Neffe gewesen, sondern ein Kind aus der Nachbarschaft, das sich den alten Leuten angeschlossen hatte, weil sie voller Mitgefühl für ihn gewesen waren. Nach und nach hatte Mareike die beiden auf ihre Seite gezogen, bis sie nur noch an Siggi herumgemeckert und sich schließlich ganz von ihm abgewandt hatten.

Drei Jahre nach der Heirat war Onkel Hubert an einer rätselhaften Krankheit gestorben. Der Hausarzt, der gute alte Dr. Teubner, hatte auf ein Virus getippt, als der alte Mann eines Tages nicht mehr aufgewacht war. Onkel Hubert hatte Siggi seinen Opel Rekord hinterlassen, den er noch immer fuhr. Seit fast zwei Jahrzehnten klemmte er sich stolz wie ein Graf hinter das dünne Lenkrad. Dass die ganze Siedlung über ihn lachte, wenn er mit dem Oldtimer um die Ecke bog, hielt er für puren Neid.

Nur zwei Jahre nach Onkel Huberts Tod hatte eine ähnliche Krankheit Tante Reni dahingerafft. Schicksal, hatte Siggi gesagt und nach vorn geschaut. Mareike hatte ihn kaltherzig genannt. Roh und kaltherzig. Er sei Realist, hatte er dagegengehalten. Er hatte sich das Schmuckkästchen, das er mangels eigener Kinder der beiden geerbt hatte, unter den Arm geklemmt und die Wohnung verlassen. Kurz darauf war er damit zu einem Juwelier gegangen und hatte den Schmuck schätzen lassen. 12.000 Euro, immerhin. Nichts davon hatte er an seine Frau weitergegeben.

Und nun wieder das gleiche Thema. Was konnte er dafür, dass man seine Schwiegermutter totgeschlagen hatte? Er musste grinsen. Schwiegermutter tot, der Schwiegervater ins Heim und basta. Dort würde er es auch nicht lange machen. Man bedenke die Kosten. Wenn doch, müsste Siggi eine Lösung finden. Und dann, erst dann würde er in Ruhe mit Mareike leben können. Dann würde sie endlich zur Vernunft kommen, denn dann hatte sie nur noch ihn, ihren soliden Siggi.

Zufrieden schmierte er sich ein Brötchen und belegte es mit Käse. Die Wurst ließ er liegen. Sie würde schon noch eine gute Hausfrau werden, irgendwann. So schnell gab er nicht auf. Geduld hatte er, der gute Siggi.

Mit einem Blick zum Fernseher machte er sich über die Kochsendung lustig, die Mareike zur Ablenkung eingeschaltet hatte. »So ein Dreck«, meinte er kopfschüttelnd. »Auch wenn du das in deiner Kindheit immer mit deiner Mutter geschaut hast.«

Trotz ihrer Trauer war sie kurz davor zu explodieren. Sie starrte auf das Brotmesser, das auf dem Tisch lag. Dieses scharfe Ding hatte sie vor Kurzem erworben. Es glitt leicht und problemlos durch die härtesten Brötchen. Was hatte sie damit vor? Ihm die Kehle durchschneiden? Das traute sie sich nicht.

»Was hast *du* denn früher angesehen? Kinderfunk, denn nur den gab es in dem furchtbaren Kinderheim, in dem du untergebracht warst. Dämlicher Kinderfunk. Allein der Ausdruck lässt einem die Haare zu Berge stehen. Falls man noch welche hat.« Abfällig starrte sie auf seine unebene Glatze.

»Die Blagen heute werden mit den vielen Sendungen auf tausend Programmen zugemüllt und verdorben. Hinzu kommen diese Computerspiele und das ganze Zeugs. Warum können sie sich denn nicht konzentrieren? Man hat es nur noch mit ungezogenen Kindern zu tun, die nicht lernen wollen.«

»Bei so einem Lehrer würde ich auch protestieren«, sprach Mareike flüsternd.

Er sah ihr die Angst an, dass ihm wieder die Hand ausrutschen könnte. Obwohl er ihr nach der letzten Backpfeife hoch und heilig versprochen hatte, es nicht mehr zu tun. »Was hast du gesagt?« Siggis braune Augen funkelten.

»Nichts. Ich werde jetzt zu meinem Vater fahren und schauen, wie er sich in der Kurzzeitpflege in diesem Heim zurechtfindet.«

»Das wirst du nicht tun!« Siggi stand auf, stellte sich hinter ihren Stuhl und legte seine groben Hände, die absolut nicht zu einem Lehrer passten, um ihren schmalen Hals. »Hörst du? Das wirst du nicht tun! Lass ihn in Ruhe. Er muss sich dort einleben.«

»Wie alt bin ich? Du willst mir Vorschriften machen? Damit ist nun Schluss!« Entschlossen stand sie auf und verließ die Küche.

Siggis Hände zitterten. Sie zu würgen, hatte er nicht gewagt. Nein, sagte er sich, ich werde mich hüten, sie zu verprügeln. Keine Spuren hinterlassen. Obwohl sie gelegentlich eine Wucht verdient hätte, wie er fand. Als Kind in diesem schrecklichen Kinderheim im tiefsten Sauerland hatte er sich oft geprügelt. Der kleinste Anlass, wenn ein Kind nur dumm geguckt hatte, hatte ihm gereicht. Da hatte er nicht lange gefackelt. Hatten sich die Kinder hilfesuchend ans Personal gewandt, an einen Lehrer oder die Schwester Oberin, hatte es das nächste Mal die doppelte Portion gegeben. Wenn er von der Aufseherin des Heimes gefragt worden war, woher dieses oder jenes Kind die Wunden habe, hatte er mit Tränen in den Augen die Schultern gezuckt und Unschuld geheuchelt.

Einmal hatte er dem kleinen Hans die Hand gebrochen. Er hatte sie ihm dermaßen scharf nach hinten gedreht, dass Hans in die Knie gegangen war und laut geschrien hatte. Das hatte Siggi noch mehr angestachelt. Er hatte die zarte Kinderhand noch fester zusammengedrückt, bis sie knackte wie ein Stück Holz. Der Junge am Boden hatte gejammert und gezittert vor Angst.

Der Bruch heile gut, hatte der ins Haus bestellte Dorfarzt gesagt. Lediglich die Sehnen seien teilweise durchtrennt, zwei Finger würden steif bleiben. Die Hand könne er jedenfalls vergessen.

Kurz zuvor waren ein Bauer und seine Frau dagewesen und hatten Interesse an Hans gezeigt, da sie keine eigenen Kinder bekommen konnten. Doch ein Junge mit nur einer einsatzfähigen Hand war für die Bauersleute uninteressant geworden.

Siggis gute schulische Leistungen hatten die Lehrer an den Aussagen der anderen Kinder zweifeln lassen, dass er ein brutaler Junge sei, der andere quäle.

Siggi fuhr erschrocken zusammen, als Mareike, schon im Mantel, noch einmal den Kopf in die Küche streckte und fragte: »Sag mal, wieso bist du am Heiligen Abend zu so später Stunde noch weggefahren? Wo warst du?«

Wieso fiel ihr das gerade jetzt ein, dachte er. »Wo soll ich gewesen sein? Bin ein bisschen durch die Gegend gefahren. Das ganze Weihnachtsgesülze ging mir auf den Keks.«

»Du kamst erst gegen Mitternacht zurück. Warst du in Erle?«

»Was sollte ich in Erle? Deinen Vater besuchen? Deine Mutter war ja nicht zu Hause.«

»Woher wusstest du das?«

»Hast du mir erzählt.«

»Nein, habe ich nicht!«

»Sie war bei ihrer Freundin Waltraud. Deshalb sind wir nicht zu ihnen gefahren. Schon vergessen?«

»Wir sind nicht zu meinen Eltern gefahren, weil du den Heiligen Abend gemütlich zu Hause verbringen wolltest. Das ist ja das Widersprüchliche daran. Willst zu Hause bleiben und fährst dann mitten in der Nacht durch die Gegend, weil dir langweilig ist.«

Siggi schaltete auf friedlich, ging auf seine Frau zu und wollte sie in den Arm nehmen.

»Ach, komm, Mareike, vertragen wir uns wieder. Okay?«

»Haben wir uns gezankt?« Sie wich seinem Mund aus.

Siggi gefiel nicht, wie aufsässig sie in den letzten Tagen geworden war, schob es auf den Tod ihrer Mutter. Er sah in ihr verschlossenes Gesicht und musste an den kleinen Hans aus dem Kinderheim denken. Er nahm die zarte, schmale Hand seiner Frau und wollte genauso zudrücken wie damals. Wie er es damals genossen hatte, die kleine Hand zu zerquetschen. So feste drücken, bis es knackte, bis seine Wut verflogen war. Doch wenn er ihr die Hand brach, könnte sie lange Zeit nicht mehr arbeiten gehen. Nein, das ging nicht. Der finanzielle Verlust. Er ließ die Hand los und wandte sich ab, griff nach seiner Tasse und ging trotz der Kälte auf den Balkon.

Er blickte ihrem Auto hinterher, wie es über die vereiste Nebenstraße schlitterte. Noch zwei Monate würde er ihr zugestehen. Dann wäre Schluss. Entweder ordnete sie sich unter und wurde wieder zahm, oder er würde sich was einfallen lassen müssen. Er hatte keine Lust mehr auf diese aufsässige Art, die sie an den Tag legte. Das Leben war kurz. Vielleicht könnte er noch mal eine andere Frau kennenlernen. Sein Lehrerkollege aus der Schule hatte ihm von Parship, dieser Internetplattform, vorgeschwärmt. Er habe dort mehrere interessante Frauen kennengelernt. Doch das kostete Geld. Vielleicht könnte Sven ihm eine abtreten, wenn sie für ihn nicht mehr infrage kam?

Siggi schloss die Balkontür, schüttelte die Kälte ab und ging Richtung Wohnzimmer. Als er am Dielenspiegel vorbeikam, blieb er kurz stehen, brachte sich in Pose und betrachtete sich. Ein toller Typ war er. Ganz anders als die heutigen Männer. Ein Mann mit Format.

Er legte sich aufs Sofa. In dem Dämmerzustand kurz vor dem Einschlafen lief ein Film vor seinen Augen ab.

Die dunklen Mauern des Kinderheims, die Mutter, die ihn in einem alten Wäschekorb vor dem Eingang abgestellt hatte. Entsorgt. Wie hatte er dieses trostlose Backsteingebäude gehasst! Es hatte am Wald gelegen, in diesem Dörfchen im Sauerland. Die langen Fenster im Untergeschoss hatten ihn angestarrt wie traurige Augen. Die oberste Etage hatte eine Fachwerkfront geziert. Ein von Ordensschwestern geleitetes Heim. Auf die Fragen bezüglich seiner Mutter hatte er nie Auskunft bekommen. Auch Onkel Hubert hatte sich in Schweigen gehüllt. Die Tante hatte den Blick gesenkt, wenn er nach seinen Eltern gefragt hatte. Schweigen, überall nur Schweigen.

Wie glücklich war er gewesen, als er die Eltern seiner Verlobten Mareike kennengelernt hatte. Die toughe Anni hatte ihn anfänglich wie einen eigenen Sohn behandelt, ihn vorne und hinten hofiert und mit den leckersten Speisen verwöhnt. Mit seinen Geschichten hatte er anfangs für Aufmerksamkeit und Begeisterung gesorgt. Bald schon hatten ihn aber alle durchschaut und nur noch mit den Augen gerollt.

Wann hatte sich das Blatt gewendet? Er konnte es nicht mehr sagen. Irgendwann hatte er Anni gehasst. Abgrundtief!

20.

Das Ehepaar Schauerte saß am 3. Januar am Frühstückstisch, ein heilloses Chaos um sich herum. Hemavati noch im braunen Bademantel, das Haar nach hinten gekämmt. Er strich sich ein Brot mit Leberwurst und schlürfte laut seinen Kaffee aus einer verdreckten Tasse.

»Willst du nicht mal wieder Geschirr spülen? Wäre schon nötig, woll?«

»Mach du es doch, wenn es dich stört!« Jana schaute in den Handspiegel, drehte den Kopf nach rechts und dann nach links. Lächelte wohlwollend. Sie war davon überzeugt, dass sie eine enorme Anziehungskraft auf Männer ausübte. Auch im pinkfarbenen Jogginganzug. Sie spürte oft genug, wie sich die Kerle nach ihr umschauten. Ihre weiblichen Attribute setzte sie hier und da gerne ein. Die katzengrünen Augen, das lockige schwarze Haar, ob echt oder nicht. Jana war mit ihrem Aussehen mehr als zufrieden. Okay, sie wog 85 Kilogramm bei einer Größe von 1,60 Meter. Doch gerade diese kleinen Speckpölsterchen törnten die Kerle an, davon war sie überzeugt. Ihre Nase ordnete sie in die Rubrik Stupsnase ein, obwohl es sich um einen besonders großen Stups handelte. Ordentlich Make-up über der Hormocenta-Creme, die sie schon zeitlebens benutzte, ließ ihre Haut ganz annehmbar aussehen. Nicht wie ein Pfirsich, aber wie eine Kiwi. Die niedlichen Krähenfüße rund um die Augen zeugten von Reife und Humor. Sie war halt ein Mensch, der viel lachte.

Sie biss von ihrem Schmierwurstbrötchen ab und kaute wie ein Kaninchen, äußerst schnell. Mit vollem Mund sagte sie: »Ich werde diese Sommerfeld nicht anzeigen, habe ich mir überlegt. Das wühlt die Sache nur noch mehr auf. Vielleicht ist es auch gut so, dass die alte Sommerfeld verschwunden ist und wir uns nicht um sie kümmern müssen. In drei Tagen, nach deinem Seminar, kommt endlich wieder etwas Kohle rein.« Zufrieden seufzte Jana und drückte sich das Kühlkissen gegen die Beule am Kopf, auf dem ein Verband thronte.

»Das kannst du vergessen! Die paar Kröten brauche ich für mich. Keinen Cent kriegst du davon!« Abfällig betrachtete Hemavati seine Frau. Sie sah ganz schön alt aus für 45 Jahre. Noch einmal würde er sie nicht ehelichen. Sie war ihm nur ein Klotz am Bein. Dass sie sich beide nicht mit Ruhm bekleckert hatten, ignorierte er. »Suche dir selbst eine Arbeit! Du könntest auf dem Wochenmarkt Maronen verkaufen oder Grünkohl. Im Garten steht genug davon.«

»Den Arsch soll ich mir abfrieren? Geh du doch!«

»Ich muss mich mental auf den Dreikönigstag vorbereiten. Es ist nicht so einfach, einen Vortrag zu halten, die Leute mitzureißen und zu überzeugen.«

»Von was überzeugen? Du laberst ohnehin den ganzen Tag. Müsste dir eigentlich Spaß machen.«

Hemavati strich sich sein Haar erneut nach hinten und sah seine Gattin von oben herab an. »Was ist mit der Putzstelle bei der alten Reimann? Die hat schon wieder angerufen und gefragt, wieso du nicht mehr kommst.«

»Die zahlt zu wenig und meckert nur rum. Soll sich eine andere suchen.«

Hemavati schüttelte genervt den Kopf.

»Die Polizei ist übrigens überzeugt, dass du Dreck am Stecken hast«, lenkte Jana die Aufmerksamkeit zurück auf ihren Mann. »Das pfeifen die Spatzen vom Dach. Die Beamten sind sich sicher, dass du die alte Sommerfeld hier versteckt gehalten hast. Sie beäugen dich von allen Seiten.«

Hemavati erschrak. Doch statt darauf einzugehen, konfrontierte er seine Frau. »Du hast gestern Abend mit Chitran telefoniert. Was hast du mit dem zu schaffen?«

»Vielleicht war es interessant, was er zu erzählen hatte.« Jana grinste. Sie genoss es, etwas zu wissen, was Hemavati nicht wusste.

»Was sollte er dir schon erzählt haben?«

»Zum Beispiel, dass du an Heiligabend in Gelsenkirchen, nachdem ihr die Sommerfeld verladen habt, noch einmal zurück in die Wohnung bist. Warum? Um diese Anni endgültig außer Gefecht zu setzen? Sie ist übrigens tot.«

»Woher willst du das wissen? Hat Chitran dir das erzählt? Das glaube ich nicht!« Hemavati konnte sich das nicht vorstellen, denn Chitran zählte eher zu den verschwiegenen Menschen. Und er selbst hatte ihr nichts gesagt.

»Täusche dich mal nicht! Er hat gute Kontakte und ist nicht so blöd, wie du meinst.«

»Na und? Dann war ich eben in der Wohnung. Habe noch was geholt. Aber der Alten habe ich nichts getan. Als ich ging, lebte sie noch, stöhnte herum.« Hemavati geriet plötzlich in Panik, sprang vom Tisch auf, kramte sein Handy aus der Tasche des Bademantels und stieg hinab in den Keller. Dort wollte er Chitran anrufen. Der hat sie wohl nicht alle, dachte er aufgebracht. Was quatschte der mit Jana?

Während er die Kellertreppe hinunterstieg, überlegte er krampfhaft, ob er die Sache mit Waltraud nicht gut genug geplant hatte. Vieles hatte er nicht bedacht, und inzwischen war es gründlich in die Hose gegangen. Erst war sie ihm entwischt, und bei Chitran hatte dieser gutmütige Sohn die Alte laufen lassen, ihr sogar noch ihr Handy gegeben. Hemavati versuchte seit Tagen, Waltraud zu erreichen. Doch nichts. Wo steckte sie bloß? Das Geld war ihm mittlerweile völlig egal, er machte sich ernsthaft Sorgen um Waltraud. Schließlich mochte er sie.

Er wählte Chitrans Nummer. Der stritt ab, Jana irgendetwas erzählt zu haben. Er habe mehrfach versucht, sie abzuwimmeln. Doch hartnäckig, wie sie war, habe sie ihn gelöchert und Dinge erfahren wollen, die er nicht wusste. Schlussendlich habe sie mit Krischan gesprochen. Der Junge sei anschließend völlig verstört gewesen. Er wisse allerdings nicht, um was es bei dem Gespräch gegangen sei. »Mir reicht's, Hemavati! So eine idiotische Idee, die Frau für das bisschen Geld zu kidnappen! Sieh zu, wie du da rauskommst, und lass mich in Ruhe. Ich helfe dir nicht mehr! Was weiß ich, woher Jana erfahren hat, dass du noch mal in Waltrauds Wohnung warst. Vielleicht hast du dieser Anni noch einen Schlag versetzt?«

Nach dem Telefonat ging Hemavati die Treppen hinauf ins Wohnzimmer und schaute aus dem Fenster in die verschneite Winterwelt. Fast schon kitschig schön. Die weißen Bäume, die sich sachte im Wind bewegten und dabei den Schnee wie Puderzucker herunterrieseln ließen. Stille tat ihm gut. Meistens jedenfalls. Nein, in der Großstadt wollte er nicht mehr leben. Dieser Verkehr, die vielen Menschen und die wahnsinnige Geräuschkulisse.

Doch heute ging ihm die Ruhe nach wenigen Minuten auf den Keks. Ob er mal wieder das Wohnzimmer ausräuchern sollte? Hatte er seit einigen Tagen nicht mehr getan. In diesem Jahr widmete er sich viel zu wenig den Raunächten. Er bekam ein schlechtes Gewissen. Als Schamane war das seine Pflicht!

Er zog die Luft tief ein. Eine energetische Reinigung war dringend vonnöten, fand er. Vielleicht würde es dann auch mit Jana besser laufen. Er holte die Schale mit Kohle von der Anrichte und gab Salbei, Myrrhe, Kampfer und Lavendel dazu. Gleich nach dem Entzünden stiegen die wohltuenden Dämpfe empor und umnebelten Hemavati. Er schloss die Augen und gab sich seinen Entspannungsübungen hin. Seine Gedanken schweiften ab und verselbstständigten sich, wanderten hierhin und dorthin. Auch Selbstvorwürfe kamen hoch. Alles konnte man ihm vorwerfen, aber nicht, dass er die Sache mit Waltraud nicht geschickt genug angegangen war. Sogar äußerst geschickt war er vorgegangen. Jawohl! Doch irgendwo auf der Strecke war es aus dem Ruder gelaufen. Mehr als ein unbekannter Faktor hatte ihm aufgelauert und ihm einen Strich durch die Rechnung gemacht. Er war eben ein Pechvogel.

Plötzlich kam ihm ein Gedanke und er musste schmunzeln. Wenn Waltraud im Besitz ihres Handys war, wieso hatte sie dann bis jetzt nicht ihre Tochter angerufen? War sie vielleicht längst zu Hause? Nein, er würde nicht nach Gelsenkirchen fahren. Er hatte kein Geld für Benzin.

Er hörte Jana in der Küche werkeln. Wütend rief er ihr zu: »Und du ziehst dich jetzt an und gehst zu Frau Reimann! Ich habe neulich mit ihr gesprochen. Sie zahlt dir ab jetzt 13 Euro pro Stunde und bucht dich für vier Stunden die Woche. Los! Ich fahre dich persönlich hin, wenn du nicht in die Pötte kommst. Außerdem holt deine Freundin Irmi morgen den Grünkohl, der muss also auch noch abgeschnitten werden.«

Hemavati wunderte sich, dass Jana nicht protestierte, sondern nach oben ins Schlafzimmer ging, sich anzog und dann das Haus verließ. Nun endlich spürte er langsam die Ruhe und genoss die harmonischen Düfte um sich herum.

Wenig später klingelte es an der Tür. Radomski stand davor und bat um Einlass. Er trug seine Uniform, nahm die Polizeimütze vom Kopf und knetete sie nervös in seinen Händen.

Hemavati fragte sich, was der schon wieder hier wollte, denn er hatte gedacht, das Thema wäre abgeschlossen. Er bat ihn herein, führte ihn durch ins Wohnzimmer und deutete auf einen Stuhl am großen Chaos-Tisch, auf dem die dampfende Räucherschale stand.

»Ich hätte noch ein paar Fragen, Herr Schauerte. Oder soll ich Hemavati sagen?« Radomski verkniff sich ein Grinsen und kam zur Sache. Sein Blick ging immer wieder zu der Schale, seine Nase sog die strengen Gerüche ein. Er sagte jedoch nichts.

»Schauerte ist okay. Also, was wollen Sie? Margareta Sommerfeld ist abgereist, worüber ich nicht böse bin.«

»Ja, sie hat zugegebenermaßen etwas Unruhe ins Sauerland gebracht. Und Ihre Frau angegriffen, wie ich gehört habe. Wissen Sie, ich frage mich, wieso sie Ihrer Gattin auf den Kopf gehauen hat. Das macht sie doch nicht einfach so? Könnte ich Ihre Frau kurz sprechen?«

»Die ist arbeiten, und ich bin auch bei der Arbeit, wie Sie sehen. Muss mich vorbereiten.«

»Hatten Sie wirklich vor, die alte Sommerfeld in dieser Hütte im Wald zu verstecken? Wer kam auf diese schwachsinnige Idee?«

»Das ist dummes Gerede.«

»Ihre Frau hat Vorbereitungen in dem Häuschen getroffen und es für einige Zeit angemietet, wie die Besitzerin mir berichtete. Wozu?«

Diese dämlichen Quatschweiber, dache Hemavati. Rennen mit ihrem Wissen, das sie wer weiß woher haben, gleich zur Polizei. »Keine Ahnung, was meine Frau vorhatte. Die erzählt mir nicht alles.«

»Mir will einfach nicht in den Kopf, dass Frau Sommerfeld wegen der paar Euros von ihrer Lebensversicherung entführt wurde. Ist doch idiotisch! Oder ging es um etwas anderes? Denn dass sie für einige Tage in Ihrem Keller war, steht zweifelsfrei fest. Dann ist sie Ihnen weggelaufen und wurde zu Ihrem Freund nach Kamp-Lintfort gebracht. Dort ist sie aber nicht mehr. Wo ist Waltraud Sommerfeld, Herr Schauerte? Wissen Sie, ich wäre froh, wenn endlich wieder Ruhe einkehren würde. Entweder Sie reden endlich, oder ich lasse Sie erneut festnehmen!«

»Ich glaube nicht, dass die junge Sommerfeld hier noch mal auftaucht.« Hemavati wunderte sich über seine Ruhe.

»Das glaube ich schon. So schnell gibt die nicht auf. In drei Tagen haben Sie ein Seminar in der VHS in Arnsberg. Garantiert wird sie dort auftauchen. Zumal sie sich mit der Leiterin der VHS angefreundet hat.«

»Das kann ich nicht verhindern.« Hemavati war erstaunt, was Radomski alles wusste. Für so schlau hätte er ihn niemals gehalten.

»Doch, könnten Sie. Verraten Sie mir, wo die alte Sommerfeld sich aufhält, und das Theater hat ein Ende, guter Mann.«

»Ich weiß es nicht, wo Waltraud Sommerfeld steckt.«

Radomski redete sich den Mund fusselig, doch erfolglos. Hemavati schwieg wie ein Grab.

Nach einem großen Pott Kaffee und zwei Keksen verabschiedete Radomski sich, nicht ohne den Hinweis, ihn im Auge zu behalten.

Hemavati schnappte sich, kaum dass der Polizist weg war, sein Telefon und rief erneut Chitran an.

»Ruf nicht mehr an!«, schrie der ins Telefon, legte auf und schaltete das Handy aus, denn Hemavati erreichte ihn nicht mehr.

Wo steckte sie, diese Waltraud Sommerfeld? Hemavati wurde mulmig zumute. Radomski würde keine Ruhe geben, das war klar. Ob diese Margareta tatsächlich am Dreikönigstag bei seinem Seminar aufkreuzen würde? Er war froh, dass seine Jana nicht zu Hause war. Womöglich hätte Radomski sie überredet, doch noch Anzeige gegen die Sommerfeld zu erstatten.

Er ging erneut zum Fenster, diesmal zu dem, das zur Straße blicken ließ, und schaute hinaus. Vor der Garage stand sein alter Passat Variant. Seit fast zwei Jahrzehnten erwies er ihm treue Dienste, doch nun fing er langsam an zu schwächeln. Er müsste dringend einige Teile erneuern lassen, Wasserpumpe und Lichtmaschine, um nur zwei zu nennen. Mindestens 1.000 Euro würde das kosten. Wovon sollte er das bezahlen? Etwa von dem Honorar, das er in drei Tagen bekommen würde? Das würde kaum reichen. Knapp 80 Euro würde Jana heute heimbringen. Nicht die Welt, aber er könnte davon einkaufen gehen. Mal wieder ein schönes Stück Fleisch. Hm! Er spielte gerne den Vegetarier, der er eigentlich gar nicht war. Vielleicht sollte er der alten Reimann mal die Bude ausräuchern. Er würde sie nachher anrufen und sich erkundigen, ob Jana ordentlich geputzt hatte. Dabei könnte er seinen Charme spielen lassen und sie davon überzeugen, ihr schönes Haus – in Wirklichkeit war es eine elende Bruchbude – ordentlich mit seiner sanft wirkenden Stövchen-Methode und den passenden Substanzen auszuräuchern. Spezielle Kräuter, Harz und Kohle würden gegen ihre Schlafstörungen Wunder wirken. Dabei würde er einige Yogaübungen mir ihr machen, und sie würde einschlafen. Dann könnte er die doppelte Zeit berechnen. Wenn er viel Kohle zum Räuchern verwenden würde, hätte Jana anschließend mehr zu putzen, was wiederum mehr Geld bringen würde.

Er freute sich wie ein Schneekönig über seine gute Idee, holte seine selbst gebastelte Kräuterholzkiste aus dem Schrank und sah nach, mit welchen Kräutern er noch dienen könnte.

Weihrauch und Wacholder, damit würde er unten in dem alten Wohnzimmer anfangen. Oben in ihrem altertümlichen Schlafzimmer würde er mit Lavendel weitermachen, das schaffte Ausgeglichenheit. Vom Rosenweihrauch hatte er noch jede Menge. Das würde ihren lahmen Geist erwachen lassen und somit ihre Geldbörse weit öffnen. Wer sich gut fühlte, gab gerne, hatte er festgestellt.

Im Uhrzeigersinn würde er durch die Räume schreiten und keine Ecke oder Ritze auslassen. Dabei für sie unverständliche Worte murmeln. Das konnte er, das machte einen tollen Eindruck. 300 Euro würde sie ihm dafür bestimmt gerne geben. Ein Sonderpreis für gute Nachbarn. Vielleicht legte sie noch was drauf.

Morgen würde er neue Räucher-Bündel basteln. Er hatte nur noch fünf Stück. Beifuß, Eberraute und Eisenkraut mit Heu gemischt, um es zu strecken. 12,90 Euro würde er für ein Bündel nehmen. Eigentlich sollten diese Bündel mit frischen Kräutern zur Sommersonnenwende gebunden werden. Doch was sollte es? Not machte erfinderisch.

Er war ein guter Schamane, ein sehr guter, fand er.

21.

In der Nacht zum 31.12. war Waltraud zu ihrer Nichte Christel nach Horst aufgebrochen. Gute drei Tage hatte sie jetzt in dieser unmöglichen Wohnung verbracht. Wie war sie überhaupt auf die Idee gekommen, hier aufzuschlagen? Nur dem Jungen zuliebe hatte sie nicht sofort die Polizei gerufen. Was hatte Krischan bloß an sich? Es wäre ein Leichtes gewesen, sich bei Margareta zu melden, nachdem er ihr das Smartphone gegeben hatte. Die Versuchung war groß gewesen. Dann wäre der Spuk längst vorbei und sie zu Hause in ihrem gemütlichen Nest. Wieso schützte sie Chitran und Krischan?

Sie hätte auch bei Matthias in seiner schönen Villa am Stadtwald Unterschlupf suchen können. Dort hatte sich ihre Tochter versteckt, als ein Verbrecher ihr auf den Fersen gewesen war und sie durch die ganze Stadt gejagt hatte. Waltraud hatte damals sogar draußen vor dem Haus gestanden, ohne zu wissen, dass Margareta sich darin befand. Mit ihren Freundinnen und dem Stadtstreicher Felix war sie unterwegs gewesen, um ihre Tochter zu suchen. Anni war treu an ihrer Seite gewesen, auch wenn sie nur gejammert hatte. Was Anni wohl machte? Ob es ihr gut ging?

Sei nicht genauso verrückt wie Margareta damals, schalt Waltraud sich, ruf die Polizei und beende das Ganze! Was hält dich zurück? Sie wusste keine Antwort darauf. Oder nahm sie etwa Rücksicht auf Hemavati, den sie trotz allem mochte? Wie blöd konnte man sein?

Begeistert war Christel nicht gewesen, als sie am frühen Vormittag des Silvestertages bei ihr auf der Matte gestanden hatte. Die Tochter ihrer ältesten Schwester war schon immer eigenartig gewesen, aber Waltraud hatte sich seit jeher für Christel verantwortlich gefühlt. Christel war regelmäßig nach Erle zu ihrer Tante gekommen, hatte Kuchen gegessen und Kaffee getrunken, 50 Euro abgeschleppt und war wieder verschwunden. Waltraud war auch ein paarmal in Horst bei Christel gewesen. Als Elisabeth noch lebte, hatten die Schwestern sich dort getroffen. Da war Waltraud noch nicht aufgefallen, was für eine elende Bude die Nichte mitsamt Ehemann und Tochter bewohnte. Inzwischen war die Tochter längst aus dem Haus und der Ehemann auf und davon. Dafür hatte sich ein echter Pascha breitgemacht, der sich von der arbeitslosen Christel auf verschiedene Arten verwöhnen ließ. Viel auf dem Kasten schien er nicht zu haben, war äußerst wortkarg, jedoch sehr gut aussehend. Er war als Bademeister im gegenüberliegenden Hallenbad angestellt, wo Christel ihn bei der Wassergymnastik kennengelernt hatte. Nur wenige Wochen später war er mit Sack und Pack zu seiner neuen Geliebten in die Zweieinhalb-Zimmer-Wohnung gezogen. Hätte Waltraud von ihm gewusst, hätte sie sich einen anderen Unterschlupf gesucht.

Dieser Pascal, einige Jahre jünger als die 53-jährige Christel, war zwar nett und freundlich zu ihr, doch gab er ihr das Gefühl, ein Störfaktor zu sein. So einen grausigen Jahreswechsel hatte sie noch nie erlebt. Die beiden hatten sich mit Punsch betrunken, Kartoffelsalat und Würstchen in sich hineingestopft, gelacht und getanzt wie die Verrückten, bis sie auf dem Sofa, das eigentlich Waltrauds Schlafstätte sein sollte, eingeschlafen waren.

Hans-Günther, der Sohn von Waltrauds Halbschwester Wilhelmine, war auch kurz aufgeschlagen, und Waltraud hatte ein Gespräch zwischen ihm und Christel in der

Diele belauscht. Christel war scharf auf Waltrauds Lebensversicherung, erhoffte sich eine Beteiligung daran als Ausgleich für Kost und Logis und natürlich in erster Linie fürs Schweigen. Das hatte Waltraud Tränen in die Augen getrieben. Gab es jemanden, der nichts von den 10.000 Euro abhaben wollte? Dem es um sie allein ging?

Du bist selbst schuld, hatte sie sich gemahnt, was posaunst du auch überall herum, dass du bald Geld bekommen wirst!

Sie saß am Küchentisch, hörte die Straßenbahn am Fenster vorbeifahren, nicht ohne kräftig zu bimmeln, und sehnte sich nach Hause, in ihre eigenen vier Wände, wo es vor Gemütlichkeit nur so strotzte. Sie liebte ihre Wohnungseinrichtung, den polierten Nussbaumschrank, das wunderschöne Mohairsofa, das schon so manchem Kerl Platz geboten hatte, und ihre unzähligen Deckelvasen auf den Fensterbänken, die ihr Herz erfreuten.

Ihr Blick ging zu den billigen Lampions, die an Christels Deckenlampe hingen. Überbleibsel einer Silvesterfeier, die gar keine war.

Schon fast 12 Uhr, und die beiden lagen immer noch in den Betten. Ob sie Frühstück zubereiten sollte? Sie verspürte Hunger. Unten im Haus war ein Supermarkt, doch Christel hatte ihr verboten, die Wohnung zu verlassen. Waltraud stand auf und warf einen Blick in den Kühlschrank. Eier und ein Paket Hack befanden sich darin. Ob sie Frikadellen braten sollte? Würde nicht nur gegen den Hunger, sondern auch gegen die Langeweile helfen. Die drei Tage, die sie nun hier war, kamen ihr vor wie ein halbes Leben. Bis zum Tag der Versicherungsauszahlung würde sie es jedenfalls in Christels Wohnung nicht aushalten. Ob sie doch Margareta anrufen sollte? Wieso hatte sie ein schlechtes Gewissen ihr gegenüber? Weil sie sich vor Weihnachten nicht so gut verstanden hatten und sich aus dem Weg gegangen waren? Dann würden aber Krischan und sein Vater auffliegen. Doch diese Qual hätte endlich ein Ende. Sie wollte keine Rücksicht mehr nehmen. Wieso hatte sie bloß eine solche Angst? Weil Margareta ihr den Kopf waschen würde? Das ginge auch vorbei!

Gegen 13 Uhr wurden die beiden Liebenden munter. Pascal machte sich auf den Weg zur Arbeit, und Christel begab sich, nachdem sie eingekauft hatte, an den Herd. Während sie den Blumenkohl in kleine Röschen teilte, packte Waltraud die Gelegenheit beim Schopf und sprach sie an.

»Vielleicht rufe ich Margareta an und beende den Spuk. Was meinst du, Christel?«

Christel hielt mit dem Gemüseputzen inne. »Sag mal, bist du bescheuert? Nach drei Tagen aufgeben? Du weißt, dass du mich dann auch mit reinreißt. Immerhin habe ich dir Unterschlupf gewährt. Lass uns das durchziehen, bis dein Geld fällig wird. Danach fährst du nach Hause und tust so, als wenn nichts wäre. Mit den 5.000 Euro, die du mir versprochen hast, hilfst du mir wirklich sehr. Eine Hand wäscht die andere.«

»Margareta und mein Schwiegersohn in spe sind nicht blöd! Die werden Fragen stellen. Die Polizei sowieso.«

»Ob dieser Schamane und sein Kumpel heute in den Kahn gehen oder in ein paar Tagen, ist doch egal!« Christel sah den Geldsegen schwinden und bekam Angst. »Wir machen uns ein paar schöne Tage. Beruhige dich, Waltraud.«

»Schöne Tage? Hier in dieser Enge?«

Christel lachte hämisch. »Ich darf dich daran erinnern, dass du von dir aus zu mir gekommen bist. Ich habe dich nicht darum gebeten.«

Waltraud war entsetzt. Es schien, als wäre sie hier nicht

willkommen. »Wenn ich nach Hause könnte, könnte ich Geld besorgen und dir etwas geben.«

»Ach, kommt Zeit, kommt Geld.« Beim Wort »Geld« leuchteten Christels blaue Augen wie funkelnde Sterne.

»Ich muss mich auch um Anni kümmern. Bin einfach verschwunden. Hatte zwar keine Schuld, aber trotzdem. Was, wenn sie schwer verletzt ist und ihren dementen Mann nicht mehr versorgen kann? Die hat es nicht leicht, meine liebe Freundin.«

Christel fing an zu lachen wie ein wieherndes Pferd, wollte sich gar nicht mehr beruhigen.

»Was lachst du so blöd?« Waltraud musste an ihre Schwester Elisabeth denken. Die hatte auch über jeden Mist so hässlich gelacht.

Als Christel endlich innehielt, sich ihr Rotweinglas, das vom Vortag noch auf der Spüle stand, schnappte, es vollgoss und Waltraud schweigend anstarrte, begann das kleine Alarmglöckchen in ihrem Hirn zu läuten. Erst ganz leise, dann immer lauter.

»Sag schon! Was ist los? Was verheimlichst du vor mir?«

»Du wirst es ja doch irgendwann erfahren. Deine Anni ist tot.«

»Das ist nicht wahr! Woher weißt du das?« Waltraud sprach flüsternd, die Stimme versagte ihr. Kreideweiß war sie geworden.

»Ist doch egal.«

»Ich muss nach Hause. Das ändert natürlich alles!« Unruhig sprang Waltraud vom Stuhl auf, lief zum Fenster und schaute hinaus. Tränen rollten ihr die Wagen hinunter.

»Und was ist mit meinem Geld?«

»Noch ist es nicht deins. Ich habe dir nichts versprochen! Das hast du mir eingeredet.«

»Denkst du, du wohnst hier umsonst? Ich habe es nicht so dicke. Allein dein Wasserverbrauch! Stundenlang lässt du das heiße Wasser laufen.«

»Deine Mutter hat sich oft genug bei uns durchgefuttert, wenn sie knapp war. Das gleicht sich wieder aus.«

»Überstürze nichts, Waltraud.«

»Du bist eine Schlange, Christel! Da hat meine Tochter recht.«

»Dann hau doch ab! Ich halte dich nicht auf. Pascal wird drei Kreuze machen.«

»Gut zu wissen!«

Waltraud nutzte Christels Mittagsschläfchen, um diese schreckliche Wohnung zu verlassen. Leise schlüpfte sie in ihren Mantel und zog die Tür hinter sich zu. Gepäck hatte sie nicht, nur das, was sie am Körper trug. Und selbst diese Kleidungsstücke gehörten Christel. Der Mantel war noch derjenige von Hemavati. In der Manteltasche befanden sich drei Euro, mehr hatte sie nicht mehr. Würde sie damit nach Buer kommen?

Sie stieg die Stufen des Altbautreppenhauses hinunter und lief die wenigen Meter bis zur Straßenbahnhaltestelle. Bimmelnd wie immer ging die rote Bahn in die Bremsen und hielt quietschend vor dem Hallenbad. Erinnerungen wurden in Waltraud wach. Die Strecke von Horst nach Buer war sie schon lange nicht mehr gefahren. Sie atmete die frische Winterluft ein und fühlte sich ein klein wenig befreit. Die Angst fiel von ihr ab. Alte Heimat, ich komme!

Nachdem sie einen Fahrschein gelöst hatte, suchte sie einen Platz ganz vorne in Fahrtrichtung. Sie hatte das Gefühl, dass der Fahrer sie beobachtete. War sie etwa zur Fahndung ausgeschrieben?

Während sie durch den Stadtteil Beckhausen fuhr, wanderten ihre Gedanken zu Anni. Wer hatte Anni auf dem Gewissen? Ob ihr Annis Tochter Mareike mehr erzählen konnte? Sie war traurig, ihre Freundin verloren zu haben, und suchte die Schuld bei sich. Irgendwann sagte sie sich, dass Anni freiwillig zu ihr gekommen war, und hakte das Thema ab.

Sie nahm ihr Smartphone in die Hand. Drei Anrufe in Abwesenheit. Zweimal Margareta, einmal Hemavati. Sie war kurz davor, Margareta anzurufen, das hatte sie bereits neulich getan, dann aber nichts gesagt. Im letzten Moment entschied sie sich jedoch dagegen. Sie wollte nach Hause in ihre Wohnung, sich in ihre Höhle zurückziehen, ein wenig Weihnachten nachholen und nachdenken. Sie hatte keinen Schlüssel dabei und konnte nur hoffen, dass ihr Nachbar Michael zu Hause war, der einen Schlüssel – für alle Fälle – zu ihrer Wohnung hatte. Ob sie versiegelt war? Wie würde es darin aussehen? Wie nach einem Bombenangriff? Überall Blut? Und wenn schon, sagte sie sich. Sie würde Ordnung schaffen. Das würde sie ablenken. Dann würde sie die Feiertage ganz für sich alleine nachfeiern. Gut, dass sie noch Vorräte im Hause hatte. Sie war vom alten Schlag und hortete viele leckere Sachen in ihrem Keller. Sie würde sich eine Torte auftauen und diese besonders genießen …

In Buer angekommen, entschied sie sich, nicht in den Bus umzusteigen, der sie bis fast in die Siedlung bringen würde, sondern mit der Straßenbahn bis zur Middelicher Straße zu fahren und den Rest zu Fuß zu gehen. In den Bus umzusteigen, barg das Risiko, erwischt zu werden. Ihre Fahrkarte war nämlich längst ungültig. Außerdem könnte sie einen Nachbarn oder Bekannten treffen. Die Gefahr war in der Straßenbahn geringer.

Müde und völlig durchgefroren kam sie am späten Nachmittag zu Hause an und ging über den kleinen Parkplatz direkt auf den Eingang zu. Michaels Auto stand auf seinem Stellplatz, und ihr fiel ein Stein vom Herzen. Gerade als sie bei ihm klingeln wollte, ging die Haustür auf, und der junge Mann stand vor ihr.

Geschockt starrte er sie an. »Waltraud? Wo kommst du denn her?« Höflich, wie er war, führte er sie ins Haus.

»Pscht! Leise! Keiner weiß, dass ich hier bin. Ich bin getürmt. Du hast doch einen Schlüssel zu meiner Wohnung?«

»Klar! Waltraud, du wirst überall gesucht! Hier werden sie bestimmt auch bald wieder auftauchen.«

»Das glaube ich nicht. Ich werde mich in meiner Wohnung verstecken und abends kein Licht anmachen. Ich muss nachdenken.«

»Wieso hast du nicht die Polizei gerufen?«

Waltraud zuckte mit den Schultern. »Ich weiß es nicht. Ich kann es dir nicht sagen, Michael.«

Michael überredete Waltraud, zunächst mit zu ihm in die Wohnung zu kommen. Er kochte ihr einen Kakao und schnitt ein Stück von der Fleischwurst ab. Dazu reichte er ein frisches Brötchen.

»Soll ich dir helfen, ein wenig Ordnung in deiner Wohnung zu schaffen?« Michael lächelte sie liebevoll an.

»Das mache ich schon, Junge. Ich danke dir.«

»Für was?«

»Für dein Verständnis. Ich bitte dich, niemandem zu erzählen, dass ich hier bin.«

»Natürlich nicht. Du kannst jederzeit herkommen, wenn dir die Decke auf den Kopf fällt.«

»Danke.«

Michael begleitete Waltraud nach unten. Das Polizeisiegel war bereits von der Tür entfernt worden, und grob gesäubert war ihre Wohnung auch schon. Das wird Margareta veranlasst haben, war Waltraud sich sicher. Die Betten im Schlafzimmer waren abgezogen, und Waltraud schwante, dass hier etwas passiert sein musste. Dass sie aber auch gar nichts mitbekommen hatte! Hemavati musste ihr etwas in den Tee gemischt haben. Beruhigungstabletten wie diejenigen, die er ihr in seinem Haus im Sauerland verabreicht hatte?

Sie entschied sich, heute Nacht im Wohnzimmer auf der Couch zu schlafen. Wenn alle Türen des Zimmers geschlossen waren, konnte niemand von außen einen Lichtschein sehen, da das Wohnzimmer zum Hof lag und die Rollläden ziemlich dicht waren.

»Irgendwann wirst du dich outen müssen, Waltraud. Je eher, desto besser.« Michael verabschiedete sich und ging zurück in seine Wohnung, nachdem er ihr etliche Male versichert hatte, für sie zu sorgen, einzukaufen und so weiter.

Waltraud schaltete den Fernseher ein, drehte die Heizkörper auf und setzte sich aufs Sofa. Der kleine Tannenbaum in der Ecke sah sie traurig an, ebenso der hölzerne Weihnachtsmann auf der Anrichte. Ich bin wieder da. Lächelnd strich Waltraud dem Weihnachtsmann über den Kopf.

Michael hatte ihr erzählt, dass sie nicht in den Keller sollte, denn dort sei eingebrochen worden. Ein weiterer Schock für Waltraud, wenn auch nur ein kleiner. So leicht warf sie nichts mehr aus der Bahn, nach dem, was sie mitgemacht hatte. Ob sie Matthias anrufen sollte? Besser nicht, entschied sie. Umso weniger Mitwisser, desto besser.

Sie dachte an Anni, und erneut kamen ihr die Tränen. Woher wusste Christel, dass Anni verstorben war? Christel, dieser Albtraum! Sie war froh, nicht mehr dort zu sein. Ihr würde schon eine Lösung einfallen, wie es weitergehen könnte. Ihr in der Wohnung verstecktes Geld war bis auf die Geldbörse ihres verstorbenen Mannes noch da, nicht jedoch die Versicherungspolice. Sie wähnte sie bei ihrer Tochter.

22.

Zehnte Raunacht: 3. auf 4. Januar.

Margareta warf das Buch über die Raunächte achtlos in die Ecke. Sie hatte die Nase voll von den Raunächten und all dem, was damit zusammenhing. Alles Humbug, war sie heute überzeugt. Die klugen Ratschläge darin hatten sie keinen Schritt weitergebracht. Auch Waltrauds kleines Notizbuch nicht. Außer Christel und Hans-Günther kam ihr niemand darin verdächtig vor. Fritz Repin junior stand nicht in dem Buch, und seine Eltern waren längst tot. Den größten Teil der Leute kannte sie gar nicht.

Nach ein paar Minuten bekam sie ein schlechtes Gewissen, kramte das Raunächte-Buch wieder aus der Ecke hervor und widmete sich der zehnten Raunacht. Wenn Waltraud so fest daran glaubte, durfte sie es nicht mit Füßen treten. Noch drei Nächte, dann wäre der Spuk vorbei, Waltraud hoffentlich wieder zu Hause und der Täter gestellt.

Woher dieser plötzliche Optimismus? Waren Waltrauds Entführer und Annis Totschläger ein und dieselbe Person?

In der heutigen Nacht würde ihr jemand in ihren Träumen begegnen und ihr Leben bereichern, hieß es in dem Buch. Wer sollte das sein? Ihr Schmuckstück Thomas? Was konnte da noch kommen?

Weiter stand darin, dass Lachen gesund sei und vieles erleichtere. Wie bei Mary Poppins, wo man durch einen Lachanfall nach oben schwebte. Margareta schmunzelte.

Zählte dazu auch hämisches Lachen? Wenn das so wäre, würde sie ziemlich oft abheben. Margareta liebte Geschichten, in denen es nicht mit rechten Dingen zuging. Insofern mochte sie Mary Poppins. Würde man öfters Realität und Fantasie verweben, würde eine neue Welt entstehen. Oft wurden Geschichten und Träume wahr. Das hatte sie selbst schon erlebt. Waltraud hatte ein bisschen was von dieser Mary Poppins an sich, fand Margareta. Denn ihre Mutter war anders als gewöhnliche ältere Frauen, und darauf war sie stolz.

Sie strich über das rote Notizbuch. Wieder gingen ihre Gedanken zu Christel, der Horster unliebsamen Cousine. Ja, die werde ich besuchen, nahm sie sich vor. Obwohl sie nicht davon überzeugt war, dass das etwas bringen würde.

Kurz darauf saß sie im Auto unterwegs nach Horst. Sie hatte das Vergnügen, ab Buer hinter der ratternden Straßenbahn herzufahren. Währenddessen dachte sie über Hemavati nach, diesen großen Schamanen, den sie für einen Dummschwätzer hielt. Sie sah das rote Häuschen, in dem er mit seiner Jana hauste, vor sich. Eigentlich ein schönes kleines Anwesen am Waldrand. Da passte dieser Traumtänzer hinein. Unvorstellbar, dass Waltraud dort im Keller gefangen gehalten worden war, bis sie die Flucht ergriffen hatte. Wieso war Radomski bloß so tatenlos? Hätte er nicht längst die Kripo in Dortmund verständigen müssen? Es gab doch eindeutige Zeichen, dass Waltraud dort gewesen war. Reichten die nicht aus?

Sie hatte bereits mit Simone telefoniert und ihr das Kommen zu Hemavatis Seminar angekündigt. Nach dem Lichtbildvortrag über die letzte Raunacht würde er mit den Leuten – neun Personen hatten sich angemeldet – in den Wald gehen und dort ein Lagerfeuer entzünden. Das wäre *die* Gelegenheit, fand Margareta. Sie würde ihn mit ihrem Wissen konfrontieren, natürlich Radomski im Schlepptau, ihn fertigmachen im Beisein der Teilnehmer, ihn weichkochen, bis er gestehen würde. Und dann? Zugriff! Jawohl!

Thomas hielt das für eine blöde Idee, wusste aber im Gegenzug auch keinen Rat. Er biss sich zurzeit an Siggi Bienert fest. Margareta konnte darüber nur den Kopf schütteln. Wieso sollte der Mann seine Schwiegermutter umgebracht haben? Hatte er denn ein Motiv? Waltrauds Entführung interessierte Thomas überhaupt nicht mehr, ebenso wenig Hemavati, was Margareta verwunderte.

Sie hatte Glück und fand einen Parkplatz direkt vor dem Wohnhaus auf der verkehrsreichen Turfstraße. Ein großer viergeschossiger Klotz, trostlos und nichtssagend, kein Baum, kein Strauch vor der Tür. Unten im Haus befand sich ein Supermarkt.

Sie klingelte. Nach nur wenigen Sekunden ertönte der Türöffner und gab die Tür frei. Margareta stieg die Stufen hoch. Oben angekommen, sah sie Christel grinsend im Türrahmen stehen. Nur widerwillig gab diese den Eingang frei und ließ Margareta eintreten.

»Was treibt dich hierher? Wie komme ich zu der Ehre, dass du mich mal besuchst?«

»Ich war schon öfters hier, falls du dich erinnerst. Nicht so oft wie du bei Waltraud, doch immerhin.« So schnell ließ Margareta sich nicht einschüchtern.

Christel trug eine labberige graue Jogginghose, dazu ein bauchfreies Oberteil.

Margareta ging durch in die Küche und sah den Mann am Küchentisch sitzen, im Doppelripp-Unterhemd und ebenfalls in Schlabberhose. Ihre neueste Errungenschaft, dachte sie. Sah gar nicht mal schlecht aus, stellte sie fest. Musste aber blöd wie Brot sein, sonst würde er sich nicht mit Christel einlassen.

Der Mann wollte gerade den Mund aufmachen, doch Christel fuhr dazwischen und sendete ihm einen Blick, der es in sich hatte.

Er räusperte sich kurz, ließ sich aber nicht einschüchtern und fragte: »Du bist die Cousine aus Erle, richtig? Die berühmte Margareta Sommerfeld. Die Tochter von Waltraud, die ja …«

»Genau, die seit Tagen vermisst wird«, unterbrach Christel ihn und bugsierte Margareta aus der Küche ins Wohnzimmer. Dort raunzte sie ihre Cousine an: »Komm zur Sache! Was willst du hier?« Nervös fuhr sie sich durchs Haar und biss sich auf die Lippen.

Was ist plötzlich in sie gefahren, fragte Margareta sich. Sie schnupperte. Wie schon bei Chitran meinte sie auch hier, Waltrauds Geruch wahrzunehmen. Sie atmete ein paarmal tief ein und aus. Sollte ihre Vermutung doch richtig gewesen sein? Aber wie sollte ihre Mutter hierhergekommen sein?

»Habe ich dich auch so begrüßt, wenn du zu uns kamst? Bietest mir nicht mal einen Platz an! Ich suche meine Mutter. Kannst du dir das nicht denken?«

»Hier ist sie nicht. Oder willst du im Schlafzimmer nachsehen? Ich habe es eilig. Falls ich sie sehe, melde ich mich bei dir. Du entschuldigst mich?«

Ohne dass Margareta noch einmal einen Blick in die Küche werfen konnte, in der dieser stämmige Kerl vor sich hin kicherte, wurde sie aus der Wohnung geschoben und befand sich im eiskalten Treppenhaus. Margareta war völlig perplex. Was sollte das? Da stimmte was nicht!

*

Am Nachmittag saß Margareta mit Thomas am Küchentisch. Frustriert und schweigsam wie ein altes Ehepaar. Er aß den Rest seiner Hühnersuppe vom Vortag und starrte vor sich hin, ignorierte Margareta und hörte nicht zu, als sie ihm das soeben Erlebte in Horst bei Cousine Christel erzählte. Er war mit seinen Gedanken ganz woanders. Er faselte nur was von seiner Theorie bezüglich Siggi Bienert.

Wenig später setzte Margareta sich mit einem Glas Wein auf das Sofa ins Wohnzimmer, da mit Thomas kein Gespräch zustande kommen wollte. Was war bloß in ihn gefahren, fragte Margareta sich. Für ihn schien es wichtiger, Annis Mörder zu finden statt seine Schwiegermutter in spe. Auf die Ankündigung, dass sie am Dreikönigstag ins Sauerland fahren würde, um an Hemavatis Seminar teilzunehmen, hatte er nur mit einem Schulterzucken reagiert. Vollkommenes Desinteresse hatte er gezeigt.

Allein und niedergeschlagen saß sie nun im Wohnzimmer. Draußen herrschte Tauwetter, und es wollte den ganzen Tag nicht hell werden. Im Fernsehen lief eine Traumschiff-Folge aus den 80er-Jahren. Ihr Blick ging zu Waltrauds Weihnachtsgeschenk, das einsam auf dem Tisch lag und wartete. Ob sie es jemals bekommen würde? Waltraud hatte sich ein Bettjäckchen gewünscht. Ein altmodisches rosa Bettjäckchen mit glänzendem Band. Ihre sonst so moderne Mutter! Früher hatten Omas so etwas in Krankenhäusern getragen. Heute hatten selbst die hinfälligsten alten Frauen Jogginganzüge am Leib. Wenn man Waltraud tot finden würde, könnte sie ihr das Jäckchen zur Beerdigung anziehen.

Margareta schämte sich ihrer abstrusen Gedanken. Waltraud lebt, sagte sie sich. Und bald ist sie wieder zu Hause. Sie stopfte sich einige Weihnachtsplätzchen in den Mund

und beschloss, die Wohnung ihrer Mutter aufzusuchen. Das berühmte Kribbeln machte sich in ihrem Körper breit.

Sie sprang von Sofa auf, griff zum Wohnungsschlüssel ihrer Mutter, der am Brett in der Diele hing, rief Thomas ein kurzes Tschüss zu, warf sich in ihren Steppmantel und war zur Tür hinaus. Ohne schlechtes Gewissen stieg sie in ihren Polo, den sie mit einem halben Glas Wein noch problemlos lenken durfte, fuhr die 300 Meter zum Haus ihrer Mutter, parkte auf dem Hof und schritt auf den Hauseingang zu.

Ihr war etwas mulmig zumute. Seit der groben Reinigung der Wohnung, nachdem diese freigegeben worden war, war sie nicht mehr dort gewesen. Vielleicht konnte sie ein paar Vorbereitungen treffen, die Wohnung ein wenig aufhübschen für den Fall, dass Waltraud bald zurückkehrte.

Gerade als sie die Haustür aufschließen wollte, öffnete sich diese und Michael Patzke trat heraus. Pudelmütze auf dem Kopf und Kaugummi im Mund. Er wirkte erschrocken, als stünde ein Geist vor ihm.

»Waltraud ist nicht da«, sagte er unnötigerweise.

»Ich weiß. Ich wollte nur nach dem Rechten sehen.« Wieso hatte Michael gesagt, dass Waltraud nicht da war? Ihm musste doch klar sein, dass sie das wusste.

»Wozu? Das zieht dich nur runter.«

»Meinst du?« Sie waren plötzlich beim Du, stellte Margareta fest.

»Klar. Komm, lass uns beim Bäcker am Gartmannshof einen Kaffee trinken und ein Stück Kuchen essen.«

»Die machen bald zu. Lohnt sich das noch?« Wie kam er bloß auf diese Idee?

»Eine Stunde haben wir noch. Komm, los!« Michael hatte es plötzlich eilig wegzukommen.

Und ein paar Minuten später saßen sie in dem gemütlichen, vor allem warmen Café in dem hübschen Bäckerladen, tranken Kakao und aßen Kuchen. Margareta hatte Hunger. Die wenigen Kekse vorhin hatten sie nicht satt gemacht. Deshalb bestellte sie sich nach der Donauwelle noch ein Brötchen mit Käse. Thomas würde heute vermutlich nicht für sie kochen.

»Bist du öfter hier? Wir hätten auch zu dir in die Wohnung gehen können.«

»Ja, hätten wir, doch außer Kaffee habe ich nichts im Haus. Außerdem wollte ich mal raus und was anderes sehen. Außer zu meiner Arbeitsstelle, dem Altenheim, in meine Wohnung und den Supermarkt komme ich nirgends mehr hin. Hier ist es schön, oder nicht?«

Am Tisch ihnen gegenüber saß ein älteres Ehepaar, hielt sich an den Händen und trank dabei Kaffee.

Margareta wunderte sich, dass Michael plötzlich so zugänglich und redselig war. Seine Wangen leuchteten rosig, und seine Augen sprühten vor Freude. Komischer Typ. War er nun verdächtig oder nicht?

Sie berichtete ihm von den neuesten Ereignissen, erzählte ihm sogar von dem Besuch bei ihrer Cousine. Sie hatte den Eindruck, als horchte er bei dem Christel-Bericht besonders auf. Dabei kannte er sie gar nicht. Margareta war jedoch froh, dass ihr überhaupt mal wieder jemand zuhörte. Auch über ihre erneute Reise ins Sauerland zu Hemavatis Seminar redete sie, was Michael zu interessieren schien. Zum Thema Hemavati wusste er einiges beizutragen, und Margareta fragte sich, woher er sein Wissen hatte. Dass Thomas ein weiteres Mal bei ihm gewesen war, musste er auch noch loswerden. Ebenso die eine oder andere Anekdote von seiner Arbeitsstelle.

»Und du glaubst echt, an diesem Dreikönigstag klärt sich alles auf? Dass du dann Waltraud und gleichzeitig den Totschläger ihrer Freundin Anni findest?«

Kam es ihr nur so vor, oder grinste er zynisch? Nahm er sie nicht für voll?

»Ich bewundere dich, Margareta. Echt jetzt! Und wünsche dir, dass alles gut wird.« Nervös schaute er auf seine Uhr, kratzte sich an seinem mageren Schnurrbart. Kurz vor sechs. Gleich schloss das Café.

Margareta hatte den Verdacht, dass er Zeit schinden, sie festhalten wollte. Noch ein Wurstbrötchen und ein gekochtes Ei landeten in Margaretas Magen, bevor die Bedienung abkassierte. Obwohl Michael seine Geldbörse zog, übernahm Margareta die Rechnung, was den jungen Mann erleichtert aufatmen ließ. Sie wusste von Waltraud, dass Michael chronisch pleite war.

Er stieg zu Margareta ins Fahrzeug und ließ sich zurück in die Siedlung fahren. Nervös rutschte er auf dem Beifahrersitz hin und her. Was hatte er bloß, fragte Margareta sich. Sie schnupperte an seiner Jacke. »Sag mal, hast du deine Wohnung ausgeräuchert? Du riechst irgendwie nach Kräutern.«

Michael erblasste, was Margareta sogar im Schein der Laterne vor dem Haus erkennen konnte.

Vor dem Haus angekommen, stiegen beide aus.

»Willst du noch mit nach oben kommen?« Michael wirkte beinahe ängstlich.

Margareta dachte kurz nach und verneinte dann. »Ach, wir haben uns jetzt genug ausgetauscht. Ich will nach Hause. Waltrauds Wohnung kann ich auch in den nächsten Tagen noch aufsuchen. War schön mit dir, Michael.« Eine Höflichkeitsfloskel, mehr nicht. Und doch schien er sich darüber zu freuen.

Sie zog ihn in ihre Arme, verabschiedete sich und hatte das Gefühl, dass ihm ein Stein vom Herzen fiel. Er wirkte erleichtert. Wieso?

Auf der Rückfahrt ging ihr der gemeinsame Cafébesuch noch einmal durch den Kopf. Michael hatte viel erzählt, doch eigentlich nichts gesagt. Und sie? Sie hatte sich alles von der Seele geredet. Nein, tatverdächtig war Michael für sie nicht. Sie stufte ihn in die Gruppe der Harmlosen ein. Ein Fehler?

Als sie mit müden Schritten die Treppe zu ihrer Wohnung hinaufstieg, fiel die gute Stimmung schlagartig von ihr ab und Waltrauds trauriges Gesicht schob sich vor ihr geistiges Auge. Margareta sah Waltraud tot in einem kalten Sarg, bekleidet mit dem rosa Bettjäckchen. Wo war ihr Optimismus geblieben?

23.

»Was sie wohl macht?« Krischan saß am 3. Januar mit seinem Vater am spärlich gedeckten Frühstückstisch in der muffigen Küche. Abgewetzte Wachstuchtischdecke, uralte Resopal-Brettchen, ekeliger Margarinetopf, steinharte Brotscheiben und ein Glas Leberwurst, das schon länger in Betrieb war. Nicht zu vergessen, für jeden ein Ei von den eigenen Hühnern.

»Das wüsste ich auch gerne. Ehrlich gesagt bin ich erleichtert, dass du sie hast gehen lassen. Es war eine Schnapsidee, sie hier unterzubringen. Da habe ich mich vielleicht auf was eingelassen! Hemavati ist ein Kapitel für sich. Ich werde den Kontakt abbrechen, habe ich mir heute Nacht überlegt. Der Typ tut mir nicht gut. Und ich will kein Schamane mehr sein. Das ist nicht meins.«

»Wieso telefonierst du dann noch mit ihm?«

»Damit wird jetzt Schluss sein. Ich überlege sogar, mich der Polizei zu stellen. Wie konnte ich mich von Hemavati nur so vor den Karren spannen lassen? Und der alten Frau mit dem Schürhaken auf den Kopf schlagen? So ein Wahnsinn! Am Heiligabend nach Gelsenkirchen zu fahren, um dem Trottel zu helfen! Wie konnte ich nur? Ich mache mir solche Vorwürfe, Waltraud hier aufgenommen zu haben. Was hat das gebracht? Alles wegen 10.000 Euro, wovon ich sowieso nichts abbekommen hätte.«

»Und ich dachte, du wärst mir böse, dass ich sie habe laufen lassen. Sie tat mir so leid.« Krischan wirkte erleichtert, dass sein Vater anscheinend zur Vernunft kam.

»Weißt du, wo sie ist? Keine Angst, ich verrate nichts.«
Aus großen, dunkel umränderten Augen schaute Chitran
seinen Jungen an.

»Sie wollte zu ihrer Nichte nach Gelsenkirchen-Horst,
um sich dort zu verstecken. Ob sie noch da ist, weiß ich
nicht. Nur mir zuliebe rief sie nicht sofort ihre Tochter an.
Ich bin mir sicher, dass sie uns schützen wollte.«

»Ich fange ein neues Leben an, Junge. Hänge diese spiri-
tuelle Kacke an den Nagel. Lag mir sowieso nicht. Hemavati hatte mich überredet. Das große Geld? Pah! Ich brauche deiner Mutter keinen Unterhalt zu zahlen und kann mit
meiner Rente gut auskommen. In zwei Jahren hast du hoffentlich deinen Realschulabschluss und findest eine Aus-
bildungsstelle.«

»Ich gehe nach Ferienende wieder regelmäßig zur Schule,
versprochen! Ich lerne wieder, falls du das noch nicht
gemerkt hast, und lege mich richtig ins Zeug. Ich will nicht
so enden wie Hemavati.«

Chitran hatte Tränen in den Augen. »Ich habe gemerkt,
dass die Hühner bei dir nicht mehr an erster Stelle kommen. Und es freut mich. Trotzdem möchte ich einen klaren Schnitt machen und mich stellen. Die arme Waltraud!
Wer weiß, wo sie sich aufhält. Irgendwie mochte ich sie.«

»Warte noch, Papa. Vielleicht löst sich alles von selbst
auf. Ich gehe jetzt zu den Hühnern.«

»Sollten wir nach Gelsenkirchen fahren und nach Waltraud schauen? Weißt du, wo diese Cousine wohnt?«

»Nein, weiß ich nicht. Aber ich könnte Waltraud anrufen,
ich habe ihre Nummer. Vielleicht nimmt sie den Anruf an.«

»Ja, versuche es.« Chitran sah einen Lichtstreif am Horizont. Hoffnung keimte in ihm auf, mit einem blauen Auge
davonzukommen.

Krischan verließ seufzend die Küche und verzog sich in seinen geliebten, wenn auch kalten Hühnerstall.

Chitran zog es zum Wohnzimmerschrank. Voller Elan wühlte er in den Schubladen herum und wurde bald fündig. Mit einem uralten Fotoalbum im Plastikeinband setzte er sich wieder an den Küchentisch und blätterte hastig darin herum. Verblasste Fotos aus den 60er- und 70er-Jahren des vorigen Jahrhunderts strahlten ihm entgegen. Das Pergamentpapier, das die dicken Pappseiten trennte, war schon reichlich vergilbt.

Endlich hatte er gefunden, wonach er gesucht hatte. Seine Hände zitterten vor Aufregung, als er Wasser aufsetzte und sich noch zwei Eier kochte. Andere Männer würden sich einen oder auch zwei Klare einverleiben, um sich zu beruhigen. Er bevorzugte Hühnereier.

Als er diese verspeist hatte, griff er erneut zum Album. Ein Foto vom Sommer 1975 erforderte seine ganze Aufmerksamkeit. Es zeigte seinen Vater, der zu dem Zeitpunkt 30 Jahre alt gewesen sein musste. Im Gegensatz zu ihm war er schmal und klein gewesen. Sie saßen auf Heuballen, sein Vater Fritz senior, seine Mutter Hedwig und er, ungefähr fünf Jahre alt. Daneben irgendwelche Verwandte, eine blond gelockte Mittdreißigerin und ein hagerer dunkelhaariger Mann. Zwischen ihnen ein kleines Mädchen mit blonden Locken.

Chitran kramte seine verschmierte Lupe aus einer Schublade und sah sich die Frau auf dem Foto genauer an. Sie hatte das pausbackige Gesicht von Waltraud, nur jünger sah sie aus. Die Gesichtszüge waren dieselben, ebenso der truthahnähnliche Hals. Er erinnerte sich schwach, dass es sich um Verwandte aus Gelsenkirchen handelte, mit denen sie gemeinsam den Urlaub verbracht hatten. Tante Waltraud!

Oder war die Namensgleichheit Zufall? War er tatsächlich mit Waltraud verwandt? War Waltraud seine Tante? Und die Großtante von Krischan? Fühlte sein Sohn sich deshalb mit ihr verbunden und hatte sie laufen lassen? Gab es so einen Zufall? Dann war das Mädchen auf dem Foto Margareta Sommerfeld.

*

Nachdem Krischan den Hühnerstall mit großer Ausdauer gereinigt hatte, setzte er sich in die Ecke des Stalls auf einen Hocker und versuchte Waltraud zu erreichen. Der Anruf ging durch, doch sie nahm ihn nicht an. Ob er den Vorschlag seines Vaters annehmen und mit ihm nach Gelsenkirchen fahren sollte? Er freute sich, dass sein Vater zur Vernunft gekommen war und den Kontakt zu Hemavati abbrechen wollte. Er übte keinen guten Einfluss auf ihn aus. Von allein wäre sein Vater niemals auf den Gedanken gekommen, Waltrauds Freundin niederzuschlagen und Waltraud zu entführen. So ein Wahnsinn!

Spontan rief Krischan seine Mutter an, zu der er schon lange keinen Kontakt mehr gehabt hatte. In den letzten Tagen musste er dauernd an sie denken. War Waltraud daran schuld? Wenn er ehrlich war, vermisste er seine Mutter sehr. Zu Weihnachten hatte sie ihm ein Päckchen geschickt. Er hatte es einfach ignoriert, hatte weder mit ihr sprechen noch sie sehen wollen. Heute erst hatte er das Päckchen geöffnet und die Karte gelesen, die dem Geschenk beigelegen hatte. Die liebevollen Worte hatten ihn tief berührt. Immerhin war sie seine Mutter, auch wenn sie vor einigen Jahren verschwunden und zu ihrem Liebhaber gezogen war. Sein Vater war gewiss nicht schuldlos an der Misere. Er drückte sein

Lieblingshuhn Gisela an sich. Anschließend verließ er den Stall und suchte nach seinem Vater, den er mit dem Fotoalbum am Tisch vorfand.

»Ich habe es mir gleich gedacht, als ich sie sah. Waltraud ist Verwandtschaft. Da sprach die Stimme des Blutes, falls es so etwas gibt. Schau her, Junge. Das ist Waltraud.« Chitran schob ihm das Fotoalbum hin und wischte sich die Tränen von den Wangen. »Unsere Gelsenkirchener Verwandtschaft!« Mit seinem Zeigefinger tippte er auf die junge Waltraud auf dem Foto.

»Das soll Waltraud sein? Ich kann keine Ähnlichkeit feststellen.« Skeptisch beäugte Krischan das alte Foto. »Krass!«

»Das ist über 40 Jahre her. Da war sie noch jung, Mitte 30. Waltraud Sommerfeld! Dass ich da nicht eher draufgekommen bin. Die Sommerfelds aus Gelsenkirchen.« Chitran war noch immer zu Tränen gerührt und gab eigenartige Töne von sich.

»Und was ändert das an der Tatsache, dass die Frau weg ist und du dabei geholfen hast, sie zu verschleppen? Sie sogar hier bei uns versteckt hast?«

»Jemandem aus der Familie so etwas anzutun, ist noch viel schlimmer!« Chitran war völlig aufgelöst.

»So ein Unsinn! Meinst du, Anni den Kopf einzuschlagen, ist nicht so schlimm, weil sie nicht mit uns verwandt war?«

»Ich habe ihr nicht den Kopf eingeschlagen«, erwiderte Chitran mit lauter Stimme.

»Ihr beide seid nicht ganz dicht, Hemavati und du. Die eine wird mit Tropfen betäubt, die andere kriegt eins auf den Kopf. Weißt du eigentlich, wie krank das ist?«

»Klar, und ich bereue es bitter. Das kannst du mir glauben. Ich werde es wiedergutmachen. Das schwöre ich dir!« Chitran war erstaunt, welch intelligente Sätze aus dem Mund seines Sohnes kamen.

*

Eine Stunde später saßen Vater und Sohn in dem kleinen weißen Kastenwagen und fuhren Richtung Gelsenkirchen. Chitran in seiner grob karierten Holzfällerjacke mit passender gefütterter Mütze auf dem Kopf am Steuer, Krischan in schwarzer Thermojacke mit dickem Schal um den Hals neben ihm.

Der Junge schämte sich seines Vaters. Nervös spielte er an seinem Smartphone herum, schaute, ob Waltraud sich gemeldet hatte. Einerseits fand er es gut, nach Waltraud zu suchen, andererseits wusste er, dass es Wahnsinn war. Außerdem jagte ein Stau den nächsten auf der A42, dazu die lahme, unsichere Fahrweise seines Vaters. Er betrachtete seinen Vater von der Seite. Gerne hätte er ihn aufgefordert, seine Mütze mit den abstehenden Ohrklappen abzunehmen, so bescheuert sah er darin aus. So würde sein Vater niemals eine neue Frau kennenlernen. Selbst ein Speeddating auf einem Bauernhof am Niederrhein unter dem Motto »Wer einsam bleibt, ist selber schuld« hatte nichts gebracht. Einmal hatte er eine Öko-Tussi aus seinem Räucherkurs mit nach Hause gebracht. So etwas Verkommenes hatte Krischan noch nie gesehen. Das war irgendwann auch Chitran zu viel des Guten gewesen.

Nach knapp zwei Stunden Fahrt hatten sie die 50 Kilometer geschafft und waren in Gelsenkirchen im Stadtteil Horst gelandet. Doch wo wohnte diese Christel, Waltrauds Nichte? Und wie hieß sie mit Nachnamen?

»Am Haus fährt eine Straßenbahn vorbei«, merkte Krischan an, als sie in die Turfstraße kamen. »Aber das bringt uns auch nicht weiter.«

Sie umfuhren das Schloss Horst, dann weiter geradeaus, bis Chitran genervt wendete und Richtung Gelsenkirchen-Buer fuhr. Hier kannte er sich aus. Er war erst zu Weihnachten hiergewesen. Die Siedlung, in der Waltraud wohnte, hatte er schnell gefunden, fuhr im Schritttempo die Alleestraße entlang und hielt vor dem Wohnhaus. Die Sonne war im Begriff unterzugehen.

Vier Augen hefteten sich an die erste Etage des Hauses, nachdem Chitran seinem Sohn erklärt hatte, wo Waltraud wohnte. Die beiden linken Fenster gehörten zu ihrer Wohnung. Die Rollos waren nicht heruntergelassen.

»Was wollen wir hier?«, fragte Krischan. »Die ist nicht da. Ans Telefon geht sie auch nicht. Eine Schnapsidee, hierherzufahren.«

»Hast du die Telefonnummer von dieser Christel?«, wollte Chitran wissen.

»Nein, ich weiß auch nicht, wie sie mit Nachnamen heißt.«

Endlich nahm Chitran seine Mütze ab und warf sie auf den Rücksitz. »Ich habe Hunger. Seit dem erbärmlichen Frühstück habe ich nichts mehr gegessen.« Es war 17 Uhr durch und fast dunkel.

»Ich habe unterwegs einen McDonald's gesehen. Da könnten wir uns auf der Rückfahrt was holen«, schlug Krischan vor.

»Wir hauen doch jetzt nicht wieder ab! Dann hätten wir den Sprit umsonst verfahren.«

»Darüber hättest du dir am Heiligabend Gedanken machen sollen! Oder hat Hemavati dir was dafür gegeben?«

»Kommt noch!«

»Glaubst du an den Weihnachtsmann? Und komm mir nicht wieder mit Waltrauds Geldsegen. Keinen Pfennig wird er davon sehen.«

Nach einer weiteren halben Stunde war für Krischan Schluss mit lustig. »Lass uns verschwinden, Vadder. Das bringt nichts. Diese Margareta hat gesagt, dass der Fall gelöst sein wird, bevor die Raunächte zu Ende gehen.«

»Hemavati hat am Dreikönigstag ein Seminar in Arnsberg. An der VHS. Wird gut bezahlt. Anschließend geht er mit den Teilnehmern in den Wald und zündet ein Feuer an. Margareta wird bestimmt da sein. Vielleicht lässt sie dann die Bombe platzen, und Hemavati geht in den Kahn. Ich sollte auch daran teilnehmen.«

»Das ist nicht dein Ernst, oder? Damit sie dich ebenfalls einlochen?« Krischan schüttelte den Kopf.

Chitran wechselte das Thema. »Dass der Kerl das aber auch nicht kapiert! Das Geld von Waltraud kann er sich abschminken. Und viel wird die VHS ihm auch nicht zahlen. Aber Jana geht wieder arbeiten, hat er mir erzählt. Und im Sommer könne er sich ohnehin von den Dingen ernähren, die er im Wald findet und die in seinem Gemüsegarten wachsen.«

»Ihr seid verrückt! Alle beide. Was ist mit deinem Vorsatz, den Kontakt zu Hemavati abzubrechen?«

»Das mache ich. Du wirst schon sehen.«

Gerade als Chitran den Wagen startete und in der Einfahrt wenden wollte, bemerkte er in Waltrauds Wohnung einen schwachen Lichtschein. Ein winziges Lämpchen auf der Fensterbank war soeben angeschaltet worden.

»Die ist da!«, wandte er sich an seinen Sohn. »Waltraud ist zu Hause!« Chitran freute sich wie ein kleines Kind.

»Kann auch die Tochter sein, die nach dem Rechten sieht.«

Beide Männer, alt und jung, starrten nach oben und konnten kaum glauben, was sie nun zu sehen bekamen. Waltrauds Kopf erschien am Fenster, bevor sie das Rollo herunterzog.

»Die ist zu Hause!« Chitran war außer sich.

»Lass uns verschwinden, bevor jemand unser Auto entdeckt. Du kannst jetzt beruhigt sein. Waltraud lebt. Lass uns zu McDonald's fahren.«

24.

Elfte Raunacht: 4. auf 5. Januar.

In jedem von uns liegt Schöpferkraft. Je mehr man an dieses Potenzial anknüpft, desto erfüllter wird das Leben sein. Manchmal ist der Zugang verschüttet, ein Verbotsschild steht davor, oder man ist sich der Kraft nicht bewusst, die in einem wohnt.

Viele kleine und große Umstände führen dazu, dass etwas ist, wie es ist. Ein kleines Rädchen im Getriebe trägt auch dazu bei, dass der Motor läuft. Drehe an den kleinen Rädchen, um etwas in Gang zu bringen. Dein Verhalten trägt dazu bei, die Welt zu verändern.

Will ich die Welt verändern? Mir würde es erst einmal reichen, meine Mutter zu finden und den Totschläger von Anni dingfest zu machen. An kleinen Rädchen drehe ich weniger, wenn, dann an den großen, dachte Margareta.

Sie las weiter. Da stand, sie solle sich ihr Leben vorstellen wie ein Haus. Sie würde das Haus kennen, doch nun würde es ihr vorkommen, als betrete sie es zum ersten Mal. »Das eröffnet dir viele Möglichkeiten. Gehe in Ruhe umher und sieh dich gründlich um. Alles, was du brauchst, ist da. Es ist dein Haus. Du darfst darin wohnen, einladen, wen immer du möchtest, und darin glücklich sein.«

Ihre Augen begannen zu leuchten. Ein schönes Haus, ja, das wäre es. Einmal so richtig schön wohnen. Nicht in einer altertümlichen Villa wie die von Thomas, die er von seinen Eltern geerbt hatte. Eher was Schnuckeliges, im Bauhausstil vielleicht, modern, mit irrer Einrichtung, nicht zu überladen das Ganze. Helle Möbel, wenig Accessoires, alles sehr pflegeleicht.

»Sag mal, was hältst du davon, wenn wir uns ein schickes Haus kaufen? Oder mieten?« Gespannt sah sie Thomas an und wartete auf seine Reaktion.

Der biss genussvoll in sein Brötchen, klopfte mit Hingabe sein Ei auf und sagte dann bestimmt: »Ich habe ein Haus. Und zwar ein sehr schönes. Bisher hast du dich geweigert, darin zu wohnen.«

Immerhin war er heute gesprächiger.

»Das mache ich auch weiterhin. Ich spreche von einem modernen Haus. Nicht von einer alten Oma-Villa, die man kernsanieren müsste. Ganz zu schweigen von den grässlichen Möbeln, die du niemals rauswerfen würdest.«

»Wieso sollte ich? Das sind alles hochwertige Teile. Außerdem hänge ich an dem Haus. Schließlich bin ich darin aufgewachsen. Oder dachtest du, ich soll mein Anwesen verkaufen und in das neue Haus investieren? Das kannst du vergessen!«

»Anwesen? Übertreibe mal nicht.« Margareta musste lachen. »Ich will nichts von dir geschenkt. Im Gegensatz zu dir. Wie viele Jahre wohnst du schon bei mir, ohne Miete zu bezahlen?« Margaretas Hals begann zu pochen. Dieser Spießer! Nicht mehr lange, und er kann endgültig sein Köfferchen packen!

»Na ja, schöner als hier in dem alten Kabachel ist es in meinem Haus allemal.«

»Ach ja? Du kannst gerne gehen, wenn es dir hier nicht passt!«

»Margareta, bitte! Wenn ich nicht gerne hier wäre, wäre ich längst weg. Lass uns über den aktuellen Fall reden.« Er wollte unbedingt das Thema wechseln. »Du warst also gestern am späten Nachmittag mit dem Pfleger Michael Patzke im Café. Für mich nicht nachvollziehbar.«

»Ehrlich gesagt finde ich es auch komisch. Er hat mich regelrecht überrumpelt. Als wollte er verhindern, dass ich in Waltrauds Wohnung gehe.«

»Ja, das denke ich auch. Vielleicht hält sich dort jemand versteckt.«

»Komm mir nicht wieder mit Siggi Bienert! Okay, er ist ein seltsamer Typ, doch ob er Anni den Todesschlag versetzt hat, wage ich zu bezweifeln.«

»Ich habe eindeutige Indizien. Außerdem ist er gestern um das Haus, in dem Anni wohnte, herumgeschlichen.«

»Wahrscheinlich war seine Frau bei seinem Schwiegervater, und er hat sich ein wenig die Beine vertreten.«

»Ich habe Jenni auf ihn angesetzt. Sie beobachtet ihn«, berichtete er voller Stolz.

»Wenn sie sonst nichts zu tun hat.« Margareta war genervt von solchen Ermittlungsmethoden.

»Was hat er erzählt, dieser Michael? War was Interessantes dabei?«

»Nicht wirklich. Wir haben Kuchen gegessen und Kaffee getrunken. Ich habe mir auch noch zwei Brötchen einverleibt. Hatte Hunger.«

»Ach, sieh an! Und ich nicht, oder wie?«

»Du bist doch schon groß, und ich bin nicht deine Mutti. Das habe ich dir mehrfach gesagt.«

Fünfminütiges Schweigen. Thomas schmollte.

»Vielleicht komme ich übermorgen im Sauerland weiter.«

»Glaubst du immer noch an Wunder?« Weil sein Smartphone klingelte, ging er nicht weiter auf Margaretas geplante Fahrt zu Hemavatis Seminar im Sauerland ein. Mit zusammengekniffenen Augenbrauen nahm er das Gespräch an. Mehrmals gab er ein wichtig klingendes »Ja, okay« von sich, bevor er überheblich grinsend das Telefonat beendete.

»Na, Doktor Allwissend, hat Siggi Bienert sich beim Bäcker einen Schaumkuss gekauft?«

»Sei nicht albern, Margareta! Das steht dir einfach nicht.«

»Was war denn los?«

Thomas genoss es, sie hinzuhalten und die Sache spannend zu machen. »Rate mal, wer sich gestern am späten Nachmittag in der Alleestraße vor Waltrauds Haus herumgetrieben hat?«

»Siggi Bienert!«

»Nein, ein kleiner weißer Peugeot mit Kfz-Kennzeichen aus Moers. Darin saßen zwei Männer, einer mittleren Alters, einer noch ganz jung. Sie haben zu Waltrauds Fenster gestarrt.«

»Chitran und Krischan«, stellte Margareta fest. »Was wollten die hier?«

»Waltraud besuchen?«

»Die wissen doch, dass sie nicht zu Hause ist.«

»Oder auch nicht!«

»Was willst du unternehmen?«

»Nichts.« Thomas stand vom Tisch auf. Frühstück beendet. Er fragte Margareta nicht einmal, was sie heute vorhatte.

*

Eine Stunde später saß sie Mareike gegenüber, in der Küche der elterlichen Wohnung in der Steigerstraße. Im Vorbeifahren hatte sie vorhin Mareikes roten Golf vor dem Haus stehen sehen. Bingo! Sie hatte sich gefreut. Von Mareikes Göttergatten war zum Glück keine Spur.

»Fühlt dein Vater sich wohl in dem Seniorenheim?«

Mareike sah traurig aus, wie sie da saß in dem roten Pulli, der ihren Oberkörper viel zu eng umspannte. Stümperhaft geschminkt, die Haare nicht so in Form wie sonst. Ein Häufchen Elend. »Ich glaube, er weiß gar nicht, wo er ist. Die werden ihn mit Medikamenten vollstopfen, damit er ruhiger ist und nicht so viel redet und jammert. Bisher hat er nicht einmal nach Anni gefragt. Habt ihr schon einen Verdacht?«

»Bei mir hat die Suche nach Waltraud oberste Priorität. Dafür hat Thomas bezüglich Anni eine konkrete Vermutung und ist mit einigen Kollegen dem Täter auf der Spur, wie er sagt.«

»Wer ist es?«

»Darüber spricht er nicht!«

»Ich weiß nicht, ob ich die Wohnung auflösen oder noch abwarten soll. Siggi will Nägel mit Köpfen machen und meinen Vater im Heim lassen. Er hat noch keinen festen Platz, ist erst mal für vier Wochen dort zur Kurzzeitpflege. Ich würde ihn gerne zu uns nehmen, doch das will Siggi nicht.«

Margareta wollte sich nicht negativ über Mareikes Gatten äußern und schwieg lieber. Was sollte sie Mareike auch sagen? Dass sie ihren Mann für einen Volltrottel hielt?

Mit traurig dahinplätschernder Stimme berichtete Mareike über den Alltag in diesem Heim und von Annis Beerdigung, an der auch Thomas teilgenommen hatte.

Kleiner Kreis, nichts Verdächtiges, war alles, was er Margareta danach zu berichten gehabt hatte.

»Ich bin so froh, wenn die Schule wieder anfängt und ich Siggi nicht mehr den ganzen Tag um mich habe. Kaum auszuhalten! Er war nicht immer so. Ich spiele bereits mit dem Gedanken, mich von ihm zu trennen. Aber ich habe Angst vor diesem Schritt.«

»Was macht er den ganzen Tag in den Ferien? Es heißt doch, Lehrer hätten gerade in den Ferien viel zu tun. Vorbereitungen und so weiter.«

»Mich beobachten und mir Ratschläge geben, spazieren gehen. All die Jahre hielt ich sein Verhalten für Pessimismus, doch ich glaube immer mehr, dass er ein Narzisst ist. Auch wenn er nicht viel mit sich anzufangen weiß. Hat keine Hobbys. Meckert an allem rum, legt sich mit den Nachbarn an.«

»Ich werde ihn in Augenschein nehmen. Allerdings erst, wenn ich aus dem Sauerland zurück bin. Übermorgen gibt dieser Schamane Hemavati dort ein Seminar. Ich hoffe, ihn endlich dingfest machen zu können. Obwohl einwandfrei feststeht, dass er meine Mutter entführt hat, tut sich da nichts. Angeblich mangelnde Beweise. Pah!«

»Hast du denn gar keine Vorstellung, wo sie sein könnte?«

Margareta zuckte nur mit den Schultern. »Keine heiße Spur!«

»Meldest du dich, wenn du zurück bist?« Mareikes Augen leuchteten kurz auf.

Margareta nickte. Ob ihr Mann, dieser Siggi, tatsächlich was mit dem Totschlag an Anni zu tun hatte, wie Thomas felsenfest behauptete? Ihre Gedanken gingen zu Chitran und seinem Sohn Krischan. Was hatten die beiden gestern in der Alleestraße gewollt? War Anni doch an Chitrans Schlag gestorben? Alles nur Getue, seine liebe Art? Von wegen nur einen leichten Schlag mit dem Schürhaken. Denn was sollte er sonst hier in der Siedlung wollen? Bestimmt trieb ihn das schlechte Gewissen.

Thomas machte keinen Hehl daraus, dass auch der Altenpfleger Michael infrage kommen könnte. Er könnte sich, als an Heiligabend alles ruhig gewesen war unter ihm, Zugang zu Waltrauds Wohnung verschafft haben. Schließlich besaß er einen Schlüssel. Ihre Mutter war aber auch so was von vertrauensselig. Vielleicht hatte er seine Geldbörse auffüllen wollen, wo er doch ständig pleite war. Dass Anni im Bett lag, damit hatte er nicht gerechnet. In Panik hatte er ihr womöglich die kleine Rübe eingeschlagen. Doch mit was? Einem Nudelholz? Hatte Waltraud so ein Ding? Er könnte auch noch einmal nach oben gelaufen sein, um einen geeigneten Gegenstand zu holen. Der Schürhaken war ja nicht mehr da gewesen.

Nein, Michael war es nicht, davon war Margareta inzwischen überzeugt. Die Siggi-Version gefiel ihr schon besser. Narzisstisch veranlagt sei er, laut Mareike. Er habe seine Wut auch schon öfter an seinen Schülern ausgelassen. Die Sprüche, die er seiner Frau in Margaretas Anwesenheit an den Kopf geworfen hatte, hätte sie sich niemals gefallen lassen! Da hätte sie längst die Bratpfanne geschwungen und diese mit Schmackes auf seine spärlich behaarte Halbglatze niedersausen lassen.

Sie nahm allen Mut zusammen und wollte Mareike ein paar Verhaltensregeln bezüglich des Umgangs mit ihrem Gatten geben, als sich die Wohnungstür öffnete und Siggi vor ihnen stand. Im Raglan-Mantel mit Pfeffer-und-Salz-Muster, ein schwarzer Hut auf dem Kopf. Diesen zog er freundlich zu einem Gruß an Margareta.

»Bist du so weit?«, wandte er sich weniger freundlich an seine Gattin, die noch immer in ihrem inzwischen kalten Kaffee rührte.

Seufzend erhob Mareike sich und folgte ihrem Mann, nachdem dieser sich mit einem kurzen Kopfnicken von Margareta verabschiedet und sie hinauskomplimentiert hatte.

So ein Ekel, dachte Margareta. Mareike hatte ihr erzählt, dass er gerne in seinem Struwwelpeter-Buch blättern und sich dabei ergötzen würde. Margareta hatte das Buch als Kind auch besessen und fand es nach wie vor schrecklich. Die Geschichte vom Suppenkasper, der immer dünner wurde, weil er seine Suppe nicht essen wollte, und letztendlich starb, hatte ihr Angst gemacht. Ihre Mutter hatte damit gedroht, dass es ihr genauso erginge, wenn sie das Mittagessen verschmäht hatte.

Oder die schlimme Geschichte vom bösen Friederich, der Tiere und Menschen schlug.

Ob Siggi seine Mareike auch schlug? Im stillen Kämmerlein, wenn niemand zusah? Dieser Siggi war ein Sadist. Gut, dass das Ehepaar keine Kinder hatte.

Seufzend fuhr Margareta die wenigen Hundert Meter wieder heim und parkte ihren Polo vor dem Haus. Soeben fing es an zu schneien. Nicht sehr günstig für die Fahrt ins Sauerland.

Sie war überrascht, dass Thomas noch nicht da war, die Wohnung war leer. Sie schnappte sich das Raunächte-Buch, nachdem sie eine Pizza bestellt hatte.

Die heutige Aufgabe für die Nacht lautete: »Reise in die Welt der Möglichkeiten und spüre deine Schöpferkraft, die dich mit allem verbindet.«

Mumpitz, alles Mumpitz! Genervt schmiss sie das Buch weg.

In der gestrigen Nacht sollte sie in ihren Träumen dem begegnen, was ihr Leben bereichern würde. Nichts war ihr begegnet. Doch, der schnarchende Thomas, wegen dem sie nicht hatte schlafen können. Kurz hatte sie von Radomski geträumt. Er war aus dem verschneiten Wald gekommen und hatte sie angegrinst. War er des Rätsels Lösung? Schon einmal hatte er ihr das Leben gerettet.

Mit den Gedanken an ihn nickte sie auf dem Sofa ein.

25.

Zwölfte Raunacht: 5. auf 6. Januar.

Morgen! Morgen, am 6. Januar, wäre der Spuk endlich vorbei, davon war Margareta überzeugt. Warum, wusste sie selbst nicht.

Während sie ihren kleinen rosa Trolley fürs Sauerland packte, obwohl sie noch nicht entschieden hatte, dort zu nächtigen, dachte sie an die bevorstehende zwölfte und letzte Raunacht. Sie unterbrach die Packerei und setzte sich mit dem Buch, das ihr in den letzten Tagen ans Herz gewachsen war, aufs Sofa, schlürfte ihren Kaffee und blätterte darin herum.

Sie konnte sich nicht auf das, was sie las, konzentrieren. Wieder hatte sie in der Nacht von Kommissar Radomski geträumt und ihm vorhin per WhatsApp ihr Kommen für morgen angekündigt. Er hatte geantwortet, dass er sich freue und sie sich kurzfristig melden solle, wo und wann sie sich treffen würden.

Mit Simone wollte sie vor dem Seminar noch Feinheiten abstimmen. Wenn Margareta im Sauerland übernachtete, könnte sie den Abend mit Simone in der Weinstube in Arnsberg verbringen, was durchaus seinen Reiz hatte. Blöd war die Entfernung von Fredeburg nach Arnsberg, immerhin 40 Kilometer durch die Sauerländer Bergwelt. Neuschnee war für morgen nicht angesagt, also dürfte die Fahrt kein Problem werden, hoffte sie.

Jetzt aber zurück zum Buch, ermahnte Margareta sich selbst. Wenn man etwas mit Hingabe tue, vergesse man Zeit und Raum. Störende Gedanken lasse man dann hinter sich und gehe auf in dem, was man mache. War das so? Margareta konnte sich nie voll und ganz auf etwas konzentrieren. Immer dachte sie schon an das Nächste, was sie erledigen wollte. Sie war stolz darauf, multitaskingfähig zu sein, wie sie sich einredete. Viele Menschen liebten deshalb kreative Tätigkeiten wie Malen, Schreiben und Musizieren, trieben Sport oder beschäftigten sich mit ihrem Haustier. Für Margareta kam nichts dergleichen infrage. Außer Lesen und Spazierengehen hatte sie keine Hobbys. Sollte sie sich eins suchen?

Neugierig zu bleiben statt verpassten Chancen hinterherzutrauern, fand sie gut. Das wollte sie in Zukunft beherzigen.

Die Aufgabe vor dem Einschlafen lautete: »Bedanke dich für diese besondere Zeit, in der du Altes abschließen und Neuem den Weg bereiten durftest, bei allen sicht- und unsichtbaren Wesen des Universums, die dich durch die Raunächte begleitet haben. Dein zukünftiger Weg möge dich die Schönheit des Seins erfahren lassen.«

Margareta wollte nicht undankbar sein. Die Raunächte hatten dazu beigetragen, das alles zu ertragen. Auch wenn ihre Mutter nicht gefunden werden würde, wollte sie das Negative in sich ablegen. Sie spürte plötzlich die Kraft des Universums, atmete tief durch und widmete sich wieder dem Kofferpacken.

Resümee: Sie konnte ihre Mutter und deren Liebe zu den Raunächten verstehen. Anni hatte dieses Faible das Leben gekostet.

Als alles erledigt und das Telefongespräch mit Simone geführt war, entschloss sie sich, heute noch in Waltrauds Wohnung zu gehen. Es war ja noch mitten am Tag und genügend Zeit, bevor Thomas heimkäme. Diesmal würde sie niemand aufhalten, weder der freundliche Michael noch irgendein anderer Nachbar.

Die Sonne brach sich kurz vor dem Untergehen Bahn durch dunkle Wolken und ließ den Schnee glitzern. Margareta ließ das Auto stehen und lief zu Fuß zum Haus ihrer Mutter. Ob sie das Weihnachtsgeschenk hätte mitnehmen sollen? Es würde dann auf sie warten, wenn sie heimkäme. Sie verwarf den Gedanken, noch einmal zurückzugehen und es zu holen.

Niemand begegnete ihr auf dem Weg. Bis auf die Krähen in den kahlen Bäumen begrüßte sie keiner. Kein Nachbar hing im Fensterrahmen, alles schaute, wenn überhaupt, nur hinter verschlossenen Fenstern auf die Straße. Als sie an der Steigerstraße vorbeikam, ging ihr Blick zum Haus, in dem Anni gewohnt hatte. Kein Fahrzeug und keine Mareike zu sehen.

Sie hatte ihr Ziel erreicht und ging durch den knirschenden, festgetretenen Schnee über den Hof zum Eingang, schloss blitzschnell die Tür auf und verschwand im Treppenhaus. Leise schlich sie die morsche Treppe hinauf.

Als sie vor Waltrauds Wohnungstür stand, raste ihr Puls. Ein komisches Gefühl überkam sie, als sie den Schlüssel ins Schloss steckte und eintrat. Es war anders als bei den letzten Malen. Keine Kälte schlug ihr entgegen, kein muffiger Geruch und keine unheimliche Stille. Lief da nicht der Fernseher? Zwar leise, aber unüberhörbar. War hier jemand?

Vorsichtig schob sie die knarzende Wohnzimmertür auf – und bekam fast einen Herzschlag. Am Esstisch saß ihre Mutter Waltraud und lächelte sie liebevoll an. Eine Erscheinung? Eine Fata Morgana? Gab es so etwas überhaupt in geschlossenen Räumen?

Waltraud trug einen ihrer blau gemusterten Haushalts-kittel, die sie seit mindestens zwei Jahrzehnten nicht mehr angehabt hatte, da sie zu der modernen Waltraud nicht pass-ten. Ihr Haar war zwar ordentlich, jedoch altmodisch und schlicht nach hinten gekämmt. Ungeschminkt schaute sie ihre Tochter an.

Margareta blieb wie angewurzelt stehen und blinzelte in die Sonne, die zum Fenster hereinschien. Sie spürte eine große Erleichterung. Ihre Mutter war wieder da!

Nachdem die beiden Frauen sich um den Hals gefallen waren und bitterlich geweint hatten, saßen sie sich nun am Tisch gegenüber und tranken Weißwein. Nur zu ganz beson-deren Anlässen holte Waltraud eine Flasche Moselwein aus dem Schrank. Dazu aßen sie Weihnachtskekse. Spritzge-bäck, Zimtsterne, Dominosteine. Eine kuriose Zusammen-stellung. Oh, hätte sie doch bloß das Weihnachtsgeschenk mitgebracht! Das hätte sie sicherlich gefreut. So konnte sie ihrer Mutter nur vom rosa Bettjäckchen erzählen.

»Warum hast du dich nicht sofort gemeldet? Krischan hat dir also dein Handy gegeben und auch etwas Geld. Du hättest mich sofort anrufen müssen! Ich hätte augenblick-lich Weiteres veranlasst. Du hättest dich bei der Kälte nicht mit Zug und Straßenbahn nach Horst quälen müssen. Wie kamst du nur auf Christel? Diese unmögliche Person!«

Waltraud liefen noch immer Tränen die Wangen hinunter. Nervös knetete sie ihre Hände und seufzte. »Ich weiß nicht. Krischan und sein Vater waren so lieb zu mir. Ich wollte sie nicht mit hineinziehen. Sie waren nur Hemavatis Handlan-ger – und sind außerdem verwandt mit uns, auch wenn sie davon keine Ahnung haben.«

»Chitran ist Fritz Repin junior, mein Cousin, das habe ich inzwischen auch herausgefunden. Es kommt aber sowieso ans Licht, dass Chitran in die Sache involviert war. Vielleicht hat er Glück und kommt mit einem blauen Auge davon.«

»Das wäre schön.«

»Wie lange hättest du dich hier noch versteckt? Die Sauerlandfahrt kann ich mir nun eigentlich sparen. Obwohl ich Hemavati bei seinem Seminar gerne auffliegen lassen und bloßgestellt hätte. Wenn Radomski mitgespielt und die Kripo in Dortmund endlich eingeschaltet hätte.« Margareta konnte das Passierte noch nicht begreifen.

»Du kannst morgen trotzdem ins Sauerland fahren. Ich verstecke mich einfach einen Tag länger, das macht nun auch nichts mehr aus. Obwohl es sehr einsam ist, hier eingesperrt zu sein. Bis auf Michael sehe ich niemanden. Und Anni …« Waltraud schluchzte auf.

Margareta nahm ihre Mutter tröstend in die Arme. Als Waltraud sich beruhigt hatte, fragte sie: »Hat Michael für dich eingekauft?«

»Ja, das ist ein ganz lieber Mann.«

»Ich war neulich mit ihm Kaffee trinken. Er hat mich fast dazu genötigt, als ich zu dir in die Wohnung wollte. Jetzt weiß ich auch, warum.«

»Ich habe euch gesehen, wie ihr ins Auto gestiegen seid. Ach, er hat es nur gut gemeint. Ich habe ihn darum gebeten, niemandem zu verraten, dass ich zu Hause bin. Ich glaube, ich stand unter Schock. Stehe ich immer noch. Die Angst sitzt mir im Nacken. Wie oft war ich kurz davor, dich anzurufen. Einmal habe ich es auch getan, aber nichts gesagt, als du abgenommen hast, nur deinen Namen. Ich hätte eine Lawine losgetreten. Thomas hätte sämtliche Hebel in Bewegung gesetzt.«

»Ob früher oder später, die Bombe wird platzen. Früher wäre vielleicht besser gewesen. Dann wäre der Spuk längst vorbei. Auch wenn ich die Lorbeeren gerne allein ernten und Thomas zuvorkommen will.«

»Weiß man schon, wer Anni getötet hat?«

»Thomas hat einen Verdacht. Aber darüber möchte ich nicht sprechen. Es sein denn, du willst, dass ich Thomas sofort einschalte.«

»Ist es Michael, den er in Verdacht hat?«

Margareta zuckte mit den Schultern.

»Sag Thomas noch nichts. Fahr ins Sauerland und kümmere dich um Hemavati, diesen Verbrecher. Morgen Abend ist dann hoffentlich alles vorbei.«

Margareta musste Waltraud haarklein berichten, was sich im Sauerland ereignet hatte, wie sie handgreiflich gegen Jana geworden war und Hemavati im Wald mit der Pistole bedroht hatte. Dass ihre Mutter fast in dieser Waldhütte gelandet wäre, verschwieg sie besser. Bei einem Tässchen Kaffee kamen weitere interessante Ereignisse auf den Tisch: Siggi-Bienert-Erlebnisse und Christel-Anekdoten.

Waltraud blühte während der Unterhaltung auf, fand sogar ihr Lachen wieder. Die Flasche Wein war geleert, der Kaffee getrunken, und Margareta machte sich auf den Heimweg. Dabei fragte sie sich, ob ihr Verhalten richtig war. Sie müsste Thomas sofort informieren und nicht noch einen Tag warten. Was, wenn ihre Mutter in Gefahr war? Sie beschloss, Thomas sicherheitshalber noch heute einzuweihen, ihn aber darum zu bitten, erst morgen etwas zu unternehmen. Das Sauerland war ihr wichtig.

Als sie Waltrauds Haus verließ – es begann gerade dunkel zu werden –, sah sie gegenüber im Schein der alten Laterne einen Mann stehen, direkt vor einem kleinen Toreingang, der zum Hof eines Hauses führte. Die Laterne ragte aus einer kleinen Insel aus Schnee, den in den letzten Tagen niemand entfernt hatte. Kurios sah das aus, da der Mann bis zu den Knien darin versunken war.

Das durfte doch nicht wahr sein! Margareta schaute genauer hin.

Siggi Bienert!

Was wollte der hier? Konnte er Waltraud gefährlich werden? Ja, konnte er, da half auch kein positives Denken. Das Pfeffer-und-Salz-Muster seines Mantels biss sich in ihren Augen fest. Eine Zigarette glomm auf, Rauch entwich seinem Mund. Das Weiße seiner Augen leuchtete angsteinflößend auf. Wollte er sich Zugang zu Waltrauds Wohnung verschaffen? Einen kurzen Augenblick überlegte sie, auf ihn zuzugehen und ihn zur Rede zu stellen. Der Mut verließ sie jedoch, und sie schlug den Weg nach rechts ein. Schnell nach Hause! Weg! Weg von diesem ollen Kerl.

Ihr war klar, dass sie egoistisch handelte, wenn sie morgen ins Sauerland startete. Ob Thomas Waltraud unter Polizeischutz stellen könnte?

Alles Betteln half nichts. Thomas blieb hart und wollte unverzüglich zu Waltraud, natürlich in Begleitung seiner Kollegin Jenni und einer Polizeistreife. Er versuchte Margareta klarzumachen, dass das, was sie vorhatte, viel zu gefährlich sei. Außerdem würde die Festnahme von Hemavati nach Waltrauds offizieller Aussage ohnehin sofort erfolgen. Als er die ganze Geschichte gehört hatte, konnte er es nicht fassen. Spätestens als Waltraud ihr Handy ausgehändigt bekommen hatte, hätte sie Margareta oder die Polizei kontaktieren müssen.

Margareta stellte ihre Ohren irgendwann auf Durchzug.

Thomas machte sich Notizen in seinem schlauen Buch und schaute zwischendurch abwechselnd in die Luft und auf ihren Trolley, der gepackt in der Ecke stand. Margareta wusste, was in ihm vorging. Er hoffte, sie zur Vernunft bringen zu können, damit sie nicht ins Sauerland fuhr. Bis jetzt hatte er nicht nachgegeben, war knallhart geblieben und nicht bereit, einen Tag abzuwarten.

Als sie ihm erzählte, dass Siggi Bienert vorhin vor dem Haus gestanden und Waltrauds Fenster beobachtet hatte, sprang er wütend auf, schnappte sich sein Smartphone und lief aufgeregt ins Schlafzimmer.

Um zu verhindern, dass er seine Kollegin anrief, rannte sie ihm hinterher. »Waltraud hat doch Michael. Der passt schon auf sie auf«, hielt sie dagegen, um ihn zu beruhigen.

»Dieses Würstchen? Das soll sie beschützen? Rede doch keinen Unsinn, Margareta!«

Margareta setzte alle ihre Waffen ein, von heulen, betteln, sich ihm an den Hals werfen bis hin zu Dinge versprechen, die sie sowieso nicht einhalten würde.

Thomas war einem Herzinfarkt nahe, Schweiß tropfte ihm trotz eher kalter Wohnung von der Stirn, seine Hände zitterten.

Zwei Stunden und eine geleerte Flasche Wein später hatte sie ihn so weit. Er gab sein Okay, noch einen Tag zu warten, bestellte jedoch eine Streife, die in einem Zivilfahrzeug möglichst unauffällig das Haus der alten Dame bewachen und ihr Polizeischutz gewähren sollte.

»Du machst was mit mir, Margareta«, sagte er leise und nahm sie seufzend in die Arme. »Morgen früh löse ich die Streife ab und werde mich mit Jenni vor dem Haus postieren.«

»Vor dem Haus reicht nicht. Bedenke, dass sich auch jemand von hinten anschleichen könnte. Der Hauseingang befindet sich im Hof.«

War nichts mit der Aufgabe vor dem Einschlafen. Margareta vergaß die letzte Raunacht. Alles andere schwirrte ihr im Kopf herum. Vor allem freute sie sich, dass Waltraud wieder da war, und das in ziemlich guter Verfassung. Außer dass sie verängstigt und sehr traurig über Annis Tod war, ging es ihr gut.

Um 4 Uhr war es mit dem Schlafen endgültig vorbei. Margareta wälzte sich von einer Seite auf die andere, stand auf, lief in die Küche, trank einen Schluck Mineralwasser, ging wieder zu Bett. Sie dachte pausenlos an Waltraud. Hätte sie ihr doch bloß das Bettjäckchen gegeben. Sie ging ins Wohnzimmer, holte das Päckchen, strich zärtlich über das Seidenpapier. Sie würde es Thomas geben, der könnte es nachher bei ihr in den Briefkasten stopfen. Sobald sie aus dem Sauerland zurück wäre, würde sie mit ihrer Mutter Annis Grab besuchen, um Abschied zu nehmen. Sie würden ihr Christrosen mitbringen, die hatte Anni besonders gern gemocht. Und ein Fest würden sie feiern. Ein nachträgliches Weihnachtsfest.

Die Chance, noch am heutigen Tag Hemavati dingfest zu machen, war nun enorm gestiegen, jetzt, wo sie wusste, wie sich alles zugetragen hatte. Margareta konnte zwar immer noch nicht nachvollziehen, wieso Waltraud so gehandelt hatte. Doch handelte sie selbst immer verständlich?

Müde und trotzdem aufgekratzt kroch sie um 5 Uhr endgültig aus dem Bett und suchte die Dusche auf.

Sauerland, ich komme! Hemavati, ich komme! Du wirst büßen, was du meiner Mutter angetan hast, das schwöre ich dir!

26.

Waltraud hatte die letzte Raunacht hinter sich gebracht. Gerne hätte sie in ihr schlaues Buch geschaut, doch sie konnte es nicht finden, ebenso wie ihr kleines Adressbuch.

Heute war der Dreikönigstag. Was sollte sie machen, wenn die Kinder, verkleidet als die drei heiligen Könige Caspar, Melchior und Balthasar an der Tür läuteten, um für sie zu singen und den Segen an den Türrahmen zu schreiben? Sie sammelten auch Bares für arme Kinder in der ganzen Welt. Sie brauchte dringend Geld, denn das, was sie in der Wohnung gehortet gehabt hatte, hatte sie Michael für die Einkäufe gegeben. Ob sie ihm eine Vollmacht schreiben sollte, mit der er Geld von ihrem Konto bei der Sparkasse holen konnte? Sie war aber in der kleinen Sparkassenfiliale bekannt. Stünde dann eine halbe Stunde später die Polizei vor der Tür?

Margareta wird bald schon im Sauerland sein, dachte sie nach einem Blick auf die Küchenuhr. Auch das ständige Wiederholen des Raunächtemantras, dass alles gut werden würde, holte sie nicht aus der Nervosität. Sie zitterte innerlich und musste sich immer wieder setzen. Wie lang so ein Tag sein konnte! Gerne hätte sie ihren Keller aufgesucht, um nachzuschauen, was alles gestohlen worden war. Margareta hatte ihr jedoch verboten, die Wohnung zu verlassen. Es wäre möglich, dass der Einbrecher noch einmal zuschlagen würde.

Ihr schwante Böses, als sie aus dem Schlafzimmerfenster zur Straße blickte. Da schlich schon wieder dieser Mann herum, den sie gestern Abend bereits beobachtet hatte. Sie fuhr zusammen, als es Sturm klingelte. War es der Mann, der eine verblüffende Ähnlichkeit mit Annis Schwiegersohn Siggi hatte? Sie eilte zur Tür und legte ihr Ohr an das Holz. Sie musste sich bremsen, um nicht den Türdrücker zu betätigen.

Polternd hörte sie singende Kinder die Treppe herauftrampeln. Sie postierten sich vor der Haustür ihrer Nachbarin, um ihr ein Liedchen zu singen und ihr anschließend den Segen an den Türrahmen zu schreiben. Durch den Spion beobachtete Waltraud das Treiben und musste an sich halten, um die Tür nicht zu öffnen. Doch die Vernunft siegte. Sie durfte sich nicht zu erkennen geben. Es sollte niemand wissen, dass sie zu Hause war. Noch nicht.

Das Quieken ihrer frivolen Nachbarin nahm kein Ende. Sie stopfte den Kindern Geld und Süßigkeiten in ihre Beutel. Irgendwann schoben sie ab, stapften die Holztreppen wieder hinunter.

Was könnte Siggi Bienert von ihr wollen? Sie hatte mit dem Mann nichts zu tun, kaum zehn Worte mit ihm gewechselt in all den Jahren.

Nach einem weiteren Blick aus dem Fenster stellte sie fest, dass er sich verzogen hatte. Dafür fiel ihr ein schwarzes großes Fahrzeug auf, das ungefähr 50 Meter von ihrem Haus entfernt auf der anderen Straßenseite parkte. Zwei Personen hielten sich darin auf. Waren das Thomas und seine Kollegin? Wollten die beiden sie beschützen? Sie brach plötzlich in Tränen aus und setzte sich an den Esstisch. Sie konnte sich kaum beruhigen, zitterte am ganzen Körper. Da halfen auch keine Dominosteine oder Zimtsterne. Anstatt glücklich darüber zu sein, dass sie zu Hause war, brach das heulende Elend über sie herein.

Eine halbe Stunde später hörte sie einen Schlüssel im Schloss ihrer Wohnungstür und zuckte zusammen, obwohl sie wusste, dass es nur Michael sein konnte. Sie hatte ihm vorhin eine Vollmacht für die Bank sowie den Auftrag, ein paar Brötchen zu holen, erteilt. Er kam ins Wohnzimmer und legte die Brötchentüte auf den Tisch.

»Hey, Waltraud, was ist los?« Er versuchte sie aufzuheitern.

Sie konnte sich jedoch nicht beruhigen. Weinend erzählte sie ihm von ihren Entdeckungen. Der dunkle BMW mit den zwei Leuten darin und Siggi Bienert hatten sie total aus der Bahn geworfen.

»Aber Waltraud, das ist doch gut, dass die Polizei auf dich aufpasst. Und dieser Siggi Bienert, der hat eine Schraube locker, nach allem, was Margareta mir erzählt hat. Wer weiß, was in seiner kranken Rübe vorgeht? Lass ihn da draußen rumlaufen. Die Polizisten haben ihn sicher längst bemerkt.«

»Dann die Sternsinger. Ich konnte nicht mal die Tür aufmachen.« Waltraud wollte sich einfach nicht beruhigen.

»Die kommen im nächsten Jahr wieder. Ob sie dir nun was an den Türrahmen krickeln oder nicht.«

Michael deckte in seiner ruhigen, coolen Art den Frühstückstisch, schnitt die Brötchen auf und holte Wurst und Käse aus dem Kühlschrank. Außerdem machte er frischen Kaffee.

Langsam wurde Waltraud ruhiger, konnte auch wieder lächeln. »Du bist ein Schatz, Michael! Wenn ich dich nicht hätte!«

»Hat Margareta sich schon gemeldet?« Michael konnte mit Lob nicht gut umgehen.

»Ja, sie hat vorhin eine WhatsApp geschickt. Sie ist gut im Sauerland angekommen.«

Michael tätschelte Waltrauds Hand. »Wenn Hemavati aus dem Verkehr gezogen ist, geht es dir besser. Du wirst sehen.«

»Aber dieser blöde Siggi!«

»Der kommt hier nicht rein.«

»Gut, dass du da bist. Wenn nachts was ist, rufe ich dich an, okay?« Flehend schaute sie ihn an.

»Ja klar, jederzeit. Heute Abend bin ich kurz bei meiner Kollegin Sandra. Aber ich bleibe nicht allzu lange.«

»Wann wirst du zurück sein?« Waltraud klang erschrocken.

Michael zog die Luft tief ein und rollte mit den Augen. Waltraud konnte unschwer erkennen, dass er genervt war. Ihm wurde alles zu viel, und sie spürte, dass er froh wäre, wenn es ein Ende hätte.

Er legte ihr das Geld auf den Tisch. In der Sparkasse hatte man ihm ohne Schwierigkeiten Geld von Waltrauds Girokonto ausgezahlt. Mit leuchtenden Augen starrte er auf die Scheine. Sie wusste, dass er wie immer knapp war. Deshalb schob sie ihm 50 Euro zu, die er widerstandslos annahm.

Als er gegen Mittag ging, war Waltraud fast wieder guter Dinge. Sie duschte, föhnte aufwendig ihr Haar und stellte sich vor den Spiegel im Bad. Sie war überaus zufrieden mit dem, was sie sah. Für ihr Alter war sie eine gut aussehende Frau, fand sie. Sie legte ein kompliziertes Make-up auf und zog sich bunte Kleidung an. Bunte Kleidung an einem grauen trostlosen Wintertag. Einen pinkfarbenen Pulli, dazu eine Jeansweste und ein passendes Tuch sowie eine neue Jeans. Es stimmte, was Michael vorhin gesagt hatte. Wenn man gut aussah, fühlte man sich gleich besser. Ihr Haar könnte mal wieder einen neuen Schnitt vertragen.

Und ein frisches Rot auf dem Kopf würde sie noch flotter erscheinen lassen.

Sie schaute an ihrem Körper hinunter. Abgenommen hatte sie. Laut Waage zwar nur vier Kilogramm, doch sie wirkte wesentlich schlanker als vorher.

Bevor sie das Bad verließ, sah sie noch einmal in den Spiegel, ging ganz nah ran und spitzte die Lippen zu einem Kussmund. Kaum Fältchen, stellte sie zufrieden fest. Sie konnte sich trotz ihres Alters sehen lassen. Auch drehten sich die Männer immer noch nach ihr um.

Den blau gemusterten Haushaltskittel, an dem zwei Knöpfe fehlten und den sie stets gemocht hatte, stopfte sie in den gelben Müllsack. Eigentlich gehörte er in den Altkleidercontainer. Doch angesichts der fehlenden Gelegenheit, ihn dort hinzubringen, musste es so gehen.

Die Euphorie hielt nicht lange an. Am Nachmittag sah die Stimmung ganz anders aus, da nützte es auch nichts, dass sie sich so toll herausgeputzt hatte. Wer, außer Michael, bekam sie schon zu Gesicht? Sie hatte sich eine Dose Ravioli aufgemacht, den Inhalt in der Mikrowelle erhitzt und vertilgt und sich dann aufs Sofa gelegt.

Wie von der Tarantel gestochen, sprang sie nun auf, lief von Fenster zu Fenster. Außer Michael konnte sie niemanden anrufen. Der dunkle Wagen mit den zwei Personen stand wieder schräg gegenüber, nachdem er für eine Stunde verschwunden gewesen war. Die nahmen es ja sehr genau mit der Bewachung. Was, wenn gerade in dieser Stunde etwas passiert wäre? Sich eine Person Zugang zu ihrer Wohnung verschafft hätte?

Von Siggi Bienert keine Spur. Er wusste, dass sie zu Hause war. Ob er seiner Frau davon erzählt hatte? Mit Sicherheit nicht, wenn er etwas Übles im Schilde führte. Doch was für ein Motiv sollte er haben, sie um die Ecke zu bringen? Wenn Thomas keine Gefahr sehen würde, würde man sie nicht bewachen.

Waltrauds Handy piepte. Eine WhatsApp von Margareta. Sie breche jetzt zu dem Seminar auf. »Wünsch mir Glück«, endete die Nachricht.

Siggi Bienert ging ihr nicht aus dem Kopf. Okay, sie hatte sich ein paarmal bei Anni negativ über ihn geäußert. Wie schade sie es fände, dass Mareike keinen Besseren geheiratet habe. Bienert mochte Waltrauds lockeren Lebensstil nicht. Er hatte ihr vorgeworfen, seine Schwiegermutter mit ins Verderben zu ziehen beziehungsweise in dunkle Spelunken, als sie ihrem Schlagersänger Sepp nachgereist waren, der sogar eine Zeit lang bei Waltraud gewohnt hatte. Anni jedoch hatte auch reichlich Sprüche über ihren Schwiegersohn losgelassen. Sie hatte ihn auch nicht gemocht. Hatte er ihr das Leben ausgehaucht? In einem fremden Bett? In Waltrauds Bett?

Wie sollte sie bloß ohne ihre Freundin Anni weiterleben? Anni war für sie das Salz in der Suppe gewesen. Wie fad würde die Suppe ohne Salz schmecken? Sie hatte sich zwar auch des Öfteren über die Schnatterliese geärgert, doch im Grunde hatte eine dicke Freundschaft die beiden Frauen verbunden. Ach, was hatten sie für schöne Stunden zusammen erlebt, alte Kerle aufgerissen, lustige Nächte mit ihnen verbracht und sie schnell wieder vergessen. Schließlich war Anni verheiratet gewesen, auch wenn ihr Gatte das nicht mehr gewusst hatte. Waltraud musste schmunzeln. Nie würde sie vergessen, wie ein älterer, durchaus vorzeigbarer Mann eines Tages bei Anni vor der Tür gestanden hatte, sie nach einen Barbesuch in Bad

Nauheim unbedingt hatte wiedersehen wollen. Anni hatte alles abgestritten. Sie würde ihn nicht kennen, er möge sie in Ruhe lassen. Unverschämtheit! Der distinguierte Herr, eigens aus Frankfurt angereist, war irgendwann mit Tränen in den Augen und tief enttäuscht gegangen. Hatte er doch gedacht, die niedliche Anni für sich erobert zu haben. Ja, so war das. Anni war einmal mit ihm in die Kiste gestiegen, aber das hatte noch lange nicht bedeutet, dass sie sich ihm dauerhaft zuwandte. Ihrem Göttergatten hatte sie was von Versicherungsvertreter erzählt, ihrer Freundin Waltraud, zu der sie sofort gelaufen war, natürlich die Wahrheit. Die beiden hatten sich einen Likör eingegossen und sich über Alfred halb schlapp gelacht. Von der Geschichte wussten weder Mareike noch ihr Mann. Oder doch?

Der Nachmittag zog sich endlos dahin. Waltraud saß auf dem Sofa, schaute TV und langweilte sich. Alle 30 Minuten lief sie zu den Fenstern und äugte so unauffällig wie möglich hinaus. BMW noch da, Siggi Bienert nicht. Gut so.

Ihre Gedanken gingen zu Hemavati. Ob Margareta ihn schon dingfest gemacht hatte? Oder hatte er sie belabert, um sich in ein gutes Licht zu rücken? Ja, das konnte er, dieser Schwätzer. Was hatte er ihr für Märchen erzählt! Hatte sie aus seinen großen Augen bewundernd angesehen.

Sie holte ihr Buch über Schamanismus aus dem Schrank, in dem sie fast alles gelesen und irgendwann festgestellt hatte, dass Hemavati kein richtiger Schamane war. Auch wenn er die Prüfung mit Bravour hinter sich gebracht hatte. Viel zu egoistisch, selbstdarstellerisch und eitel war er. Dieser Fatzke. Hatte ihr weismachen wollen, dass viele in dem Dorf, in dem er lebte, statt zum Arzt zu gehen, lieber ihn aufsuchten und um Hilfe anflehten. Zu 99 Prozent könne er den Leuten helfen. Der alte Hausarzt habe inzwischen dichtmachen müssen. Damals hatte sie ihm geglaubt, heute konnte sie über seine Anekdoten nur den Kopf schütteln. In ihr hatte Hemavati ein Opfer gefunden, wenn auch nicht sofort und wie bei anderen.

Hemavati hatte ihr erzählt, dass er schon mit vielen alten Frauen auf den kleinen Friedhof im Ort gegangen sei, bei Nacht. Dort hätten sie sich einen besonders moosbewachsenen Grabstein aussuchen, sich vollständig entkleiden und eine Viertelstunde lang an dem Grabstein festkrallen müssen. Hemavati habe diese Aktion mit Gesängen begleitet. Danach hätten die Frauen nie wieder über Gicht geklagt, ihre Beschwerden seien weggewesen. Das Ganze kostete 300 Euro, die die Damen gerne gezahlt, ihm sogar aufgedrängt hätten. Auf Wunsch habe er auch im tiefsten Sauerländer Wald ein Feuerchen angezündet, um große Sorgen zu vertreiben. Dabei habe er gesungen, sei ums Feuer getanzt und habe Mantras gesprochen. Viele seiner Kunden, Patienten oder was auch immer sie waren, hätten vor Erleichterung geweint, die Sorgen endlich los zu sein.

Auf all das war Waltraud nicht angesprungen. Sie wollte weder für 300 Euro nackt einen bemoosten Grabstein umarmen – das konnte sie, die am Friedhof wohnte, zu Hause billiger haben – noch um ein Feuer tanzen.

Weil sie all das abgelehnt hatte, wollte Hemavati an den Betrag ihrer Lebensversicherung. Oh, wie dumm ich doch war, warf sie sich vor.

Am Abend verzog Waltraud sich in ihr Schlafzimmer und ging zu Bett. Von oben waren keine Schritte zu hören. Michael wird noch nicht zurück sein, dachte sie, hatte allerdings keine Angst. Lag das am Zimtlikör? Sollte sie sich öfters ein Gläschen davon gönnen?

Sie las noch ein wenig in dem Schamanenbuch, schüttelte hin und wieder den Kopf und legte es irgendwann beiseite. Einschlafen konnte sie nicht. Ständig schaute sie auf ihr Smartphone. Keine neue Nachricht von Margareta.

Mitten in der Nacht wurde sie wach, dachte erst noch, sie befände sich in einem Traum, einem sehr bösen Traum. Doch dann registrierte sie, dass es kein Traum war. Jemand drückte ihr ein Kissen auf den Kopf. Sie bekam keine Luft mehr, strampelte heftig. Die Luft wurde immer knapper. So knapp, dass sie nach einiger Zeit nichts mehr spürte.

Krieg so der Tod?

27.

Es war mitten in der Nacht, als Thomas im Auto vor Waltrauds Wohnung wach wurde. Seit Jenni und er die Streifenbeamten abgelöst hatten, schoben sie hier Dienst – von einer kleinen Pause am Nachmittag abgesehen. Ihm war kalt, trotz der Decke, die er sich umgelegt hatte.

Jenni, die neben ihm saß, lachte. »Vielleicht hat Margareta recht. Bist halt ein Opa, und das in deinem Alter.«

»Woher weißt du das?«

»Du selbst hast mir erzählt, dass sie dich des Öfteren als Opa tituliert.«

»Nicht jeder kann so überdreht sein wie sie. Dass wir noch immer keine Nachricht aus dem Sauerland haben! Ich frage mich sowieso, was sie da wollte. Waltraud hat alles erzählt. Radomski könnte Hemavati auch ohne ihren Einsatz festnehmen. Wenn er es nicht längst getan hat.«

»Vielleicht brauchte deine Margareta ein Erfolgserlebnis? Auf frischer Tat überführen, mitten im Seminar. Und alle jubeln ihr zu. Das hat doch was.«

»Wichtig ist, dass er ins Gefängnis geht.«

Jenni zog die Schultern hoch und grinste.

Plötzlich parkte der Van des Mobilen Einsatzkommandos vor ihrem Auto, und die Einsatzkräfte in schwarzen Uniformen sprangen heraus, setzten ihre Helme auf und richteten ihre Ausrüstung.

»Was soll das?« Jenni schüttelte den Kopf. »Hast du das angeordnet? Reichlich übertrieben, findest du nicht? Oder glaubst du, der große Unbekannte versucht Waltraud Sommerfeld umzubringen?«

»Man kann nie wissen!« Thomas schaute zum Wohnzimmerfenster im ersten Stock hinauf. Alles ruhig und dunkel. Und doch spürte er Unheil auf sich zukommen, hatte es schon gespürt, bevor er kurz eingeschlafen war. Weil seine Kollegin ein Nickerchen gehalten hatte, hatte er das MEK angefordert, ohne sie darüber zu informieren.

»Pah, der große Schwiegermutter-Retter! Willst du Punkte bei deiner Margareta sammeln? Schönwetter machen?«

Gedankenverloren schaute Thomas durch die Windschutzscheibe. Tatsächlich ein wenig übertrieben, dachte er, als er die Polizisten beobachtete.

Ein Streifenwagen und ein Rettungsfahrzeug setzten sich hinter sein Auto. Die hatte er nicht bestellt. Thomas fand den Aufwand zu groß. Vor allem viel zu auffällig. In einigen Häusern ging die Beleuchtung an. Falls es wirklich jemand auf Waltraud abgesehen hatte und derjenige noch nicht in ihrer Wohnung war, würde er jetzt den Abgang machen.

Die MEKler warteten auf Anweisung.

Selbstzweifel und Frustration machten sich in Thomas breit. Hatte er doch eine Nummer zu dick aufgetragen?

»Glaubst du noch immer, dieser Siggi Bienert trachtet Waltraud Sommerfeld nach dem Leben?«

»Du wirst schon sehen.«

»Der hat doch kein Motiv! Wenn er seine verhasste Schwiegermutter beiseitegeschafft hat, gäbe es sicherlich eines. Aber die Freundin?«

»Vielleicht hat sie Anni seiner Ansicht nach zu sehr beeinflusst. Waltraud ist speziell.«

»Die Schwiegermutter ist tot. Auf sie hat keiner mehr

Einfluss. Wieso sich also jetzt noch an ihrer Freundin rächen? Ergibt für mich keinen Sinn.«

»Es gibt wenig, was für dich Sinn macht, Jenni.«

»Sei vorsichtig!«

Wie vom Blitz getroffen sprang Thomas plötzlich aus dem BMW und rannte zum Hauseingang im Hof. Ihm hinterher Jenni, mit gezückter Waffe. Das MEK stand noch immer untätig herum und wartete auf Anweisung.

»Was hast du vor? Was hast du gesehen?«, fragte Jenni, als sie an der Haustür und bei Thomas ankam.

»Halt einfach den Mund!«, zischte er flüsternd.

»Igitt, eine Ratte! Die ist mir fast über den Fuß gelaufen! Eine elende Gegend ist das hier.« Jenni war völlig aufgelöst, und das als Kommissarin.

»Halt den Mund oder geh zurück ins Auto!«

Thomas hoffte, dass die Haustür nicht verschlossen war. Er hatte Glück, sie war angelehnt. Sonst hätte er sie auftreten müssen, um sich Zugang zu verschaffen.

Im Dunkeln schlich er die Holzstufen hinauf in den ersten Stock. Da Vollmond war, drang ein wenig Licht ins Treppenhaus. Vor Waltrauds Wohnung hielt er einen Moment inne und atmete tief durch. Die Tür war zu. Er hielt sein Ohr an die Tür.

Jenni stand neben ihm und wartete ab. Anscheinend war sie nicht im Bilde und hatte keinen Schimmer.

Thomas hörte Stöhnen und eine Art Murmeln. Nun zögerte er nicht mehr. Trat mit Schwung die Tür ein und lief dem Geräusch nach ins Schlafzimmer. Er betätigte den Lichtschalter und schaute in das panische Gesicht des Siggi Bienert, der Waltraud ein Kissen auf den Kopf drückte, es jetzt aber losließ und die Hände erhob.

Jenni erwachte aus ihrer Starre, packte Siggi Bienert am

Kragen seines fürchterlichen Mantels und warf ihn auf das Bett. In Windeseile hatte sie ihm Handschellen angelegt und die Streifenbeamten verständigt.

Thomas kümmerte sich um Waltraud. »Tut mir leid, Waltraud. Ich hätte ihn eher bemerken müssen.«

»Noch lebe ich. Wie ist er bloß in die Wohnung gekommen?«

»Mit dem Schlüssel, der an Annis Brett hing.« Bienert lachte ein widerliches Lachen.

»Ja, mit diesem Schlüssel, mit dem er am Heiligen Abend schon reingekommen ist, um Anni den tödlichen Schlag zu versetzen. Stimmt's, Bienert?« Thomas schaute Bienert angewidert an.

Der lachte laut und polternd.

»Warum haben Sie Ihre Schwiegermutter umgebracht?«

»Die Hexe hat sich ständig eingemischt, hat uns nicht in Ruhe gelassen. Mareike war völlig daneben. Fühlte sich hin- und hergerissen. Ich musste für Klarheit sorgen.«

»Und da sind Sie in der Heiligen Nacht hierhergekommen, haben die verletzte Frau im Bett gefunden und ihrem Leben ein Ende gesetzt?«, fasste Jenni zusammen.

»Ja. Ich hatte Glück, dass sie allein war. Dieses olle Luder hatte uns zum Essen eingeladen und war dann nicht zu Hause. Sie gehe ihre Freundin Waltraud besuchen, hat sie gesagt, und den Alten und uns mit einer Packung Kartoffelsalat und einer Dose Würstchen alleingelassen.«

»Wieso jetzt noch Waltraud?«

»Ihr muss ein für alle Mal das Maul gestopft werden.«

»So ein Unsinn! Anni ist tot. Waltraud hat ansonsten nichts mit Ihnen zu tun!«

»Die hat im Leben genug dummes Zeug geredet. Das Maß ist voll!«

»Eigenartiges Motiv.« Thomas konnte es nicht nachvollziehen.

Bienert lachte wieder sein dreckiges Lachen, bevor die beiden Streifenbeamten ihn wegschafften.

»Sag Margareta nichts, Thomas, noch nicht! Lass sie erst ihre Sache im Sauerland zu Ende bringen. Hörst du?« Waltraud stand aus dem Bett auf und begab sich seufzend ins Wohnzimmer.

Beide nicht ganz normal, dachte Thomas. Mutter und Tochter. Na ja, der Apfel fällt nicht weit vom Stamm.

»Nun brauchst du dich nicht mehr zu verstecken, kannst dich wieder frei bewegen. Ist doch schön, oder?« Thomas schaute seine Fast-Schwiegermutter besorgt an, weil sie hektisch begann, ihre große Tasche zu packen.

»Ich werde erst Ruhe haben, wenn Hemavati hinter Gittern sitzt, vorher nicht.«

»Wo willst du hin? Wieso packst du?«

»Denkst du etwa, ich bleibe nach diesem Mordversuch hier alleine? Ich komme mit zu euch. Vorerst.«

Thomas räusperte sich, doch der Kloß im Hals wollte nicht verschwinden. »Ich muss ins Präsidium. Sondersitzung. Außerdem muss ich Bienert verhören.«

»Der hat doch schon gestanden. Na ja, du wirst ja irgendwann wiederkommen. Und Margareta kehrt heute auch zurück.«

»Soll ich Herrn Patzke holen? Vielleicht kann er dir Gesellschaft leisten.« Thomas bekam Panik bei dem Gedanken, Waltraud in den nächsten Tagen um sich zu haben.

»Nee, nee, lass mal, der hat in letzter Zeit genug für mich getan.« Waltraud war erbost. »Du wirst mich doch nicht den ganzen Tag allein lassen?«

Ihm blieb keine andere Wahl, als die Frau samt Tasche mitzunehmen. Jenni hatte schon grinsend das Weite gesucht.

Man ahnte bereits, dass die Sonne bald aufgehen würde. Thomas ließ das MEK abrücken, den Rettungswagen ebenfalls. Den Mordanschlag hatte Waltraud erstaunlich gut weggesteckt, wovon der Sanitäter sich kurz überzeugt hatte. Der Streifenwagen mit den beiden Polizisten und Bienert war bereits losgefahren.

»Was ist mit der Spurensicherung?«, wollte Jenni wissen.

»Ist unterwegs.«

»Soll ich noch bleiben?«

»Nein, wir fahren ins Präsidium. Vorher setze ich Waltraud zu Hause ab.«

Als Waltraud ganz selbstverständlich vorne auf dem Beifahrersitz Platz nehmen wollte, protestierte Jenni und verwies auf den Rücksitz.

Vor dem Wohnturm, in dem Margareta und Thomas lebten, hielt Thomas an. Jenni wünschte der alten Frau einen schönen Tag, was irgendwie makaber klang.

Der wütende Thomas weigerte sich, seine Schwiegermutter in spe nach oben zu begleiten. Als sie im Treppenhaus verschwunden war, fauchte er seine Kollegin an: »Sag jetzt nichts! Bitte.« Und schon gab er Gas und steuerte den Wagen missgelaunt auf vereisten Straßen in Richtung Buer.

»Willst du nicht mal deine Margareta anrufen und ihr die Neuigkeiten berichten? Das würde sie mit Sicherheit beruhigen.«

»Mir so was von egal. Die hat sich die Sache eingebrockt, also soll sie sehen, wie sie klarkommt. Wenn sie hört, dass Waltraud bei uns eingezogen ist, bleibt sie sowieso noch länger im Sauerland.«

»Eigentlich müsstest du Waltraud noch einmal verhören, oder? Einfach ein paar Tage unterzutauchen, war ja auch nicht gerade die feine Art. Sie hat die Polizei an der Nase herumgeführt!«

»Das wirst du morgen machen. Schließlich bin ich befangen. Ich dulde keinen Widerspruch!« Seine Blicke, die er Jenni schenkte, waren echte Giftpfeile.

Sie schwieg.

Mittlerweile war es 8 Uhr. Thomas verließ mit einer Kaffeetasse in der Hand sein Büro und schaute durch die verspiegelte Scheibe in den Vernehmungsraum. Er hatte versucht, alle Kollegen der »Soko Waltraud Sommerfeld« schnellstens zusammenzutrommeln, was ihm noch nicht geglückt war. Außer Jenni und dem älteren Kommissar Lauenburger, der vor Langeweile ein Radiergummi malträtierte, saß noch niemand am Tisch. Faule Bande, dachte er. Einer der Kollegen war unterwegs zu Bienerts Frau, um ihr Bescheid zu geben, dass man ihren Gatten in Gewahrsam genommen hatte.

Wortlos betrat Thomas den großen Raum, zeitgleich mit zwei jüngeren Kollegen, und setzte sich seufzend auf seinen Platz am Kopfende des Besprechungstisches nahe dem Fenster.

Als die Runde vollständig war, schickte er Jenni zum Bäcker mit dem Auftrag, ihm zwei Thunfischbrötchen zu besorgen. Unruhe entstand. Plötzlich wollten alle etwas zum Frühstück haben, und Jenni verdrehte wütend die Augen. Nur weil sie eine Frau war, wurde sie zum Einkaufen geschickt. Der junge Kollege Überbacher war erst Kommissaranwärter. Wieso beauftragte Thomas nicht ihn, fragte sie sich. Sie schwor Rache. Bei Gelegenheit würde sie Thomas eins auswischen.

Thomas plagten Schuldgefühle. Waltraud allein in der Wohnung zu lassen, war das in Ordnung? Vielleicht würde sie was kochen. Träum weiter, sagte er sich. Eigentlich müsste er sich gut fühlen. Er hatte den Fall Anni gelöst und Bienert hinter Gitter gebracht. Doch er fühlte sich leer und ausgebrannt. Urlaubsreif. Ein paar Tage mit Margareta verreisen, das wäre es. Vielleicht in ein schickes Hotel an der Nordsee.

Jenni riss ihn aus seinen Tagträumen, wollte wissen, wie es weiterging.

»Gar nicht, der Fall Anni ist erledigt. Um Hemavati kümmern sich die Sauerländer.«

»Wo wird er hingebracht?«, wollte Lauenburger wissen. »Fürs Sauerland ist doch die Kripo Dortmund zuständig.«

Thomas biss in sein Brötchen und seufzte. Am liebsten hätte er dem besserwisserischen Kollegen eine saftige Antwort gegeben. Dieser Trottel!

»Mir egal, wo sie ihn hinbringen. Von mir aus auf eine einsame Insel, ganz ohne Raunächte.«

Eine heiße Debatte entstand. Jeder wusste etwas zu den Raunächten beizutragen. Meistens Belanglosigkeiten wie keine Wäsche aufhängen, nicht spinnen und nicht mahlen.

Wieso fühlte Thomas sich nicht besser? Machte er sich Sorgen um Margareta? Um Ruhe einkehren zu lassen, schlug er mit dem Lineal mehrmals auf den Tisch und fuhr fort: »Motiv, Mittel und Gelegenheit fehlen mir bei Hemavatis Kollegen Chitran völlig. Es erschließt sich mir nicht, wieso er da mitgemacht hat. Jedenfalls hat der Sohn des Mannes Waltraud Sommerfeld geholfen, von dort zu verschwinden. Wieso Mutter Sommerfeld nicht zur Polizei ging, verstehe ich nicht. Der Junge gab ihr ihr Handy zurück. Angeblich wollte sie Chitran samt Sohn schützen.«

»Der kommt auch nicht ungeschoren davon«, meldete Jenni sich zu Wort.

»Es wird auf eine Bewährungsstrafe hinauslaufen, schätze ich.« Thomas biss sich auf die Unterlippe. »Na ja, du wirst morgen vielleicht noch was erfahren, wenn du Waltraud Sommerfeld verhörst.« Thomas grinste überheblich.

»Bezahl du erst mal deine Schulden. 4,20 Euro bekomme ich für die Brötchen. Alle haben bezahlt. Nur du nicht. Aber geschmeckt hat es dir, oder?«

Allgemeines Gelächter durchflutete den Raum.

Gemächlich zog Thomas seine Geldbörse aus der Tasche und warf ihr einen Fünf-Euro-Schein hin. »Stimmt so!«

Jenni hatte eine besondere Befragungstechnik, und Thomas hoffte, dass sie am nächsten Tag noch das eine oder andere aus Waltraud herausbekommen würde.

Gegen Mittag beendete er die Runde und setzte das nächste Treffen morgen Nachmittag an. Sein Blick ging auf sein Smartphone-Display. Nichts. Noch immer keine Nachricht von Margareta. War sie so im Stress? Der Klügere gibt nach, dachte er und schrieb ihr eine WhatsApp. Sie musste erfahren, dass Bienert gestanden hatte und inhaftiert worden war. Dass ihre Mutter bei dieser Aktion fast draufgegangen wäre, verschwieg er. Dafür endete seine Nachricht mit dem Hinweis, dass sie vorübergehend bei ihnen wohnen würde. Doch auch auf diese Mitteilung hin kam nichts zurück.

Als er gerade in seinen Wagen steigen wollte, stand Jenni plötzlich hinter ihm.

»Hast du noch Lust, etwas zu trinken? Warmen Kakao vielleicht?« Mit liebevollem Lächeln sah sie ihn an.

Sie konnte auch anders, dachte er, schenkte ihr ebenfalls ein freundliches Lächeln und nickte. »Wo?«

»Café Rüdel? Dort schmeckt der Kakao hervorragend.«

»Okay. Obwohl ich eigentlich noch zu Bienert wollte.«

Eine echte Hassliebe verband die beiden Kommissare. Sie konnten nicht mit, aber auch nicht ohne den anderen.

»Hat Margareta sich inzwischen gemeldet?«

»Nein.«

»Lass mich raten. Dafür hat Waltraud dich mit Nachrichten zugemüllt, nicht wahr?«

»Stimmt! Vier WhatsApp und drei Anrufe.«

28.

Am Tag zuvor, dem Dreikönigstag.

Margareta war ein wenig traurig. Die Raunächte würden ihr fehlen. Altes abschließen und Neues beginnen. Ja, das konnte sie nun angehen. Sie wollte und musste etwas verändern. So viel stand fest. Ihre Mutter war wieder da, was sie sehr freute. Sie nahm sich vor, sich in Zukunft mehr um sie zu kümmern, mehr Geduld mit ihr zu haben. Die Raunächte würden wiederkommen, und sie freute sich darauf.

Sie war überhaupt nicht aufgeregt, was sie im Sauerland erwarten würde. Hemavati musste das Handwerk gelegt werden. Er musste bestraft werden für das, was er ihrer Mutter angetan hatte.

Ja, Margareta war zu sich selbst gekommen, hatte den Zugang zu ihrer Energie gefunden. Dieses neue Wissen musste sie nutzen.

In aller Frühe hatte sie ihr Köfferchen verladen und war, ohne sich von Thomas zu verabschieden, ins Sauerland aufgebrochen. Eisig kalt, kein erneuter Schneefall, die Straßen frei. Auch bei Waltraud hatte sie sich nicht mehr gemeldet. Alles, was noch ungeklärt war, konnten sie hinterher bereden.

Kurz bevor sie das Hochsauerland erreichte, beschloss sie, nicht im Dorint-Hotel in Arnsberg einzuchecken, sondern weiterzufahren in die Altstadt, wo sie sich im gemütlichen Alten Backhaus zu einem späten Frühstück mit

Simone treffen wollte. Sollte sie heute Nacht doch im Sauerland bleiben wollen, könnte sie sich auch in Fredeburg ein Hotelzimmer nehmen.

Radomski schickte ihr pausenlos Nachrichten und versuchte, sie per Anruf zu erreichen. Da sie wenig Lust hatte auf ihn, ignorierte sie beides. Sie war gespannt, wie der heutige Tag ausgehen würde. Und ob Thomas bezüglich Siggi Bienert recht behalten würde.

Endlich abschließen mit der Sache, das war es, was Margareta am meisten wollte.

Simone und sie mussten erst wieder warm werden, was eine Zeit lang dauerte. Small Talk folgte, unterbrochen von einigen Pausen. Ein Fremdgefühl hatte sich eingeschlichen, wieso auch immer. Simone berichtete Margareta, dass sie gestern mit Hemavati gesprochen habe und er wirklich glaubte, ohne Nachspiel aus der Sache herauszukommen.

Noch zwei Stunden bis zum Beginn des Seminars. Anschließend sollte noch ein Lagerfeuer im Wald entzündet werden, ein Ritual, bei dem die Teilnehmer ihre Sorgen verbrennen und sich von all ihrer Last befreien konnten.

Margareta setzte Simone darüber in Kenntnis, was ihre Mutter von Hemavati berichtet hatte, obwohl ihr das Thema zu den Ohren raushing. Vom Sauerland nach Kamp-Lintfort, von dort nach Gelsenkirchen-Horst, freiwillig!

Simone verging Hören und Sehen. Vor lauter Staunen bekam sie den Mund gar nicht mehr zu. »Das kann ich kaum glauben! Es tut mir so leid, was dieser Vollidiot deiner Mutter angetan hat. Und ich musste die ganze Zeit gute Miene zum bösen Spiel machen. Wie schön, dass sie wieder zu Hause ist.«

»Sie ist noch immer ziemlich neben der Spur, und anscheinend ist der Mörder ihrer Freundin Anni jetzt auch hinter ihr her. Mein Freund hat sie unter Polizeischutz gestellt. Er hat eine Ahnung, wer der Mörder war, und hat versprochen, auf sie aufzupassen.«

»Ich mochte diesen Schamanen ganz gerne, obwohl er ein verrückter Vogel ist. Doch nach all dem bin ich froh, wenn ich ihn nicht mehr sehen muss! Acht Personen haben sich übrigens für heute angemeldet.«

»Vielleicht ist es besser, wenn ich bei dem Seminar nicht auftauche, sonst schöpft er noch Verdacht, dass das Spiel für ihn bald vorbei ist. Ich glaube, es ist klüger, wenn ich erst im Wald dazustoße und Kommissar Radomski mitbringe.«

»Ja, du hast recht. Nicht dass er plötzlich von der Bildfläche verschwindet.«

»Hat er sein Geld für das Seminar schon bekommen?«

»Nein, das gibt es erst hinterher, sonst würde er gar nicht erst erscheinen. Das habe ich mit dem bereits erlebt.«

Beide Frauen mussten herzlich lachen. Der Bann war gebrochen. Die alte Vertrautheit stellte sich wieder ein.

Gegen Mittag trennten sie sich. Simone ging in die VHS und wartete auf ihre Kollegin, Margareta blieb noch sitzen, orderte einen weiteren Kaffee und brachte das Telefonat mit Radomski hinter sich, der schon nervös mit den Hufen scharrte.

*

Hemavati hatte ein Waldstück mit einer entsprechenden Lichtung ausgewählt, die zwar verschneit, aber für sein Vorhaben bestens geeignet war. Margareta hoffte, dass die Teilnehmer sich nicht weigern würden, so weit zu fahren. 40 Kilometer waren es von der VHS. Simone hatte vorausschauend für alle eine Mitfahrgelegenheit besorgt, sodass keine Probleme aufkommen dürften.

Radomski und Margareta trafen sich um 14.30 Uhr an dem in der Nähe liegenden Wanderparkplatz bei Bad Fredeburg. Ihre Fahrzeuge hatten sie ein Stück entfernt an der Straße abgestellt, um nicht entdeckt zu werden. Radomskis Kollegin und ein weiterer Streifenbeamter würden später dazustoßen.

Ralf Radomski schien sich zu freuen, Margareta wiederzusehen. Er strahlte über das ganze Gesicht und schlug vor, hinterher noch etwas trinken zu gehen.

Margareta band sich den Schal fester um, zog ihre Mütze tief ins Gesicht und marschierte neben Radomski durch den Winterwald, bis sie nach ungefähr 500 Metern den Platz erreicht hatten. Von Weitem schon sahen sie Hemavatis Frau Jana und zwei Männer, die dabei waren, Holz zu schlagen und aufzuschichten. Es hatte eine Zeit gegeben, da hatte Margareta von einer Nacht im Wald geträumt, jedoch im Sommer, nicht im furchtbar kalten Winter.

Jana Schauerte stellte Becher aus einem Korb auf ein wackeliges Tischchen. Die beiden Männer waren mit dem Holz beschäftigt.

Eine Stunde mussten sie noch warten, gut versteckt hinter einem Baum, bis die muntere Schar singend eintraf. Allen voran Hemavati in einem Bärenfellanzug mit riesigen Hörnern, in der Hand einen dicken Knüppel, mit dem er bei jedem Schritt kräftig auf den Boden schlug und dabei Urlaute von sich gab. Das Spektakel erinnerte Margareta an Fastnacht im Schwarzwald, fehlte nur die typische Blechmusik. Die Frauen und Männer waren guter Dinge, als hätten sie schon kräftig dem Alkohol zugesprochen. Den Schluss bildeten Simone und ihre Kollegin von der VHS.

Sie entdeckten Margareta und Radomski sofort und gesellten sich zu den beiden.

»Oh Mann, war das eine Vorstellung in Arnsberg. Die Leute lauschten Hemavatis Worten, als wäre er Gott. Das soll einer verstehen! Alle haben ihre Wünsche fürs neue Jahr und Dinge, die sie vergessen wollen, auf Zettel geschrieben. Schau her, sogar ich habe mich verleiten lassen.« Simone reichte Margareta ein zusammengefaltetes kleines Blatt.

Das Feuer loderte inzwischen kräftig, die Flammen schlugen meterhoch.

»Nicht angemeldet! Das Feuer hätte er anmelden müssen!« Radomski war kurz davor, die Aktion abzubrechen. Er und Margareta näherten sich der Veranstaltung und stellten sich wie selbstverständlich dazu. Am Feuer hingen kleine Kesselchen, die mit Kräutern gefüllt waren. Es roch nach Beifuß, Eisenkraut, Fichtenholz, Wacholder und Rosmarin. Jana schenkte aus einem Topf Tee in die Becher, während Hemavati lamentierte und die Leute begeisterte.

»Stell dir vor, sechs Abos hat Hemavati den Leuten aufgequatscht!« Simone war immer noch sprachlos und schüttelte mit dem Kopf.

»Abos?« Margareta verstand nicht, worum es ging.

»Abos über einen Hexenkalender. Stets informiert sein über kosmische Ereignisse und besondere Zeiten im Jahreskreislauf. Kostet ein Heidengeld!«

Margareta wunderte sich, dass es so etwas überhaupt gab.

Erstaunlich, dass Hemavati sich alle Namen der Teilnehmer gemerkt hatte und sie immer wieder persönlich ansprach. Das brachte ihm Pluspunkte, und sie würden ordentlich zugreifen bei Janas Kräutermischung, 50 Gramm zu 20 Euro.

»Finde zu dir selbst, sonst findet dich niemand«, schrie er mit huldvoller Stimme durch den Wald.

Die Sichel des Mondes, die man jetzt, wo es dunkel geworden war, gut erkennen konnte, verschwand hinter den Wolken. Nebel machte sich breit. Die richtige Stimmung für seine Vorstellung.

Nachdem die Leute das Geschriebene laut vorgelesen hatten, forderte Hemavati sie auf, die Zettel ins Feuer zu werfen. Anschließend sollten sie mit ihm in seinem Rhythmus ums Feuer tanzen. »Ganz bestimmt gehen die Wünsche in Erfüllung, ab ins Feuer damit!«

Mit leuchtenden Augen folgten sie seinen Anweisungen.

»Glaubt mir, nur Glück werdet ihr erfahren. Alles wird gut!«

Das war der richtige Moment für Margareta, um einzuschreiten. Sie konnte es nicht mehr ertragen, ging nach vorne, blieb ganz nah am Feuer stehen, pfiff in eine Trillerpfeife und bat um Aufmerksamkeit. »Liebe Leute, ich muss Ihnen etwas erzählen und bitte Sie, mir kurz zuzuhören. Dieser Schamane, Hemavati, mit richtigem Namen heißt er Norbert Schauerte, ist nichts anderes als ein großer Scharlatan, der nur Ihr Geld will. Er hat meine Mutter Waltraud entführt, wollte sie um ihre Ersparnisse bringen, hat sie betäubt und in seinen Keller gesperrt.«

Wütend kam Hemavati auf Margareta zu. »Das stimmt nicht! Glaubt dieser Frau nicht! Sie ist eine Irre! Ihre Mutter ist freiwillig mitgekommen, was sie nicht ertragen kann. Sie war scharf auf mich. Schafft sie weg, diese hysterische Frau!« Hemavati riss sich den Bärenhut vom Kopf.

Margareta benutzte ein weiteres Mal die Trillerpfeife, bis die Leute sich einigermaßen beruhigt hatten und nicht mehr entsetzt durcheinanderriefen. »Neben mir steht KHK Radomski, der kann es bezeugen.«

Das stimmte zwar nicht ganz, doch erreichte sie damit, dass Hemavati immer mehr tobte und schrie, während Radomski sich sein Kinn knetete und aufgeregt telefonierte.

»Meiner Mutter gelang es, aus dem Keller dieses Verbrechers zu türmen. Sie wurde jedoch von Hemavati und seiner Frau wieder eingefangen und nach Kamp-Lintfort zu einem Kumpel verschleppt. Hier kürze ich ab, inzwischen ist meine Mutter zu Hause. Ich möchte nicht, dass jemandem von Ihnen das Gleiche passiert. Er ist nur darauf aus, alte, gut betuchte Frauen zu bestehlen und hereinzulegen.«

Nun rastete der Schamane völlig aus, schlug mit dem Knüppel, den er in der Hand hielt, um sich und traf versehentlich seine Frau Jana an der Schläfe, die daraufhin an der Stirn blutend zusammenbrach. »Alles Unsinn, was diese Irre erzählt! Ihre Mutter hat sich mir an den Hals geworfen. Ich musste sie einsperren, damit sie mir nichts antut. Ich wollte nichts von ihr, auch kein Geld!«

Jana Schauerte, die wieder zu sich kam und mühsam vom Boden aufstand, meldete sich nun wütend zu Wort. »Du wolltest die Lebensversicherung von ihr und sie bis zu dem Tag, an dem diese fällig wird, bei uns im Keller festhalten. Danach wolltest du sie entsorgen. Ja, er ist ein Schwein!«, schrie sie durch den kalten Wald.

Die entsetzten Leute, überwiegend Frauen, rannten aufgelöst davon, schimpften, tobten.

Zwei Streifenbeamte, die inzwischen eingetroffen waren, legten dem aufgebrachten Schamanen Handschellen an und nahmen ihn mit.

»Ganz schön dick aufgetragen«, meinte der aufgewühlte Radomski zu Margareta und wischte sich mit seinem Ärmel den Schweiß von der Stirn. »Na ja, immerhin hat er gestanden.«

Margareta war glücklich. Sie hatte erreicht, was sie wollte, hatte ihren großen Auftritt hinter sich. Sie atmete tief durch. Der eisige Wald konnte ihr nichts mehr anhaben.

Radomski kam auf sie zu und zog sie an sich, um sie herzlich zu drücken. »Gehen wir noch was trinken?« Er schaute sie so bittend an, dass sie nicht Nein sagen konnte. »Wo übernachtest du?«

»Ich werde noch heute zurückfahren.«

Darüber war Simone, die durchgefroren neben ihr stand, traurig, denn sie hatte gehofft, Margareta würde in der Weinstube in Arnsberg noch ein Gläschen mit ihr trinken. Sie musste die Hemavati-Geschichte verarbeiten.

Margareta vertröstete sie auf ein anderes Mal. Setzte noch ein »Ganz bestimmt« hinterher. Ein Gläschen mit Radomski war okay, aber danach wollte sie zurück zu Thomas und ihrer Mutter.

Eine halbe Stunde später fand Margareta sich mit Radomski in einer ruhigen Ecke der Guntermann's Stuben in Bad Fredeburg wieder. Hunger, sie hatte Hunger und wusste, dass es hier gute Schnitzel gab.

Radomski hatte Hemavatis Angetraute für den nächsten Morgen ins Präsidium bestellt, um ihre Aussage aufzunehmen. Um seinen Kollegen, diesen Chitran, sollte sich Thomas Scheffel kümmern, das würde er ihm morgen mitteilen.

»Hoffentlich dauert es nicht wieder zwei Jahre, bis wir uns wiedersehen, Margareta. Und vielleicht auch mal zu einem freudigeren Anlass. Immer nur Mord und Totschlag, wenn wir beide zusammenfinden. Zuerst war ich ja skeptisch, als du die Bombe im Wald platzen lassen wolltest.

Doch das hatte was. Echt. Das geht in die Geschichte ein. Wie er da ums Feuer gesprungen ist, der gute Hemavati in seiner komischen Verkleidung ...«

Mit vollem Mund nickte Margareta. Sie freute sich, dass der Fall gelöst war. Schade um Anni, doch sie wollte nach vorn schauen. Waltraud würde eine neue Freundin finden. Die kirchlichen Vereine waren voll davon.

Altes abschließen und Neues beginnen, lautete ihre Devise!

Aus dem Gläschen wurden mehrere. Erst als es schon hell wurde, verließen die beiden das Lokal, woran Margareta sich jedoch nicht erinnerte, als sie am späten Nachmittag des 7. Januar im Haus der Familie Radomski erwachte.

EPILOG

Eine Woche später.

Thomas schaute sie aus traurigen Augen an. »Meine restlichen Sachen hole ich in den nächsten Tagen ab. Dann gebe ich dir auch den Schlüssel zurück.«

Margareta zuckte mit den Schultern. Sie war den Tränen nahe, und doch wusste sie, dass es sein musste. Nein, sie würde ihn nicht aufhalten. Wieder mal eine Trennung auf Zeit? Oder war sie jetzt endgültig?

Thomas kam auf sie zu und blieb dicht vor ihr stehen. »Ich hoffe, du weißt, was du tust. Ich bin nicht dein Hampelmann. Noch einmal komme ich nicht zurück. Ich kann nicht mehr! Zuerst das Theater mit deiner Mutter und nun geht es wieder los mit deinem Gemecker und deiner Besserwisserei. Okay, Margareta, du hattest eine schwere Zeit. Aber andere Menschen haben auch Probleme und Sorgen. Denk mal darüber nach.«

»Mache ich, Thomas, keine Angst. Ich werde, wenn ich den Auftrag in Herten abgeschlossen habe, ein paar Tage ins Sauerland fahren. Ich bin diese Fälle einfach leid und werde mich wieder auf Industriespionage konzentrieren. Diese ewigen Fremdgeher, die von ihren hasserfüllen Weibern zur Strecke gebracht werden wollen, kotzen mich an.«

»Was willst du ausgerechnet im Sauerland?«

»Ruhe, nichts als Ruhe.«

»Radomski?«

»Auch wenn du es mir noch immer nicht glaubst: Zwischen uns ist nichts gelaufen. Wir haben nur zu viel getrunken, und er hat mich netterweise mit zu sich nach Hause genommen. Wo im Übrigen auch seine Frau wohnt. Außerdem ist er nicht mein Typ.«

»Und Waltraud? Ich dachte, du willst dich mehr um sie kümmern?«

»Das habe ich in den letzten Tagen genug getan. Ich muss auch mal an mich denken. Waltraud ist noch kein Pflegefall.«

Margareta schaute aus dem Fenster, sah Thomas in seinen Wagen steigen, nachdem er die Scheiben freigekratzt hatte. Ein letzter Blick nach oben zu ihrem Küchenfester. Als er vom Hof fuhr, atmete sie tief durch. Sie fühlte sich befreit.

Chitran würde mit einer Bewährungsstrafe davonkommen, hatte sie am Morgen erfahren. Dass sein Sohn Waltraud freigelassen hatte, sprach für ihn. Und Hemavati? Er saß noch in Untersuchungshaft. Sie hoffte, dass er seine Strafe absitzen musste und für ein paar Jahre in den Kahn ging.

Siggi Bienert saß ebenfalls im Knast, hatte ein umfängliches Geständnis abgelegt.

Mareike hatte gestern angerufen und Margareta um ein Treffen gebeten, was sie abgelehnt hatte. Sie wollte nur noch Dinge tun, die sie weiterbrachten. Irgendwann musste sie damit anfangen.

Thomas fuhr vom Hof und war ebenfalls erleichtert. Er freute sich auf sein wunderschönes Haus am Paschenberg, in dem er aufgewachsen war. Endlich konnte er das tun, was er wollte, ohne dass er dafür gerügt wurde. Krümeln, im

Wohnzimmer essen, Kleidungsstücke herumliegen lassen. Die Dusche so lassen, wie sie war, wenn er ihr entstieg, und sich nicht um die Zahnpastareste im Waschbecken kümmern. Dafür war Frau Thieme da, die er bereits kontaktiert hatte, damit sie sein Haus regelmäßig vom Schmutz befreite.

Irgendwann würde er eine neue Frau finden. Die nette Brünette aus der Kantine, die ihn immer so lieb anlächelte, zum Beispiel. Okay, sie war nicht die Klügste, aber sehr gutmütig. Kein Vergleich zu Margareta. Doch kam es darauf an?

Er hielt beim Metzger Rosebrock und kaufte sich eine frische Grützwurst. Bei Margareta hätte er so etwas nicht anschleppen dürfen. Sie hätte ihn samt dem braunen, dampfenden Kringel rausgeschmissen.

Wird schon, sagte er sich.

ENDE

Margit Kruse
im Gmeiner-Verlag:

Margareta Sommerfeld ermittelt:
1. Fall: Eisaugen
ISBN 978-3-8392-2818-0

2. Fall: Zechenbrand
ISBN 978-3-8392-1382-7

3. Fall: Hochzeitsglocken
ISBN 978-3-8392-1601-9

4. Fall: Rosensalz
ISBN 978-3-8392-1924-9

5. Fall: Opferstock
ISBN 978-3-8392-2136-5

6. Fall: Schneeflöckchen, Blutröckchen
ISBN 978-3-8392-2137-2

7. Fall: Bergmannserbe
ISBN 978-3-8392-2564-6

8. Fall: Fröhliches Morden überall
ISBN 978-3-8392-0028-5

9. Fall: Stille Nacht, Schicht im Schacht
ISBN 978-3-8392-0734-5

weitere:
Wer mordet schon im Hochsauerland?
ISBN 978-3-8392-1780-1

Advent, Advent, die Zeche brennt
ISBN 978-3-8392-2499-1

Karpfen, Kerzen, Kohleofen
ISBN 978-3-8392-0270-8

Mörderisches aus Westfalen
ISBN 978-3-8392-0394-1

GMEINER SPANNUNG

WWW.GMEINER-VERLAG.DE
Wir machen's spannend